Ciudad sumergida

MARTA BARONE

Traducción de
Xavier González Rovira

LITERATURA RANDOM HOUSE

Título original: *Città sommersa*

Primera edición: enero de 2021

© 2020, Giunti Editore S.p.A. / Bompiani, Firenze-Milano
www.giunti.it
www.bompiani.it
© 2021, Penguin Random House Grupo Editorial, S. A. U.
Travessera de Gràcia, 47-49. 08021 Barcelona
© 2021, Xavier González Rovira, por la traducción

Printed in Spain – Impreso en España

ISBN: 978-84-397-3800-8
Depósito legal: B-14.479-2020

Compuesto en La Nueva Edimac, S. L.
Impreso en Edegsa (Sabadell, Barcelona)

RH38008

Al muchacho

ÍNDICE

Del hombre solo resta su parte de la oración.
Su parte de la oración en general. Solamente
una parte.

JOSEPH BRODSKY

No basta con rechazar la Legión de Honor:
además es necesario no merecerla.

ERIK SATIE

Martingala (s.f.): *jouer à la –*, jugar doblando siempre la apuesta perdida en la jugada precedente.

I

LA PRIMERA KÍTEZH

Esta historia tiene dos inicios: al menos dos, puesto que, como todo lo que tiene que ver con la vida, siempre resulta difícil establecer qué es lo que comienza y cuándo, qué torbellino de casos fortuitos existe detrás de lo que parece acaecer de repente, o qué cara se ha girado hacia otra en un momento del pasado, dando inicio a la cadena accidental de acontecimientos y de criaturas que nos ha llevado a existir. En primer lugar —esto puedo decirlo con moderada certeza—, nací. Era marzo y nevaba, y el año era 1987. Mis padres se habían conocido solo un par de años antes y se acabarían separando definitivamente tres años más tarde.

Me alumbró una mujer con un agujero en la cabeza. Mi madre tuvo un accidente trece años antes. Permanecí una semana bajo observación porque sufría un síndrome de abstinencia de los antiepilépticos que ella se veía obligada a seguir tomando. Del accidente, del coma, de las operaciones, solo le quedó un leve hundimiento en el punto en el que le falta un fragmento de cráneo, sustituido por una malla metálica recubierta con el tiempo por sus finos cabellos, de pluma. Siempre duerme del otro lado, porque le duele todavía la cabeza que no está ahí.

Es posible decir que de ese agujero, bien o mal, surgí yo. Mi propia existencia depende de la herida, puerta abierta hacia la sima de las posibilidades. Cuando mi madre se cayó de una motocicleta que conducía otra persona, a los veintitrés años, viajaba con él para recoger la documentación que iba a necesitar para su boda. Luego las cosas no salieron así. Y por eso en cierto sentido la trayectoria de mi madre que aún no lo era, de esa jovencita con la cara afilada de las fotos de la época, de su cuerpo tendido sobre el asfalto de una carretera provincial, trajo consigo una nueva trayectoria irreversible de la que más adelante surgiría la mía.

El segundo principio de la historia, aunque entonces yo no tenía ni la más remota idea, coincide con el otoño de mis veintiséis años, cuando dejé la casa y la ciudad donde había pasado toda mi vida y me marché a vivir a Milán. Vivía en un estudio en el tercer piso de un edificio de los años veinte. Tenía el suelo de madera y una pequeña cocina blanca encajonada en una esquina, y la luz lo invadía hasta la tarde; algo que más adelante encontraría oprimente, aunque no en ese momento. Era el primer lugar que era solo mío y sentía por él casi un afecto humano.

Durante la semana estaba sola. Salía pronto por la mañana y daba un paseo por la ciudad sin una meta definida. Eran los primeros días de septiembre, y después de un verano frío y lluvioso, una tardía canícula se propagaba por las avenidas todavía silenciosas. Nada más doblar la esquina de mi calle, en otra calle que tenía el etéreo nombre del Beato Angelico, se oía a veces desde un balcón muy alto cantar a un canario en la quietud resonante, y el fragor de ese canto —ese inconfundible canto que se parece al sonido de la palabra «r-o-c-i-a-r» repetida hasta abrirse en un agudo prolongado— todavía sabía reconocer que se trataba de un malinois (y por un instante la sombra tierna de la pajarera donde mi tío y yo comprobábamos los nidos cuando era pequeña se hacía más larga en la acera, con su olor verde y profundo). En el aire inmóvil, los edificios desiertos de las facultades de ciencias del barrio donde vivía parecían abandonados desde hacía milenios. Podía caminar durante todo el día, enfilando las calles al azar, y solo de vez en cuando miraba el móvil para verificar en el mapa adónde había ido a parar. La ciudad me era completamente ajena y yo también lo era para ella, y esto en cierto modo resultaba tranquilizador.

A veces el aire se movía por una repentina apertura de viento. Entonces las sombras de las nubes corrían por las fachadas de los edificios durante un momento, aislando un detalle en un charco de luz: un balcón de hierro forjado, una boca que gritaba desde el capitel de un desván. El color de las fachadas cambiaba, temblaba y luego se detenía de nuevo. Me sentaba a leer en los bancos a la sombra. En los jardines de Porta Venezia, una mujer joven sostenía a la altura del pecho a un niño pequeño con un gorrito de algodón, girado hacia un árbol. El niño, con los pies colgando, examinaba el tronco con interés, las palmas de las manos abiertas apoyadas en la corteza. Ella sonreía un poco, una ceja enarcada, como si supiera un secreto. Cuando se daba la circunstancia de que cogía el metro para regresar de alguna cita vespertina, pasaba por una calle donde las grandes ventanas en arco del Instituto de Estudios Químicos emanaban una luz ambarina en la oscuridad por detrás del follaje oscuro y denso de los olmos. En cierta ocasión, en una callejuela detrás de la gran plaza de Loreto, pasé por delante de una lavandería automática donde había tres jóvenes marineros de aspecto eslavo. Nos miramos a través del escaparate con la misma expresión asombrada, como si mi presencia fuera tan inverosímil como la de ellos. ¡Marineros rusos en una lavandería automática milanesa! Me encogí de hombros —es lo que se prescribe en estos casos— y seguí caminando.

Como rara vez había ocurrido antes de entonces, podía pasarme todo el día sin hablar con nadie. En ese mutismo total y prolongado, del mismo modo que esos ruidos nocturnos que parecen más nítidos en el silencio, las cosas que miraba adquirían una extraña nitidez, pero seguían siendo imágenes dispersas, desconectadas entre sí y carentes de cualquier posible significado que fuera más allá del interés pasajero que me habían suscitado al desfilar por delante de mis ojos. Durante ese breve resplandor, quizás, una parte infinitesimal de mi cabeza se percataba de que en cierta medida se producían en mí; pero esa percepción de una percepción de una percepción era tan pálida, tan leve, que desaparecía de inmediato, y las imágenes seguían fluctuando en una profundidad indiferente, cada vez más exangües. Ni siquiera pensaba que pudiera existir una relación entre aquellas cosas y yo, o de qué naturaleza podía ser.

Todo en verdad me concernía muy poco. Tenía algo de dinero a mi disposición porque había recibido una pequeña herencia, lo que me permitía vivir durante algunos meses sin un sueldo fijo, con mis ingresos mínimos e irregulares, a la espera de que la situación se desbloqueara. Porque tenía que desbloquearse, no podía ser de otra forma. La crisis era una entidad abstracta, vaporosa, irritante sin duda alguna, pero que no podía tener *realmente* un efecto a largo plazo en mi vida. Bastaba con esperar. De manera que esperaba. Trabajaba leyendo manuscritos en inglés y en francés de narrativa extranjera para una gran editorial. Tenía que valorarlos para su posible publicación en Italia. Era un trabajo tranquilo, y por fin yo también estaba tranquila.

La soledad era una nueva dimensión, como una catedral completamente vacía donde cada paso tenía un eco desproporcionado. Era necesario moverse con cautela, y no prestar demasiada atención a todos esos ecos, a la ampliación de cada susurro subterráneo. Era interesante, pero cansado. Por supuesto, los fines de semana mi compañero, N., que vivía en una ciudad cercana, se reunía conmigo. Yo tenía amigos en Milán y nos veíamos a menudo. Pero resultaba difícil ese gran, repentino despliegue de vacío en los días normales. En cierta ocasión, durante el almuerzo, lloré sin motivo alguno mientras comía tomates cherry pescándolos de su recipiente de plástico. Lo miré distraídamente entre lágrimas y solo en ese momento me fijé en que escrito sobre el recipiente ponía «Tomates Para Entendidos». «Dios, qué filisteos», pensé, y la imagen de mí misma llorando sola mientras comía tomates para entendidos era tan estúpida que me calmó.

No escribía. Desde hacía ya unos años me empecinaba en la misma idea, que nunca iba más allá de una serie de intenciones, un programa de sentimientos. Sabía sobre qué me gustaría hablar, pero seguía escapándoseme el cómo. Solo quería que la historia aparente fuera lo más alejada posible de la mía. De modo que dejaba vagar la novela imaginada que siempre iba cambiando de forma, flotando en mi cabeza con sus agotadores contornos indefinidos, niebla azul en la que de tanto en tanto atrapaba una «frase hermosa» que se quedaba allí, aislada y vana. A veces el espectro rubio de M., la protagonista-ausente (quien había cambiado ya variadas identidades, pero cuya necesidad narrativa era en sustancia estar muerta), surgía de la neblina, pero solo lograba captar algunos detalles: el vello dorado en su nuca descubierta, los pies largos, los hombros un poco encorvados. Deseaba que fuera un ser completo, pero no lograba aprehenderla en su conjunto. Tenía una fe inquebrantable e infantil en el hecho de que tarde o temprano ocurriría. Bastaba con esperar, también en este caso, bastaba con seguir pensando en ello.

Más o menos tres semanas después de mi traslado, mi madre vino a verme. La llevé de paseo por el barrio; nos paramos delante de la pintada que alguien había hecho en una pared cerca de mi casa, bajo una ventana enmarcada de blanco, FUERA DE LUGAR EN TODAS PARTES, y reflexionamos sobre la ironía del destino. Era aún un día veraniego, de luz radiante. Detrás de las verjas, en los patios de las casas, murmuraban incongruentes y encantadores, como si vinieran del sueño de alguien, las palmeras y los eucaliptos. Cruzamos Porta Venezia. Mi madre avanzaba igual que un lento y apacible navío, mirando con benevolencia la ciudad y los detalles que yo le indicaba. No recuerdo absolutamente nada de lo que hablamos aquel día, pero carece de importancia: continuábamos una feliz conversación ininterrumpida que perdura desde siempre.

En un momento dado, entramos en una librería y bajé al semisótano. Ella se quedó en la planta baja para mirar el estante de los libros sobre la Primera Guerra Mundial (había desarrollado una ligera monomanía hacia ese período tras jubilarse y se ocupaba de los archivos históricos de la escuela primaria donde había enseñado en los últimos dieciocho años de su carrera profesional). Cuando subí y reaparecí de nuevo por la escalera de hierro que daba al centro del local, se giró hacia mí, sonriente y acalorada, y entonces sucedió algo, algo muy rápido que duró exactamente el tiempo de descansar el pie en el último peldaño: por un instante su rostro me pareció distante y significativo, como si lo mirara ya en retrospectiva, como si durante ese momento el presente, el pasado y un presunto futuro se hubieran superpuesto, como si fuera ya un recuerdo, de esos a los que no les atribuimos importancia en el instante en que se consuman y en los que pensamos mucho más tarde como una noticia de algo que nunca logramos entender realmente; por un instante mi madre se me apareció en el tiempo. Llegué al final de la escalera, me preguntó: «¿Has encontrado algo?», y esa extraña emoción se rompió; la recordaría por la noche, cuando ella ya se había marchado. Pero siguió siendo impenetrable para mí.

¿Quién era yo? Nunca me lo preguntaba. En primer lugar, como cualquiera que posee un mínimo de sentido común, sentía un considerable asco hacia mí misma. Y además no tenía ninguna necesidad de preguntármelo. Veía el tiempo a mis espaldas como una especie de único y dilatado día, en cuya luz clara y plana todo cuanto había sido mi vida parecía acontecido solo unas horas antes y resultaba totalmente evidente. Por motivos de registro civil, por supuesto —no es que hubiera vivido tanto, al fin y al cabo—, sino también por otra cosa. Desde que tenía la facultad de recordar, recordaba muchísimo, y con una neta exactitud de los detalles. Es más: sentía de manera confusa pero reconocible una continuidad perfecta entre la conciencia que había tenido de mí misma a los ocho, los doce, los veinte años, y la que tenía ahora. La mayor parte de lo que había visto suceder o que había sentido, incluso a una edad lejana, también ciertas extrañas o inconfesables emociones de la infancia, todo ello me resultaba claro y presente como la vasija de cerámica amarilla donde hoy ponía la fruta, el grillo que había sobrevivido al verano y que seguía chirriando solitario cerca de mi ventana o el gorjeo del recién nacido de la casa de al lado a través de la pared. No necesitaba recordar. El pasado era una extensión uniforme.

El muchacho corre en la noche. Corre a través de la ciudad, corre en la ciudad sin fin. Mañana cumplirá veintiocho años, va en pijama, descalzo, y está completamente manchado de sangre que no es suya. Es la noche de Navidad. La ciudad duerme bajo la lluvia, inconsciente, sin memoria, las persianas bajadas y los postigos cerrados. Todo es imposible.

—Puede que me haya alcanzado la aorta, me muero —le ha dicho—. Ve a buscar ayuda.

El muchacho corre.

Las máscaras de antes han caído, las nuevas máscaras ya llegarán. De momento el tiempo, y él, están suspendidos. Lo que era antes de esta noche… se va agrietando. Está despojado, terriblemente libre, con una feroz, irreflexiva y no buscada libertad. Es terriblemente inocente. La sangre, la sangre, la sangre. Lo *único* auténtico que irradia la noche es la sangre.

Tendrá los pies heridos, quizás, corriendo así, sin zapatos, sin calcetines, sobre el asfalto. Corre. Esta noche su rostro es invisible. Todo su cuerpo es un acto mecánico que avanza hacia dónde, hacia qué. Cuánto dura la ciudad. Las calles de siempre, las calles del día vivo, ahora irreales y ciegas y desconocidas. No hay ni un solo local abierto, no sabe qué debe hacer. Es inocente. Tiene miedo. Todavía no sabe nada, ya lo sabe todo, para siempre.

El muchacho corre en la ciudad de piedra.

Dos años antes de que me marchara a Milán, mi padre murió. Era el 14 de junio de 2011. Tenía cáncer de hígado, que en un puñado de meses había alcanzado, inevitable, estadístico, los pulmones. Mientras iba empequeñeciendo y volviéndose gris como la ceniza, a mí me decía que se trataba de una infección, esta vez en los pulmones, una infección tonta que le había afectado porque aún estaba demasiado débil por la enfermedad anterior. Al hablar utilizaba el argot técnico que ambos conocíamos por motivos distintos. Yo asentía, desde el sofá de enfrente. ¿Sabía él que yo lo sabía? Probablemente sí. Y además no lograba disimular su terror. Pero por un acuerdo tácito seguimos así hasta el final.

Cuando entré en la habitación del hospital donde lo habían ingresado dos días atrás por una crisis respiratoria y donde al final su corazón se había parado aproximadamente una hora antes, yacía en bata, con la boca abierta, como dormido en una postura incómoda, y sobre los ojos tenía dos gasas empapadas con el líquido que sirve para extraer los globos oculares; su esposa me explicó, o quizás me lo había explicado antes de que entrara, no lo recuerdo, que quería donar al menos los ojos, quizás los únicos órganos reutilizables de un cadáver devastado por la enfermedad. Había otras personas en la habitación y lloraban, diseminadas aquí y allá. En ese momento nadie se acercó a mí: no era, por lo que parecía, mi luto. No lograba mirar ese cuerpo conocido con las monstruosas gasas sobre los ojos. Iba de un lado a otro, siempre de espaldas a la cama.

Fuera había un aire espeso, de bochorno. Las nubes se adensaban sobre la ciudad en el sombrío mal tiempo de verano. Había sido mi madre quien había regresado del hospital adonde acababa de ir en bicicleta, una media hora de trayecto, para decirme, estupefacta: «Ha muerto».

La humedad espectral había proseguido durante los largos e insensatos días de la capilla ardiente, nada menos que tres, no se sabe por qué motivo, y al final de esos días veía con horror cómo los labios de mi padre comenzaban a retraerse ligeramente sobre los dientes, cómo la descomposición empezaba su curso. Se veía pequeño, casi dulce, bajo el increíble velo con la cruz que los de pompas fúnebres habían colocado sobre el ataúd y sin que nadie evidentemente se hubiera opuesto —¡una cruz!, ¡encima de su cara!–, y por lo que, al fin y al cabo, tampoco había protestado yo. Me había quedado muda, como desconectada de lo que estaba pasando fuera de mí. Sus largas cejas, mis largas cejas, sombreaban su rostro adelgazado. No estaba irreconocible, eso no. No tenía rasgos de cera. Era exactamente él, sin ojos debajo de los párpados, ahora, pero no me inquietaba pensar en eso. Me quedaba allí sentada, en una de las sillas de plástico que colocan en fila para el velatorio, con la cabeza apoyada contra la pared de detrás de mí, y seguía analizándolo todo sin afectación, la luz sucia que llovía por la ventana, los susurros en la puerta, la calidad de las palabras que podía captar, la desolación genérica de las habitaciones donde se celebran esta clase de rituales, la reiteración del azar que se me volvía a presentar al cabo de tan poco tiempo; lo analizaba todo, pero cansadamente, casi con desaprobación hacia mí misma, como si no tuviera elección. Y en verdad no la tenía, porque *yo era así*.

En el funeral, una ceremonia laica en el templo crematorio —el empalagoso nombre que dan al lugar donde incineran los cuerpos—, había cientos de personas, pero yo reconocía a muy pocas, al margen de las que estaban allí por mí. Lo único destacable era el número de los presentes; por lo demás estaba imbuido de una terrible sensación de impersonalidad. Podría haber sido el entierro de cualquiera. Cuando subí al estrado para leer dos poemas (me había dicho a mí misma que debía

hacerlo; había elegido dos textos de poetas que me gustaban, que solo fueran hermosos y tuvieran un sonido litúr-
gico, y que hablasen de lo que podría haber tenido alguna
importancia del modo más abstracto y lateral posible), no
sabía que tenía delante, entre la multitud, otra trayectoria inconcebible y secreta. No sabía, pero tampoco buscaba: estaba
ciega, como mi nuevo padre muerto y sin ojos.

En ningún momento levanté la mirada mientras leía con
voz firme y sonora. Luego volví a mi sitio. Tenía veinticuatro
años y el pelo recogido en una trenza alrededor de la cabeza.

No sabía gran cosa sobre él. Aparte de que cuando somos
jóvenes nos limitamos a constatar que nuestros padres existen,
y no nos interesamos mucho por ellos, mi padre y yo habíamos vivido en casas diferentes durante más de veinte años, y
en algunos períodos de duración variable no nos habíamos
hablado o nos habíamos visto muy poco. Teníamos, como
suele decirse, una relación difícil.

Tenía casi cuarenta y dos años cuando yo nací. Siempre
había sido inexplicable. No entendía bien en qué trabajaba
(cuando yo era muy pequeña, dio clases durante un año o dos
en un centro de secundaria privado, pero luego a saber en
qué), ni por qué había comenzado a estudiar de nuevo. Yo
trotaba detrás de él por los sombríos pasillos de la universidad,
leía o jugaba sola mientras era el centro de atención en medio de grupitos de estudiantes veinteañeros, sus compañeros
de curso. Ya tenía la barba canosa, que conservaba estrías de
color óxido, la señal rojiza que yo también llevo en filigrana.
A la luz verdosa del Palazzo Nuovo me parecía extraño y
triste, y fuera de lugar.

Por aquel entonces vivía en una buhardilla. La minúscula
cocina donde comíamos cuando iba a dormir a su casa tenía
una amplia ventana que daba a los tejados. No se había llevado nada con él. Parecía que venía de la nada, que nada había
sucedido nunca antes de que yo existiera. Pero a los cinco

años esta forma del tiempo es perfectamente aceptable. Los adultos son hechos y misterios insondables; los adultos van y vienen, sus rostros aparecen y desaparecen, los cuartos donde viven existen desde siempre y juntos se reproducen por primera vez en el mismo momento en que tú, primer ser humano sobre la tierra, cruzas el umbral. A veces son pasajeros, a veces son inmutables como las montañas. No te haces preguntas sobre ellos.

Como es natural no venía de la nada. No era de allí; tampoco lo era mi madre, que se marchó a los diecinueve años de su pueblo, en la frontera entre las provincias de Turín y de Cuneo, ni tampoco lo eran casi todos a los que conocía. Él venía del Gargano, pero cuando acabó el instituto se marchó a Roma para estudiar Medicina (esto era todo lo que sabía: cómo había acabado en Turín, por poner un ejemplo, nunca me lo explicó). Tenía en esa época un acento neutro, carente de cualquier inflexión reconocible. A veces en verano íbamos a ver a su familia de origen durante algunos días. Tenía dos hermanas y dos hermanos: él era el penúltimo. Tres se habían quedado en la Apulia, aunque vivían en ciudades diferentes; el mayor, el que había hecho fortuna, vivía en el lago de Garda y no lo vi casi nunca. Nos alojábamos en casa de uno o de otra. Había claramente algo muy raro en sus relaciones, y también estaba claro que mi padre era muy distinto a ellos, pero eran cosas, estas, de las que no se hablaba. Cuando se encontraba allí le volvía de tanto en tanto una especie de acento, pero a mí, que conocía su forma habitual de hablar, me sonaba forzado, como si tratara de pasar inadvertido, como si intentara parecerse a ellos lo más posible.

Cuando yo tenía diez años, se licenció en Psicología y desde entonces trabajaba en centros comunitarios con toxicómanos, enfermos mentales y adolescentes problemáticos. Había algunos de esos adolescentes problemáticos en el funeral, torpes y tiernos con sus trajes elegantes demasiado anchos, y los brazos largos que no sabían dónde meter, las caras descompuestas por el llanto. Así que era a esto a lo que se había dedicado en los últimos quince años de su vida. Tenía otras dos licenciaturas más, de todos modos: una, remota, en Medicina; otra, en Derecho. La conexión entre estas cosas no quedaba clara.

En cualquier caso, nada en su aspecto o en sus modales revelaba que era un hombre culto. Era desordenado, ruidoso, desaliñado en el vestir y pobre de solemnidad desde siempre. Durante dieciséis años, después de la buhardilla, vivió con una mujer con la que se decidió a casarse una semana exacta antes de morir, aunque para ser precisos había ido a vivir *a casa de ella*, a la casa que le pertenecía a ella, y esto le había permitido un mínimo de comodidad burguesa. Entre los sobrios y elegantes muebles de ella, entre sus hermosas porcelanas y la madera brillante y los jabones valiosos, tenía la misma medida de absurdidad que un pingüino en el Hermitage.

Era entusiasta y sentimental (sus postales y sus mensajes, incluidos los de inmediata utilidad práctica, tenían siempre un aleteo elegíaco). Se dedicaba con fervor infatigable a todo lo que le importaba, como sus jóvenes drogadictos de caras blanquísimas y sus inadaptados al mundo de varia especie, y mantenía una relación ocasional, casi infantil, con todo lo demás: la ropa, el dinero, el futuro.

Aunque fuera capaz de cóleras funestas, que estallaban y dejaban solo tierra quemada a sus espaldas como un rápido incendio entre la maleza, aunque supiera utilizar palabras crueles —si bien todo esto lo reservaba únicamente para los íntimos—, en general era lo que se podría definir como un hombre alegre, de carácter afable y de gran candor. Todo el mundo le gustaba, a todo el mundo había que salvar. Oh, sí, su confianza en los demás era ilimitada: y de hecho a menudo iba en pos de las más hirientes decepciones.

Pero también era vanidoso, y se regocijaba con la adoración ajena, que lograba suscitar con una facilidad sorprendente (y se sentía muy molesto por el hecho de que, en cambio, yo no lo adorara ni siquiera un poco). Encontraba muy irritante el contraste entre su personalidad en la vida privada —me refiero a cuando solo estaba yo y no teníamos espectadores de ninguna clase— y el comportamiento postizo, artificioso, que a veces asumía cuando había otras personas; era como si interpretara, sobrecargándola, la imagen que pensaba o quería que los demás tuvieran de él. Según la circunstancia, lo veía deslizarse detrás de una máscara diferente. Estaban el intelectual pensativo, el lírico de la naturaleza, el compinche simplón, y también el padre inspirado, por desgracia, y todas lograban producir sus efectos: admiración extasiada del público, hastío inconmensurable en mí. Era algo que lo había contaminado todo. Así pues, casi todas las veces que expresaba una emoción de cualquier tipo, yo sentía una nota falsa, un impulso exhibicionista que quizás en ese momento ni siquiera estaba presente. Pero yo era implacable. No le dejaba pasar ni una.

Se encaprichaba fácilmente con la gente, pero pocas de sus amistades sobrevivían en el tiempo. Algo que forma parte del flujo natural de las relaciones humanas —a veces las personas se alejan, es normal— en su vida asumía una especie de recursividad patológica. Personas a las que había visto yo durante años, con quienes habíamos estado de vacaciones, desaparecían de un día para otro y su nombre no se pronunciaba nunca más. Los motivos sin duda podían ser distintos, tomados de uno en uno: en cualquier caso, la cesura era absoluta. Cuando, con catorce años, descubrí de forma fortuita que antes de estar con mi madre había estado casado (con una mujer cuya casa había visitado yo durante toda mi infancia, además, y de quien conocía a su nuevo compañero y sus hijos), le pregunté precisamente a mi madre:

—Pero ¿por qué nunca me lo ha dicho? ¿Por qué *razón*?

Me sentía sinceramente perpleja.

Ella se lo estuvo pensando y luego me contestó:

—Divide su vida en compartimentos estancos.

No tenía más explicaciones. Y de hecho nunca había explicaciones, ni un auténtico motivo de verdad, para las omisiones de mi padre, para su propensión a desintegrar el pasado. Pasaba de un lugar a otro de la vida de esta forma, escondiéndose de aquellos a los que había estado unido antes y entregándose a manos llenas, envuelto en un esplendor ficticio, a los que venían después.

Aunque hacía de todo para ignorarlo, había envejecido. Y, sin embargo, a mí me daba la impresión de que siempre era igual, siempre previsible; un hombre inmóvil, acartonado en las mismas cosas, las mismas poses, las mismas palabras. No me interesaba descifrarlo, ni pensaba que hubiera algo que descifrar. Él, y luego su muerte, formaban parte del campo de hechos evidentes de mi vida, de la lisa superficie sobre la que podía deslizar una mano impasible y no sentir ya rugosidad de ninguna clase, a pesar de la cólera que rugía por debajo como el agua de invierno en un río helado; y, además, ¿qué tiene de interesante un hombre inmóvil?

Por extraño que parezca, a menudo soñaba con él. Había un sueño que se repetía casi idéntico, con mínimas variaciones (y que a veces se repite todavía). Él fingía que había muerto, pero en realidad se había escondido durante meses y luego años. Nunca había una razón de peso. Habíamos celebrado el funeral alrededor de un ataúd vacío, habíamos llorado una impostura. Había mentido a todo el mundo y, sobre todo, me había mentido a mí.

−¿Cómo has podido hacer algo semejante? −le preguntaba, de un modo implorante que me revolvía, o con rabia asfixiante. ¿Por qué me había hecho sufrir tanto para nada, durante tanto tiempo?

La mayoría de las veces era hostil, y me decía con voz ruda que yo no podía entenderlo, sin mirarme a la cara. En otras ocasiones, se mostraba afable, silencioso y aun enfermo. Negaba débilmente con la cabeza: no podía explicar. Era un misterio al que yo no tenía acceso.

También se daban, aunque eran más escasos, los sueños amables. En estos hacíamos las cosas que siempre habíamos hecho: tomar un café en una mesita afuera, al sol, hablar de tonterías insustanciales. Era todo muy usual. Solo al cabo de cierto tiempo una especie de resonancia amortiguada parecía llegar desde un lugar lejano, y entonces le preguntaba, sorprendida pero tranquila, con el mismo tono habitual de toda la conversación: «Pero ¿tú no estabas muerto?». (Sé que, en cualquier caso, es algo que les ocurre a muchas personas; ¿no resulta curioso que este mismo estupor forme parte de un repertorio onírico colectivo? ¿No es extraño que casi todos formulemos la misma pregunta a nuestros desaparecidos invitados nocturnos? O bien existe una versión en que nosotros lo sabemos, pero ellos no, y parece grosero hacérselo notar. A lo mejor son ellos mismos los que lo consideran inoportuno. Buñuel, en su autobiografía, cuenta que solía soñar con su padre sentado a la mesa con la familia: «Yo sé que está muerto y susurra a mi madre o a una de mis hermanas que está sentada a mi lado: "Sobre todo, que nadie se lo diga"».)

O bien, en otras ocasiones, no me daba cuenta de nada, y él seguía con vida, intacto y normal, y continuaba hablando con su voz, caminando a mi lado a lo largo del río con su paso breve y elástico, su paso de siempre.

El peor sueño lo tuve al año después de su muerte, poco antes de marcharme de vacaciones a una isla con una amiga. Estábamos sentados a una mesa en una sala de estar desconocida, y aún estaba enfermo, muy enfermo. Le enseñaba con una sonrisa indecisa el mapa de la isla, completamente imaginaria comparada con la real, y le señalaba los sitios que íbamos a visitar; le decía que él también, muchos años antes, debía de haber pasado por esos mismos lugares. Él dijo con voz aguda y desgarrada, que, si lo pensaba, le recordaba aquella especie de grito de ave con el que en cierta ocasión, cuando ya se estaba muriendo, me colgó el teléfono en mis narices tras una discusión: «Yo ya no voy a ir a ninguna parte».

Cuando, al leer, me topaba en el relato con un luto ajeno, o también con la mera descripción de un padre que me parecía maravilloso y, como era evidente, también se lo parecía al hijo que hablaba de él, sentía una vaga envidia… como siempre he envidiado a los padres y a los hijos que se quieren con sencillez. Leía con emoción y pudor, y siempre me parecía que su nostalgia era más respetable. Ellos tenían *derecho* a sufrir. En cambio, yo sentía que no tenía derecho a la nostalgia: no éramos normales, no teníamos una historia dulce, no poseía un fantasma encantado como el padre de Nabokov, rodeado por siempre de la luz estival de un jardín perdido. Así me conmovía por los otros.

Un día de ese primer verano, durante un almuerzo en el campo, Agata, la primera mujer de mi padre, a quien veía desde hacía años solo con ocasión de alguna fiesta relacionada con otra familia, se acercó y me dijo con timidez que tenía algo para darme: era una pequeña fotografía en blanco y negro metida en un sobre cuadrado. Un niño de cuatro o cinco años en la playa, de pie en el asiento de una barca de remos varada en la orilla, orgulloso con su ridículo traje de payasito arlequinado, con las manos sobre las caderas, piernecitas todavía rechonchas, la expresión fruncida por el sol en la cara. Debía de haber sido tomada en 1949 o en 1950.

—Me gustaría que la tuvieras tú —dijo Agata.

No lograba mirarla, ni expresar alegría o gratitud del modo que se supone correcto. Sabía que estaba llevando a cabo un gesto lleno de significado, porque, por primera vez desde que mi padre había enfermado, alguien me reconocía una potestad filial, y también, en cierto sentido, una continuidad histórica. Era un ofrecimiento extraordinario: me decía «Es tuya porque eres su hija», que en otro contexto podría parecer una constatación banal, pero que en mi historia irrumpía con la fuerza de una revelación desconcertante. No era, sin embargo, capaz de manifestar todas estas cosas, ni tenía tal vez esa intención. Le di las gracias, me llevé la foto a casa, la guardé en un cajón y se la enseñé solo a algún amigo, más como una especie de curiosidad de Wunderkammer que como el poderoso talismán, o el luminoso y fulminante establecimiento de un contacto, que podría haber sido. No poseía ninguna fotografía de mi padre de niño, aparte de una muy fea y estropeada que ya llevaba años sepultada bajo capas de otras cosas. Pero más allá de una ternura convencional, no sentía mucho más. No era una puerta abierta a nada. Era solo una vieja fotografía graciosa, divertida e inerte.

El verano de mi partida, mi madre, acumuladora crónica de distinguida trayectoria, tomó la épica decisión de ordenar su cuarto. Se abrieron armaritos y estantes con trastos acumulados de manera inverosímil, se vaciaron cajas grandes rebosantes de fotos y documentos, todo el contenido de sus librerías abandonó los anaqueles. Un maremoto de papel polvoriento invadió de golpe la casa y ocupó todos los espacios respirables. Mi madre se movía entre las pilas presa de un entusiasmo febril, con los ojos brillantes del conquistador. Los clasificaba, los acariciaba, los comentaba, se sentaba en el suelo para releer durante días enteros, me llamaba en calidad de desganada testigo.

—¡Mira, estos eran los libros que compraba en los quioscos de pequeña! —me dijo entusiasta, mientras hojeaba ante mí ejemplares desgastados de los Oscar Mondadori de los años sesenta («Libros–transistores que hacen biblioteca, presentan cada semana las obras maestras de la literatura y las historias más emocionantes en edición integral supereconómica para el tiempo libre. Los Oscar son los libros 1965 para los italianos que trabajan. En casa, en tranvía, en autobús, en trolebús, en metro, en coche, en taxi, en tren, en barco, en motora, en transatlántico…»), *Tortilla Flat*, *La luna se ha puesto*, *Las uvas de la ira*, *Chico negro*, *El filo de la navaja*, etcétera.

Casi todas las tapas, en muchos casos inexplicablemente, mostraban a mujeres jóvenes carentes de pupilas que se retorcían en un nebuloso drama pictórico, capturadas por los alemanes o por un sentimiento abrumador. La versión de trece años de mi madre, que iba al quiosco a comprar el *Intrepido* y otras revistas de historietas, fue testigo un día de la aparición de aquellas cubiertas en el expositor como promesas seductoras de un mundo ulterior: y, me explicó, habían sido esos sus primeros libros «verdaderos», que se compraba con su dinero una vez por semana y leía de noche a escondidas, en la cama, a la luz de la farola del cruce, dejando oportunamente entreabiertos los postigos para que el haz luminoso bastara para ese cometido sin llamar la atención de los adultos. No pude evitar una sonrisa: mis estrategias habían tenido que ser mucho más barrocas (recuerdo un complicadísimo andamiaje de toallas alrededor de la lamparita para aislar una pequeña cuña de luz invisible desde mi puerta acristalada, y el hecho de no ser capaz, en la oscuridad, de encontrar puntos de apoyo adecuados), y todo porque ella, lo descubría ahora, ya tenía una larga experiencia en el asunto. Por eso casi siempre lograba pillarme con las manos en la masa.

Era inevitable que entre las fotos de niños ya adultos y perdidos en el tiempo, las caras sonrientes y borrosas fijadas *ad aeternum* en lejanas excursiones didácticas, a veces una chaqueta roja que aún destacaba vívida entre los colores difuminados del resto, como una estrella enfriándose progresivamente; entre las Tsvetáyeva, los Asimov, los Shakespeare («Guglielmo»: Rizzoli, 1951), los Lovecraft, los Canetti, los Bakunin, los proyectos para las escuelas del barrio de Vallette, las cartas doloridas de su madre que se remontaban a cuarenta años atrás («¿Sabes que te echamos de menos, Margherita? Nunca vienes a vernos, nunca nos llamas. Margherita.» Margherita, Margherita), los exámenes clínicos, las reproducciones de cuadros desechados con las esquinas amarillas y arrugadas, los recibos de los impuestos, los Urania, las Le Guin, los Potok, las Cederna, los prospectos, los cuadernos con los ejercicios de caligrafía de las clases, las muchas fotografías de nuestra vida en común, los ensayos de historia y de sociología; entre las conchas, los fósiles y las piedras que recogía por ahí, cuando se marchaba a largas expediciones por las playas y las montañas y durante horas se veía en la distancia su silueta que avanzaba lenta y paciente, la cabeza inclinada hacia el suelo en busca de algo que valiera la pena, redondeadas rocas ígneas abiertas igual que heridas sobre cuevas de cristales color bígaro, un trozo brillante de negrísima obsidiana con una pequeña, enigmática mancha azul de Persia, un amasijo bulboso de pirita; entre los *Linus*, los *Corto Maltés*, las *Sturmtruppen* impresos en papel de pésima calidad que se deshacían en la mano, porque nunca había dejado de leer las historietas, las cartas de Costanza desde América, las cartas de las amigas del colegio, los montones de postales que cubrían inmensos y terribles radios de tiempo y de espacio, los mensajes de felicitación por mi nacimiento, la pulsera del hospital que había rodeado mi muñeca de recién nacida, los botones desparejados pertenecientes a saber a qué camisa, a saber a qué abrigo y que acabaron en el fondo de los cajones, los estudios sobre la inmigración a la ciudad, las Mancinelli, los Bellow, las Ajmátova, los Stajano, las Arendt, los Bradbury, los catálogos de exposiciones, el diploma de partisano honorario de la Asociación Nacional de Partisanos de Italia de Vallette cuando era directora de escuela, los Oz, los Queneau, las Szymborska, los Dolci, las novelas negras, el modelo teórico de Ferreiro-Teberosky, los poetas, los poetastros, los *engagés* y los monstruos tentaculares, las estratificaciones aparentemente inagotables de su ropa, era inevitable, como decía, que antes o después surgiera también algo que había pertenecido a mi padre, a sus cuatro años de paso por allí. (En cada lugar en el que había estado, por otro lado, había olvidado algo, con la total indiferencia hacia los objetos que era una de sus características.)

—He encontrado unos papeles de tu padre —me dijo de hecho un día, tras asomarse por la puerta de su habitación—. Creo que se refieren a su proceso. ¿Quieres verlos?

Levanté los ojos de lo que estaba leyendo, sin mucho interés. Ella permanecía apoyada en el quicio con aspecto dubitativo.

—No —le dije al fin, y me puse a leer de nuevo.

—Está bien.

Volvió a su habitación. «Los papeles», a los que ella tampoco prestó más atención, acabaron metidos en una caja junto con otros documentos dispersos y allí permanecieron.

Tú que conoces bien los manuales de escritura, avispado lector, ya habrás localizado el rifle colgado en la pared en el primer acto del drama. Yo, en cambio, personaje negligente e involuntario (aunque también, de forma muy apropiada, moderadamente enfermizo), vagaba por Milán completamente inconsciente hasta del hecho mismo de que en algún sitio podía haber un rifle.

Todo lo que hacía seguía teniendo un ligero matiz de irrealidad; siempre me parecía que estaba representando algo que los demás sabían hacer bien, o para lo que estaban naturalmente dotados: la vida, imagino. Al mismo tiempo, me dejaba envolver de buena gana por las bagatelas estúpidas de la existencia práctica e incluso por los terrores que me provocaban: eran, en cualquier caso, mejores que el terror que sentía cuando el día se había terminado y me encontraba sola en la mesa para no-escribir. No recordaba ni siquiera cómo se hacía. Era increíble pensar que hubo un tiempo en que era capaz de hacerlo (aunque ahora considerara con suficiencia mis torpes experimentos adolescentes, y aquella felicidad inocente), que sintiera entonces placer, fervor, deseo. Pero esto era antes de que las palabras encallaran en ese banco de arena de pesadilla. Esto era antes de la muerte de Celina y de lo que vendría a continuación.

Solo había permanecido la teoría. Y mientras tanto el tiempo pasaba… cuánto tiempo había pasado ya, y sin embargo siempre estaba quieto, como enroscado sobre sí mismo.

Mientras tanto llegó el otoño, y luego el invierno, y había muchísimas cosas en las que pensar, y de las que hablar, y que leer, estaban los acontecimientos humanos para escuchar y los largos paseos solitarios; experimentaba sentimientos tan intensos, tan desconcertantes respecto a la nueva ciudad, a las visiones fugaces de zaguanes a través de los portales abiertos, a sus edificios, a sus árboles, a los nombres de las calles, que realmente quedaba poco espacio para nada más; estaban los plazos que respetar, estaban la exaltación y el desaliento, y en ningún momento, ni siquiera en el más mínimo intersticio, tuve jamás algún pensamiento hacia ese olvidado e irrelevante episodio estival.

En diciembre regresé a Turín para las Navidades. La casa de allí (a la que mentalmente seguía llamando por instinto «casa», «Voy a casa») seguía siendo la de siempre, eran los mismos los muebles desparejados, la profusión de trastos, el insustituible resplandor ambarino de las habitaciones, pero había ya algo diferente, aunque desde que me había trasladado había regresado ya en un par de ocasiones y la distancia entre las dos ciudades no era suficiente como para provocarme una verdadera sensación de desconcierto. Pese a todo, sentía en cierta medida que ya no le pertenecía del mismo modo: entre aquellos objetos tan familiares que parecían extensiones de mi propio cuerpo y yo se había interpuesto el tiempo; en aquellos meses habían existido en una dimensión paralela a la mía, habían llevado, por así decirlo, una vida independiente, sustraída a mi mirada, y la mirada que posaba sobre ellos ya no podía ser idéntica a la de antes. Pero, como de costumbre, no me detuve a reflexionar sobre ese desfase imperceptible.

Ocurrió del siguiente modo. El 26 de diciembre, pasadas las celebraciones, cuando los amigos ya se habían marchado, nos quedamos solas mi madre y yo; la tarde era tranquila y somnolienta, y hablábamos a ratos, yo sentada a la mesa con la cabeza apoyada en el puño y los párpados bajados; ella, en el sofá atareada con su eterna alfombra, que acabaría solo tres años más tarde. La conversación derivó hacia mi padre. De hecho, ese era el día de su cumpleaños; o, para ser más exactos, lo había sido. Mi madre preguntó:

–¿Cuántos años cumpliría?

—Nació en el 45, pues… sesenta y ocho —calculé.

Era una cifra extraña de pronunciar. Siempre hay algo de absurdo en pensar la edad que tendría alguien que ya no puede tener ninguna.

—¿En el 45? No, no, es del 47.

—Te equivocas. Te confundes con tu hermano.

Pero ella siguió insistiendo, de modo que al final logró hacerme dudar a mí también. Entonces levantó el índice, iluminándose.

—¿Sabes dónde podemos comprobarlo? ¿Recuerdas aquellos papeles suyos que encontré mientras ordenaba?

—Mmm…

—En la primera página estaba su fecha de nacimiento. Espera.

La seguí hasta la habitación y me senté en la cama mientras buscaba. Abrió la caja grande, sacó de ella una serie de hojas unidas con una grapa y recorrió rápidamente la primera. Entonces se giró para mirarme por encima del hombro.

—El 45, tenías tú razón.

—¿Lo ves?

—Esto debía de ser la sentencia de absolución —añadió al cabo de un instante, con los ojos otra vez en la hoja.

Esta vez me animé hasta sentir un destello de interés. Tendí una mano.

—Déjame ver.

Se había equivocado (no creo que la hubiera leído siquiera con anterioridad): no era la absolución, sino las alegaciones de la defensa que el abogado de mi padre había presentado en Casación antes del tercer proceso. Ya quedaba claro desde la portada: «Motivos del recurso de casación presentado por el Dr. LEONARDO BARONE, NACIDO EN MONTE SANT'ANGELO EL 26-12-1945 Y RESIDENTE EN TURÍN EN VIA V…, DEFENDIDO POR EL ABOGADO PRIVADO M.S., CONTRA LA SENTENCIA DEL 19 DE JUNIO DE 1986 (NÚM. 11/86) DE LA 2.ª Sala de lo Penal de apelación de Turín, que reformando el punto referido a la pena de la sentencia en primer grado lo ha condenado a... años de reclusión por un delito de pertenencia a banda armada».

«Pertenencia a banda armada.» De repente, presté atención.

Yo ya sabía –aunque a grandes rasgos– qué había pasado, pero la fórmula jurídica, tecleada a máquina sobre esa hoja ya amarillenta, y la asociación improbable con el nombre que conocía producían un efecto nuevo, violento. Como si solo en ese momento el asunto se hubiera vuelto verdadero, como si lo hubieran arrancado del paisaje indistinto, aproximativo e incoloro que es para nosotros el pasado de los demás, la vida de los demás cuando no estábamos presentes.

No logro recordar cuándo me enteré de que mi padre había estado en prisión. Ya no puedo decir quién me lo contó, ni siquiera en qué circunstancias, ni qué edad tenía yo, pero seguro que aún sería muy pequeña. Recuerdo en cambio la sensación: la amenazante y fabulosa indeterminación de la palabra (puede ser que utilizaran en cambio la palabra «cárcel», que mi memoria modificó más tarde), y la confusa sensación de algo estridente: no lograba encajar una información semejante en mi realidad. Pero había sido mucho tiempo atrás, me explicaron, y en cualquier caso él era inocente. Sobre esto no tenía dudas. No sabía de qué podían haberlo acusado, pero para mí era del todo evidente que no podía ser culpable. Por más que fuera incapaz de definir con detalle sus virtudes, tenía claro que no parecían apuntar hacia el crimen. Lo dejé ahí, en un probable arrebato de compasión infantil por él, que sabía que era débil y, por tanto, incuestionablemente, víctima. Tampoco más adelante la cuestión tuvo ninguna importancia, y nunca, cuando pensaba en él, se me pasaba por la cabeza. Hablamos un par de veces sobre el tema, pero siempre de un modo más bien sumario. Me dijo que trabajaba de médico; que lo habían detenido acusado de ser un terrorista; que los otros médicos del hospital donde trabajaba le habían dado la espalda, y que por eso no había querido volver allá y había abandonado la profesión; que al final había sido absuelto de todos los cargos (yo había nacido hacía ya un año); que nunca había sido un terrorista, y sobre esto no tenía que hacer ningún esfuerzo para creerle. Eso era todo, aparte de alguna otra referencia en el transcurso del tiempo. Una vez: «Curé a uno de Primera Línea herido, y *en consecuencia* —enfatizando con sarcasmo el nexo ilógico— me acusaron de pertenecer a Primera Línea». ¿Fueron estas las palabras? Sí, más o menos (recuerdo el sarcasmo, una categoría del espíritu tan alejada de él que se me quedó grabada). No creo que me diera más detalles, ni yo tampoco se los pedí nunca.

En una de las raras ocasiones en las que había surgido de nuevo el tema le dije algo así como: «Algún día tienes que contarme toda la historia como se merece». Él sonrió incómodo y contestó que era un tanto complicado, pero sí, lo haría. Nunca sucedió.

De este modo, cuando abrí las alegaciones de la defensa, eso era lo que sabía: casi nada. Las hojeé con el pulgar. Eran dieciséis páginas escritas a máquina y numeradas, fotocopias del original.

La sentencia en primera instancia condenó al solicitante por pertenencia a la banda armada Primera Línea, considerando concluyentemente (pág. 184) que el «Barone, independientemente de su posición crítica respecto al proyecto político de P. L. y de su no pertenencia a las estructuras formales de la misma, ha proporcionado una consciente contribución a la vida de la organización, puesto que al prestarse a curar a un militante (Galiani) o al desplazarse a Roma para curar a otro, sin llegar a verlo por motivos ajenos a su voluntad (Mancini), o al prometer de entrada su asistencia médica a favor de los militantes heridos en las acciones proyectadas, ha concurrido a crear o a reforzar la estructura de la banda y, en cualquier caso, se ha unido a la misma».

El Barone. Pero ¿quién era este personaje desconocido que me alcanzaba desde las tinieblas de la jerga burocrática con ese burocratísimo artículo delante?

El abogado proseguía: contra esa condena, la defensa *del* Barone había presentado veintiocho páginas de motivos de apelación que refutaban con detalle la valoración del juez de primera instancia acerca de los tres indicios de presunta pertenencia a Primera Línea,

> es decir 1) el hecho de que en marzo de 1979, él, como médico, había visitado a un militante herido, Mure Galiani; 2) el hecho de que en enero de 1982 se había desplazado o al menos había prometido desplazarse a Roma para curar a otra militante, Mancini; 3) el hecho de que a continuación hubiera declarado su disponibilidad para tratar a los militantes que fueran heridos en las acciones proyectadas.

La sentencia de apelación ignoró esas veintiocho páginas, sosteniendo que los indicios que apuntaban al demandado eran plenamente indicativos «de su integración en la organización criminal», sobre todo según las declaraciones de algunos colaboradores (terroristas arrepentidos, en resumen), y confirmando la decisión de los primeros jueces.

La segunda sentencia tan solo añadía:

> la constatación de la debilidad a) del trabajo del Barone según el cual «él era según su propia confesión conocido sin duda en el ambiente subversivo, pero él nunca se había incluido, por lo tanto no se podía calificar de integrante de la banda armada», b) de la deducción del Barone relativa a «su total desaprobación de los actos violentos, mientras con plena incoherencia habría frecuentado los ambientes de la subversión».

Es difícil explicar hasta qué punto estas palabras me dejaban estupefacta, lo irreales que eran en la cama de mi madre, entre las altas librerías oscuras de su cuarto, debajo de mi foto enmarcada, a los ocho años, con una diadema de tela en el paseo fluvial de Rotterdam, en el reconfortante archipiélago de las cosas de siempre. El contraste era tan acentuado que no experimentaba ningún sentimiento identificable, solo una especie de leve desapego. Eran palabras de un universo ajeno, palabras de documental nocturno con música sombría en los títulos de crédito, o de nota a pie de página en uno de los ensayos de historia política que leía tan a menudo años antes; no pertenecían a mi vida y sobre todo –sobre todo– era inverosímil relacionarlas con el hombre al que conocía, ese tranquilo sesentón que una vez, mientras lo veía desde lejos acudiendo a una cita, me pareció tan indefenso y frágil, montado en su bicicleta, la gorra ladeada como siempre y la mirada perdida en el vacío, que sentí una angustia inexplicable y aceleré el paso hasta casi echar a correr para llegar lo antes posible para protegerlo del mundo atroz, para incluirlo dentro de mi esfera.

Tuve que levantarme y caminar por el cuarto. Me senté otra vez y comencé a leer.

Haciendo un esfuerzo para superar la cortina del argot jurídico, entendí que el abogado consideraba nula la segunda sentencia por falta de motivación al «omitir la consideración de los motivos de la apelación» y por no haber tomado en consideración elementos decisivos, es decir, elementos que el primer juez había ignorado y el segundo juez había «obliterado por completo» al remitir a la motivación de la sentencia en primera instancia, mientras que técnicamente tendría que haberlo hecho al tratarse de «nuevos argumentos, no manifiestamente infundados y susceptibles, en caso de compartirse, de introducir una enmienda al primer juicio». Pasaba a analizar entonces los presuntos indicios de culpabilidad. Mi padre había destacado algunas líneas con curiosas flechitas recortadas cerca de los puntos relevantes (sabía que las marcas eran suyas porque en el margen también había una anotación con su grafía ilegible).

El primer indicio se ha reconstruido en el proceso a partir de las declaraciones de los miembros de Primera Línea que habían pedido al Barone que visitara al Galiani, herido en una acción de la banda.

[...]

a) el Barone, cuando fue requerido por estos, era ajeno a Primera Línea y decidieron dirigirse a él solo por la urgente necesidad de una intervención médica (interrogatorio a Celauro ante el juez instructor con fecha 7-10-1982: «Barone era sin duda alguna ajeno a Primera Línea. Decidimos llamarlo de todas formas»; inter. Bo ante el juez instructor el 11-10-1982: «Barone [...] es una persona que no formaba parte de P. L., pero se pensó en dirigirse a él para comprobar su disposición a curar al compañero herido»);

b) en el momento de la petición, al Barone no se le informó de la pertenencia del herido a una banda armada ni de que lo habían herido en una acción delictiva de la misma (inter. Celauro cit.: «Meli dijo que habían herido a un compañero, sin añadir detalles»);

c) un mes después de la inútil visita realizada al Galiani, al Barone aún se le consideraba persona ajena a la banda, hasta el punto de que se le ocultaban las acciones de la misma (inter. Bo cit.: «Verderame miró al Barone de forma que entendiera que no era un tema del que hablar y la cosa terminó ahí»).

Los motivos de la apelación pedían que se valorara si estas declaraciones «no avalaban la tesis de que el Barone había aceptado visitar al Galiani por un mero impulso humanitario y sin saber que este pertenecía a una banda armada, de donde se infiere la imposibilidad de argumentar que esta era una consciente contribución suya a la vida de la organización». Y, por el contrario, nada.

En este punto se introducía otro personaje del que nunca antes había oído hablar.

El segundo indicio se ha reconstruido basándose en las declaraciones del «arrepentido» Colomba. Consiste en la adhesión que hacia las once horas del 23 de enero de 1982 [*¡ah, esa bellísima, disparatada y novelesca precisión del dato real!*] (es decir, nada menos que tres años después del episodio Galiani) el Barone le habría transmitido al mismo Colomba y a otros integrantes de Primera Línea, quienes le invitaban a que fuera con el tren de las 13.30 a Roma para tratar en dicho lugar a una tal Mancini, herida en una acción de la banda. Queda demostrado que el Barone no viajó en ese tren y que a las tres de la tarde del mismo día enviaron a cierto Longo a ver al Colomba para concertar una cita con él para las seis de la tarde; cuando se reunieron, el Barone comunicó a este último que no tenía intención de marcharse.

El Barone siempre ha declarado que a las once de la mañana había dado a la petición una adhesión con reserva, vacilando entre el impulso humanitario de asistir a una persona necesitada de cuidados y el desacuerdo con los programas y los métodos de Primera Línea; que a las tres de la tarde ya había decidido no marcharse porque para entonces ese desacuerdo había prevalecido y que a las seis comunicó al Colomba tanto su decisión de no partir como las razones políticas que estaban en la base.

Pero el escrupuloso inventario de los movimientos interiores en el largo y épico día de nuestro nuevo y desafortunado Leopold Bloom (mismas iniciales, suerte más amarga) fue maravillosamente reinterpretado por los jueces:

La sentencia en primera instancia ha revelado en cambio que el Colomba, en una reunión mantenida a las siete de la tarde del mismo día con un cómplice, Nardelli, no comunicó a este que el Barone se había negado a partir, de donde se llegó a la conclusión de que a las seis el Barone simplemente había declarado al Colomba el propósito de diferir la partida para esperar a que los controles de la fuerza pública se redujeran.

La defensa indicaba que esta eventualidad «habría sido un artificio pueril, dado que los controles de la policía, como consecuencia del asesinato de dos carabineros en Monteroni d'Arbia, sin duda alguna no iban a relajarse en tan corto espacio de tiempo», y no solo eso: el mismo arrepentido que lo había implicado había cambiado de versión inmediatamente después de la detención de mi padre, declarando que no era verdad, Barone no formaba parte de la que definían, con eufemismo grotesco, «la organización». (Por no hablar de aquellas otras palabras: «programas», «métodos». Los métodos.)

Los motivos de la apelación del Barone subrayaban que el Colomba había declarado durante el proceso que a las once de la mañana el Barone había dado su consentimiento bastante perplejo (inter. Colomba ante el juez instructor el 31-7-1982: «Su "sí" no era satisfactorio; no estaba contento… recuerdo que conmigo Leonardo criticaba mucho la muerte de los dos carabineros cerca de Siena») y a las seis de la tarde había justificado su negativa apelando a un desacuerdo político (inter. Colomba cit.: «Quiero añadir un detalle que he recordado y que está en mi memoria al ciento por ciento. Cuando Leonardo en Corso Peschiera me informó de que no iba a partir […] me dijo que la P. L. no existía, en el sentido de que los métodos de este grupo no se podían aceptar»).

Por estas frases los motivos de la apelación sugerían que, cuando a las siete Colomba habló con Nardelli, que en cierto sentido era su superior, le había ocultado intencionadamente que Barone se había negado; y esto era porque, según el abogado, Colomba tenía una «psicología precaria» y no quería contrariar a Nardelli, hacia quien mostraba una auténtica sumisión. La monstruosa estupidez de todo aquello no se me escapaba, pero en ese momento me afectaban otras cosas, más inasibles: la referencia a un lugar concreto de mi existencia —la larguísima línea recta de Corso Peschiera con su doble hilera de altos almeces, que cientos de veces había recorrido en el coche de alguien—; la presencia viva de mi padre que actuaba y hablaba en la ciudad de repente extraña y tenebrosa; el familiar «Leonardo», que, entre otras cosas, sugería que este Colomba debía de tener con él una relación amistosa.

El tercer indicio que inculpaba al Barone, establecido al haber declarado este su disponibilidad para curar a posibles militantes heridos en las acciones planeadas, se ha reconstruido basándose en las declaraciones del también imputado Garbarino, que en la época de los hechos se ocultaba con el nombre de batalla de Asa.

Los motivos de apelación del Barone subrayaban que Garbarino-Asa admitía no haber consultado directamente con el Barone, sino que había solicitado su disponibilidad a través de Colomba y que este a) en el interrogatorio ante el juez instructor del 27-7-82 declaró: «Asa me pidió que lo llamara por teléfono, pero en realidad solo fingí realizar esa llamada. Le conté a Asa que había ido a telefonear porque él ese día estaba muy cabreado y no quería contrariarlo. Pero en realidad no telefoneé al Barone ese día»; b) en el interrogatorio ante el juez instructor del 31-7-82 añadió: «Estoy seguro de que Asa me encargó que requiriera al doctor una única vez… no hubo ninguna otra vez; de esto estoy seguro».

Los motivos de la apelación, por tanto, consideraban ilegítimo que hubieran considerado todo esto como pruebas en contra del demandado sobre la base de declaraciones indirectas, «mientras que la única persona que habría consultado directamente al Barone, es decir, Colomba, negaba dicha circunstancia». De manera que establecían que la disponibilidad del Barone solo se habría declarado en una ocasión: y esto no podía carecer de importancia, dado que al ir a visitar a Galiani el demandado se había limitado a visitar a un herido sin saber que pertenecía a Primera Línea, y en el segundo episodio, el de la salida para Roma, primero había dicho que sí sin mucha convicción, y por la tarde había cambiado de idea. Y, además, si en una única ocasión le habían solicitado su disponibilidad para curar a posibles heridos, habría sido imposible considerarlo un simpatizante consciente de Primera Línea.

En sustancia, las acusaciones que se habían formulado contra él coincidían solo en parte con lo que él me había referido. El asunto era más amplio, pero carecía de piezas demasiado importantes para comprender todas las circunstancias. ¿Por qué, según él mismo admitía, «era sin duda conocido en los ambientes de la subversión»? ¿Cómo era posible? ¿En qué lugar, en qué circunstancias alguien, alguien que formaba parte de una banda armada, lo podía haber mirado con intención de hacerle entender que «ese era un tema del que no hablar», y qué tema era? En el fondo, para el abogado solo se trataba de una recapitulación de hechos ya conocidos y desgastados por la repetición, un espigueo de citas procesales útiles para lo que pretendía decir. Para mí era tan frustrante como ver a alguien en la lejanía que agitaba un cartel donde había algo escrito que yo sabía importante pero que no conseguía leer, para luego desaparecer de repente en la oscuridad.

Aún había un pasaje que me llamó la atención, unas páginas más adelante.

El Barone ha admitido repetidas veces en el proceso que siempre había «hecho política» en Turín en los ambientes denominados de extrema izquierda o de la autonomía, de los que en un momento dado brotaron los movimientos de la subversión armada; haber frecuentado esos ambientes y ser conocido en los mismos es perfectamente compatible, en el plano de la lógica y en el de la experiencia histórica, con el rechazo de la violencia y con la no adhesión a las organizaciones que practicaron dicha violencia. Los mismos acusadores del Barone han reconocido que esta era su posición política. Colomba, en el interrogatorio ante el juez instructor del 27-7-1982, declaró: «Durante nuestra charla le hice al Barone la pregunta, en tono burlón, de si quería entrar en la organización. Él se echó a reír y ni siquiera me contestó… quiero especificar que, por lo que yo creo, Leonardo no podía ser uno de Primera Línea». Y Garbarino, en el interrogatorio ante el juez instructor del 30-7-1982, dijo: «Oí hablar en espacios públicos a Leonardo Barone y, por supuesto, los términos de sus argumentos no eran homogéneos respecto a los de nuestra organización».

Bueno, pensaba yo, con una media sonrisa. Seguro que «no podía ser uno de Primera Línea». En su simplicidad, era la definición más perfecta de mi padre que había leído hasta ese momento y por una vez coincidía con algo que yo conocía (o que podría haber intuido): su naturaleza.

Pero los jueces no habían sido de la misma idea. Así la sentencia de la apelación había negado incluso «el atenuante de la participación de mínima importancia en el delito afirmando que el delito de pertenencia a banda armada ex art. 306 co. 2.° c.p. es un delito ontológicamente monosubjetivo, al cual no puede aplicarse por tanto el atenuante del art. 114 co. 1.° c.p.», etcétera.

Y luego otras cosas, y luego, «después de todo lo expuesto, y con reserva de motivos añadidos», el abogado pedía a la Excma. Corte Suprema que anulara la sentencia impugnada con todos los efectos legales. Respetuosamente.

El rifle acababa de estallarme en la cara.

No habría podido decir con exactitud qué había sucedido, pero en los días siguientes seguí notando el cambio que me acompañaba, imperceptible pero decisivo; estaba en la forma en que miraba la ciudad, en que algunas cosas me volvían a la memoria; fragmentos de conversaciones, expresiones olvidadas, un tono de voz. Hasta la plaza Vittorio, la gran plaza junto a la que había vivido toda mi vida y que me conocía palmo a palmo, la plaza clara, dura y geométrica que se abría sobre el puente y el río y la colina, cuando bajé al día siguiente y la miré, vacía de gente, casi transparente en la luz acristalada de invierno, me pareció lunar y remota, como el signo de un misterio. Recordaba que había cierta buhardilla, detrás de sus oscuros desvanes, que había sido un refugio de las Brigadas Rojas o algo parecido, y fui a ver: y en efecto, releí, en el número 21 vivió en clandestinidad Patrizio P., el jefe de filas, el primer arrepentido, y allí abajo fue detenido; y el número 21 estaba precisamente en la esquina con mi calle, y por primera vez esto me causó impresión, me dio, igual que me la habían causado ciertos detalles del informe de la defensa, la idea de una desconcertante proximidad que no había concebido hasta entonces, espacial y también temporal, porque si mi infancia parecía haberse desarrollado ya en un mundo de un siglo más tarde, ahora me daba cuenta de que (aquellas fechas impresas en el papel habían hecho que me diera cuenta) la distancia era mínima: había nacido solo cinco años después de la detención de mi padre y, pensándolo bien, cuando yo ya existía, este asunto aún estaba en marcha.

Mis padres eran de izquierdas, como toda la gente con la que se relacionaban. Era la regla, el trasfondo natural de mi juventud. No era por tanto una sorpresa que él hubiera sido militante, ni tampoco demasiado que lo fuera en la, *verbatim*, «llamada extrema izquierda»; lo que me resultaba inesperado era que, con toda evidencia, fuera un personaje bastante conocido. La vida esquiva y pálida que llevó después no me había permitido imaginarlo. ¿Por qué no me habló nunca de ello? ¿Por qué rehuía su propia historia? ¿Quién era mi padre?

Nunca habría pensado que un día me haría semejante pregunta.

En esto —en este secreto— sentía confusamente que debía de haber algo que se me había escapado, algo fundamental. Llevaba conmigo esa sensación informe como un tesoro escondido en el forro del abrigo.

Mi madre no sabía mucho más que yo: cuando la conoció, él nunca quiso hablar de lo que había pasado antes. Se había como refugiado en su casa, y prefería escucharla a ella hablar de sí misma, de libros y de lo que hacía en la escuela, que le parecía el último frente político posible de verdad. Solía hablar de política en términos generales, sin entrar en detalles sobre lo que había hecho en primera persona. Sus mundos eran tan diferentes y tan separados que mi madre nunca tuvo ocasión de cruzarse con el suyo antes, salvo fugazmente, en una reunión en el año 80 en Vallette, cinco años antes de conocerlo. Ella se percató de que era un refugio, también del pasado, y aunque supiera lo de la cárcel —además, él tenía la obligación de firmar en la comisaría una vez a la semana, no podía salir de Italia y hablaba siempre de lo mucho que le habría gustado ir a París; y una vez, mientras estaban de vacaciones en las Eolias con un grupo de amigos, se olvidó de hacerlo (o tal vez había sido una minúscula, tácita rebelión) y los carabineros fueron a buscarlo a los escollos, y se hablaba a veces de esa firma como de una molestia, o más aún, como de algo insoportablemente injusto— y que había sido un militante, entendió también que él quería cerrar con doble llave y dejarlo atrás, que lo *necesitaba*.

Sin embargo, entre nuestros conocidos aún había gente que había formado parte de esa vida precedente en cierta medida y que tal vez podría explicarme algo.

Así que hice un par de llamadas.

—He encontrado algo, ya te explicaré —decía deprisa—. Un día, si es posible, me gustaría que me hablaras sobre el juicio a mi padre, sobre lo que pasó. Sobre quién era, también.

Al otro lado de la línea se hacía un breve silencio de estupor. Estaba claro que nunca se habrían esperado de mí una petición de ese tipo. Pero entonces me decían que sí.

No tenía una idea precisa de qué iba a obtener; tenía la esperanza de que, al reunir sus fragmentos, las cosas diferentes que cada uno de ellos sabía o creía saber, entendería mejor cuál era la historia. Quería rellenar los agujeros del informe de la defensa. Quería los hechos al desnudo.

—¡Ah! —dijo mi madre con una risita cuando le expliqué mis propósitos—. Los hechos. Nunca serán los *hechos*, eso lo sabes, ¿verdad?

—Pues claro que lo sé. Te recuerdo que he estudiado literatura.

—Y también sabes que encontrarás cien versiones diferentes de tu padre según con quién hables.

Sí, lo sabía. Si esto es cierto más o menos para cualquier ser humano, su caso era sin duda alguna especial. No conocía a nadie que pudiera suscitar amores, aversiones y decepciones tan apasionadas, sobre quien hubieran recaído miradas tan radicalmente distintas. Pero, a pesar de todo, habría algún débil rastro común, algo que seguir, esa misma sombra —no una máscara: algo de *verdad*— que yo había visto flotar entre las páginas de las alegaciones de la defensa.

En la cocina templada, mientras nos decíamos estas cosas, flotaba en el aire un placer extraño, una especie de felicidad compartida. Veo de nuevo a mi madre al otro lado de la mesa con su taza delante, los ojos de kirguisa entrecerrados en la sonrisa. Me daba su aprobación.

Antes de volver a marcharme recuperé el número de Agata y la llamé también a ella. Se quedó cohibida cuando comprendió quién era yo; nunca habíamos hablado antes por teléfono y no nos veíamos desde hacía mucho tiempo. Cuando le dije de lo que se trataba se sintió molesta, casi ofendida. Aún la ofendía, me percaté, la asociación de mi padre con el juicio.

—Pero es que eso no tiene nada que ver con él, nada —dijo—. *Ese* no era él. ¿Por qué quieres saberlo? ¿De qué sirve, a estas alturas?

No sabía contestar a esto. Me parecía poco delicado decir que tan solo era porque resultaba de interés para mí. Y además, de todas formas, habría sido una respuesta parcial.

Prosiguió, y se notaba una cierta urgencia en su tono:

—No sabes, no sabes qué tiempos eran aquellos. Nos han borrado. Solo han quedado los asesinos. Tú no sabes cómo se podía ser *feliz*. Y nosotros éramos felices.

No repliqué, de nuevo.

—Solo han quedado los asesinos —repitió. Permaneció en silencio durante un rato, y luego añadió—: Sabes que tu padre no querría que escribieras sobre esto. ¿Sabes que se lo pidieron? Otros... su abogado. Insistían mucho porque era «representativo». Pero él no quiso. No quería recordar.

De hecho, lo sabía. Esta era una de las pocas cosas que mi padre me había contado. Me dijo que le habían pedido que escribiera unas memorias, pero se negó. No añadió explicaciones de ninguna clase; sin embargo, yo recordaba que por un momento entrecerró los ojos, como si sintiera disgusto o dolor. Pero yo no tenía ninguna intención de escribir sobre ello: la necesidad era otra, era oscura y por eso mismo inexplicable, sobre todo a ella, que para mí era una extraña: yo solo quería saber algo más al respecto. Como máximo, pensaba, escribiría un texto breve sobre el informe de la defensa, con los detalles que me proporcionarían más adelante. Yo tenía ya una idea de lo que podría salir, si me dieran suficiente. Podría haberlo titulado, con pasmosa originalidad, *El proceso*.

Dije impaciente, y en el fondo sincera:

—No quiero escribir sobre ello.

Suspiró. La había convencido. Nos veríamos.

En las semanas siguientes hice algunas pesquisas. Por ejemplo, el nombre de Mure Galiani, que no conocía, o quizás no recordaba. Sentí una leve inquietud cuando leí que lo hirieron durante un asalto en el que murió por error un muchacho de dieciocho años. Las primeras curas se las hicieron en Turín, luego los *compañeros* lo llevaron a Milán, donde le operaron en secreto. Lo comprobé: el mes coincidía. Marzo de 1979. Era cuando llamaron a mi padre para que fuera a verlo, según el informe de la defensa, por tanto era el mismo episodio. ¿Era posible que en el momento en que entró en el apartamento (imaginaba un apartamento) donde yacía el cuerpo de un herido por metralleta, probablemente horas después del tiroteo, aún no supiera nada, no hubiera relacionado las dos cosas, el cuerpo herido y el muchacho muerto, lejos, en una acera de Borgo San Paolo? Pensándolo bien, si no había escuchado la radio y quien lo había recogido para llevarlo hasta allí no le había dado explicaciones —lo que era probable— no sería tan increíble. ¿Qué se preguntó, al inclinarse sobre ese hombre? ¿Qué se le pasó por la cabeza? ¿Por qué lo llamaron precisamente a él?

El informe de la defensa se concentraba casi únicamente en el segundo acontecimiento, la comedia del absurdo de tres años más tarde. A esto apenas hacía referencia: ni siquiera aparecía la fecha exacta. La falta de informaciones me inquietaba.

No encontré en ningún sitio el nombre de Colomba.

Decidí escribir a un excompañero mío de instituto un par de años más joven que yo, a quien no veía desde el final de la secundaria. Su padre —en esa época no lo sabía, me lo dijeron más tarde– había sido el abogado del mío, y había seguido las dos primeras instancias del proceso (no era, pues, el autor del informe de la defensa, quien solo se había ocupado de la tercera instancia).

Fue el abogado quien me llamó. Era una tarde de los primeros días de enero. Me tembló la mano cuando me dijo quién era, aunque también él parecía emocionado. Su voz tenía un tono agradable, conmovido casi. Como si le encantara que me hubiera decidido a buscarlo.

–Sabes, yo apreciaba mucho a tu padre –dijo al final–. Ven a verme cuando quieras. Te contaré todo lo que pueda.

Y así, a finales de enero me encontraba en el estudio del abogado, en Turín; una amable secretaria me hizo entrar en una sala y me pidió que esperara unos minutos. Me acerqué a la ventana. Era un día luminoso y transparente, la avenida arbolada de castaños parecía refulgir de oro. Miraba afuera y me sentía extrañamente en calma, casi feliz, incluso, con una felicidad tranquila y consciente. Sabía que se trataba de un momento importante e irreversible. Sabía que estaba a punto de poner en marcha algo que iba a significar un antes y un después en mi vida. Sabía todo esto mientras permanecía delante de la ventana, con las manos apoyadas en el alféizar.

Unos días antes había vuelto a hablar con Agata, para concertar nuestra cita. Me había pedido una copia del informe de la defensa, porque nunca lo había leído. Cuando, de pasada, mencioné el nombre de Colomba, su voz se llenó de rabia.

—Colomba es quien traicionó a tu padre —me dijo recalcando las palabras—. Era amigo suyo. Eran compañeros en la fábrica y tu padre le había echado una mano porque tenía un niño enfermo. Colomba era uno de esos peones insignificantes de los partidos armados, los que repartían panfletos en la fábrica, cosas así. Cuando lo detuvieron le pidieron nombres para aligerar la pena, porque así era como se hacía, y él no los tenía, ya habían sido detenidos casi todos, aquello había terminado, y entonces dijo el de tu padre. Sabía perfectamente que no tenía nada que ver con Primera Línea. Lo sabía. Pero lo hizo de todas formas, más tarde se lo tuvo que tragar todo cuando se dio cuenta de lo que había hecho, pero para entonces ya era demasiado tarde. Le destrozó la vida.

Permanecí en silencio durante unos instantes, mientras las piezas se recomponían de nuevo en mi cabeza, en un dibujo imprevisto. Así que eso era lo que había pasado. Ese era Colomba. Ese era el porqué.

Después de colgar sentí una náusea violenta, y el deseo de acabar ahí. Por primera vez me daba cuenta de que estaba levantando una piedra bajo la que fermentaba una oscuridad mucho más vasta de lo que tal vez estaba dispuesta a soportar. Me senté en el sofá, con la cabeza entre las manos. Era demasiado perezosa y demasiado cobarde para todo aquello, y lo sabía. Cuando el juego se ponía difícil, me iba a cualquier parte a leer. Pero la verdad era que el otro deseo era inmensamente más fuerte; e inmensamente más vivo.

Me había preguntado a mí misma si debería intentar encontrar a Colomba para conocer su versión. Su «versión de los hechos». Ese rancio lugar común me había disgustado. Había descartado la frase y la hipótesis, y había dejado de lado a Colomba, al menos de momento. (Y, además, ¿qué sentido tendría?, me preguntaba. ¿Presentarme ante su puerta como una especie de fantasma vengativo del pasado, para recordarle una vergüenza en la que sin duda no quería volver a pensar, hacer que sintiera un dolor inútil, y para qué? ¿Para no dejar ningún cabo suelto? Y, además, tampoco es que tuviera muchas ganas de verlo.)

Así que allí estaba, y miraba por la ventana, y esperaba a que todo comenzara.

El abogado entró y dijo: «Marta», y se acercó a estrecharme la mano, con una sonrisa afectuosa. Me invitó a sentarme; él se sentó del otro lado del macizo escritorio de nogal y se inclinó hacia delante.

Tendría unos sesenta años, el pelo canoso peinado hacia un lado, un mechón le caía en la frente; la cara ancha, bonachona, con una sombra de barba; y ojos azulísimos y amables que contrastaban con las cejas aún oscuras y pobladas, de aspecto luciferino.

Sabía por qué estaba allí y lo que quería, y por tanto, sin demasiados preámbulos, comenzó a hablar de inmediato. Me dijo que conoció a mi padre en alguna asamblea universitaria, y aunque llevaban vidas paralelas y él era mucho más joven, se hicieron buenos amigos, y a menudo lo veía durante las manifestaciones o se topaba con él por la calle; no era una amistad íntima, pero era en cualquier caso ese tipo de amistad por la que, cuando a mi padre lo incriminaron, él no dudó ni un instante en asumir su defensa. En los años del proceso su relación se hizo más estrecha; luego, como a menudo sucede en la vida, dijo con una sonrisa leve y triste, dejaron de verse.

Había buscado algún documento del proceso que se hubiera conservado; pero se habían perdido en los meandros del tribunal de justicia, y dudaba que consiguiera encontrarlos. Seguiría buscando.

−Del proceso recuerdo una escena −dijo−. Leonardo estaba diciendo que él se encontraba a una distancia sideral de Primera Línea, recuerdo la palabra, recuerdo la forma en que la subrayó, y el fiscal lo interrumpió con una risa despectiva, diciendo: «¡Sideral, nada menos!». Y Leonardo, furioso pero gélido, lo miró y repitió: «Sí, sideral».

Se quedó un rato en silencio, pensando en cosas lejanas. Entonces dijo que todo se había complicado por el hecho de que algunos amigos de mi padre, al tratar de ayudarlo, habían incurrido en falso testimonio sobre algunos de sus movimientos, contradiciendo sus declaraciones y creándole aún más problemas. La intención, en resumen, era buena: pero el resultado fue pésimo.

No recordaba cuántos meses pasó en la cárcel. Menos de un año, en cualquier caso. Dijo que también allí, al menos en apariencia, siguió siendo idéntico a sí mismo: cocinaba, organizaba protestas contra las condiciones de los presos, comenzó a estudiar Derecho precisamente allí dentro, para tener más instrumentos con que defenderse (y quizás, pensé yo, también para llenar el inmenso y horrible tiempo vacío de la prisión). Seguía siendo él, comentó. Cuando se lo expliqué a mi madre, ella hizo una larga pausa; entonces dijo en voz baja: «Pero ¿y la noche? ¿Cómo habrá sido la noche?».

Le pregunté sobre Colomba.

—Oh, Colomba… Colomba solo era un pobre hombre, en serio. Era una persona muy simple, un semianalfabeto, que se vio totalmente abrumado por algo que era más grande que él. Leonardo lo decía también… no le guardaba rencor.

—¿Cree que tendría sentido tratar de buscarlo?

—Por lo que yo sé podría ser que incluso hubiera muerto, hace ya unos años. Aunque no estoy seguro.

¡Muerto! Ni siquiera se me había pasado por la cabeza una posibilidad como esa. Adondequiera que me volviera parecía abrirse una nueva falla.

—De todas maneras, ¿sabes dónde podemos encontrar algo? —dijo el abogado—. En el Centro de Estudios Piero Gobetti está el archivo de Bianca Guidetti Serra. Quizás allí quedó alguna cosa, aunque ella no se ocupó del caso de tu padre. Hay muchos legajos sobre los juicios a Primera Línea. Yo te acompañaré, mañana, y buscaremos juntos.

El día siguiente fue más gris y frío; nos encontramos en la plaza Arbarello, otro lugar de mi vida que de repente adquiría otro significado (y pronto tendría otro más: la ciudad se iba volviendo lentamente doble). El edificio donde se conservaba dicho fondo era parecido a muchos otros, de un viejo amarillo turinés un tanto desconchado, con un gran portón oscuro y las ventanas con rejas de hierro forjado. Había una placa que me paré a leer; comenzaba así: «En esta casa vivió Piero Gobetti los últimos años de su breve vida, y de aquí partió al exilio y la muerte». Aquellas palabras, «breve vida», me inspiraron ternura: eran más dulces y humanas que las canónicas y rimbombantes de las placas conmemorativas.

—Vamos —dijo el abogado.

El archivo se encontraba en la primera planta: habitaciones y pasillos oscuros repletos de legajos polvorientos que se encaramaban hasta los techos. Eran más de seiscientos, cincuenta años de trabajo, la historia entera como abogada militante de Bianca Guidetti Serra, que moriría unos meses más tarde a los noventa y cinco años. (Recuerdo que una vez, yendo con mi madre, nos cruzamos con ella en via Pietro Micca; una anciana diáfana, apoyada en un bastón, con el pelo canoso y brillante al sol; mi madre susurró: «Es Guidetti Serra», y ambas contuvimos la respiración en un silencio sagrado, como si estuviera pasando a nuestro lado todo el siglo XX, o el espíritu de la ciudad.)

Un joven abogado que se ocupaba del fondo nos esperaba: iba a ser una búsqueda difícil, nos dijo, porque el archivo aún debía reorganizarse, la inmensa cantidad de documentos que contenía no estaba catalogada. Había también otros problemas: como heredera, yo solo podría consultar el material que se refería estrictamente a mi padre y no a otros; aunque en la documentación de esa otra gente hubiera cosas que remitieran a él. Tenían que pasar cuarenta años, dijo, para que el material quedara libre de restricciones. Solo habían pasado treinta y dos: estaba claro que tenía que olvidarme.

Buscamos mucho tiempo, el abogado, el chico del archivo y yo, y encontramos un legajo genérico que concernía a los procesos contra Primera Línea del período 81-82. Me senté a una gran mesa en un cuarto en penumbra y comencé a leer. El abogado tenía otro compromiso y tuvo que marcharse; me quedé a solas con el chico, que iba y venía y cada tanto me hacía alguna pregunta, por la curiosidad que le causaba la historia. En el legajo, en efecto, encontré algunas páginas sobre mi padre, solo una especie de relación sumaria que no añadía gran cosa a lo que ya había leído. Aparecía además un único comentario sobre su actitud «arrogante» al seguir negando su pertenencia a la banda armada; también el hecho de que existían contradicciones entre algunos testimonios de los amigos y de su esposa y sus propias declaraciones (lo que me había dicho el abogado el día anterior); que el día en que Mure Galiani resultó herido no podía ser una casualidad que el miembro de P. L. encargado de buscar un médico hubiera ido directamente a su casa. Y luego una última cosa. Se decía que Colomba, tras haberlo denunciado y retractarse inmediatamente después de que lo detuvieran pidiendo que lo liberaran, había cambiado de idea en las siguientes semanas: declaró que lo había retirado todo porque temía por sus hijos; tenía miedo de que Barone les hiciera daño a sus hijos.

Me tapé los ojos durante unos instantes, sintiendo de golpe un enorme cansancio.

No había nada más. Lo único que quería era salir de allí. Le di las gracias al chico, lo ayudé a devolver las cosas a su sitio y me marché. Fuera, el aire punzante me azotó la cara, y me arrebujé en la bufanda mientras caminaba casi corriendo; tenía los ojos llenos de lágrimas y un fuerte dolor en el pecho. La obscenidad de esa frase se me había quedado clavada como algo repulsivo. Por primera vez sentí rabia hacia Colomba, una rabia que casi me asustó; y por primera vez, como una ola desbordante que me subía por el cuerpo, sentí una tristeza infinita por mi padre.

Tuve una familia, y por extensión una infancia, extraña y feliz. Crecí en un bosque de adultos, casi ninguno de los cuales tenía vínculos de sangre conmigo, que contribuyeron todos en parte a conformar lo que soy ahora, que llenaron mi vida de afecto, de disonancias encantadoras y misteriosas, de imágenes que perduran en el tiempo con intensidad inmutable.

Incluso mi primer recuerdo de todos, el primer recuerdo que logro recobrar y colocar con precisión en los primeros destellos de la memoria consciente, pertenece a uno de ellos: estoy en una calle que hace subida, una calleja muy empinada de una ciudad, quizás en Estambul, y por tanto tengo tres años; y al otro lado de la calle veo a Misa que me sonríe, quizás parado para fotografiar algo, o para esperarme. No queda nada ni antes ni después de ese brevísimo instante borroso, pero ese es el lugar más lejano adonde mi memoria logra remontarse.

Estaba Nina, que cuando yo era muy pequeña llevaba a cabo junto con mi madre odiosos experimentos didácticos de metalenguaje (por ejemplo, me proponían la palabra «tren» y la palabra «hormiguita», y me preguntaban cuál era más larga: «tren», decía yo, porque como todo el mundo sabe un tren es mucho más largo que una hormiga; y ellas, científicas, tomaban notas); a cuya casa de vez en cuando iba a dormir, y hablábamos largo rato a oscuras y le contaba historias; a menudo era invitada de su familia, en el campo, y jugaba durante horas en el jardín, donde cada primavera siempre había nuevos gatitos, conejos y perros (sus hermanas me recuerdan todavía mi apasionado apego por un perrito particularmente bullicioso, Agostino, del que decía con absoluta seriedad: «Agostino es mi hermano»). Estaba mi tío, el hermano de mi madre, un hombre alto y delgado con la piel quemada por el sol, que me llevaba de pie sobre la barra de la bicicleta, que me enseñaba los nombres de las plantas y de los árboles y con quien compartí más tarde el más grande y duradero amor de mi vida, después de los libros: los pájaros, y en primer lugar los canarios, que tenía en una gran pajarera en el patio. Cada primavera yo elegía una pareja para que se reprodujeran en una jaula de incubación; y cogía el primer huevo del pequeño nido cóncavo y lo dejaba apartado en una cajita forrada de guata y le daba un par de vueltas al día para que la yema no se pegara a la cáscara, y luego hacía lo mismo con todos los demás, hasta el último, que se reconocía porque era de color azul, y a partir de ese momento se podían juntar todos ellos bajo la madre para ser incubados, así nacerían el mismo día y ninguno sería más grande que los otros ni correría el peligro de aplastar al más débil o de robarles toda la comida; y luego, trece días más tarde, la apertura y las primeras piadas y el rito de la preparación de la papilla para las crías, y en todas las ocasiones se trataba de un milagro formidable y conmovedor. El libro que más veces he releído en mi vida, tal vez, sea la *Enciclopedia de los canarios* que un día, tendría yo nueve o diez años, me regaló solemnemente mi tío, con la dedicatoria «A Marta, gran criadora de canarios», y que llevaba a todas partes y releía siempre con el mismo placer espasmódico, dejando para el final, para disfrutar más aún, mis entradas favoritas.

Estaba Arlette, la valdense, con quien iba a la montaña, que nos alojó a mi madre y a mí un verano entero cuando en nuestra casa se hicieron reformas, y una tarde un murciélago entró en casa y tratamos de capturarlo con una escoba y un colador, yo con la secreta esperanza de poder retenerlo y adiestrarlo; que me llevaba a Torre Pellice a casa de sus padres, que parecían salidos de viejos cuentos de hadas, y que me prestó una infinidad de libros de historia cuando ya fui mayor. Estaba Teresa, que tenía una historia dramática y también miedo de muchas cosas, pero siempre era divertida y rebosaba una vitalidad excéntrica y exuberante, y mantenía que había sido la primera en saludarme durante una ecografía en la que estaba presente, aparte de ser la responsable indirecta de mi existencia porque fue ella la que presentó a mis padres.

Estaban Misa y Ester, y su guapísima hija Altea, siete años mayor que yo, por la que profesaba una devoción profunda y correspondida. En su autocaravana fuimos a Francia, a Portugal, a España, a Holanda, a Turquía; la autocaravana sigue siendo para mí el idilio de la infancia más lleno de añoranzas y maravillas. Dormía en una camita que había que preparar cada noche sobre la encimera cerrada de los fogones; y cuando fui demasiado grande y ya no cabía allí, lloré inconsolablemente por aquellos fogones perdidos, desde entonces y para siempre símbolo del horror de crecer. Y luego estaban, están, muchos otros. Todos ellos aún están.

Los quería mucho y ellos me querían a mí, y me dejaban hacer todas mis extravagancias: a mero título de ejemplo, citaré el recinto de los elefantes imaginarios que en cierta ocasión establecí detrás de la autocaravana, con un perímetro suficientemente amplio como para contener, al menos, dos o tres elefantes, y que llevamos con nosotros por todo Portugal. Si alguien se olvidaba de la presencia de mis paquidermos y, distraído, caminaba justo por detrás de la autocaravana, yo me erguía: «¡Estás pisando a los elefantes!», le recordaba, ofendidísima. Y así empezaron a trazar un amplio círculo, y todavía me siguen contando, muertos de risa, que los demás clientes de algún camping, o los visitantes de un área de descanso o de un restaurante de la autopista, los miraban estupefactos al verlos salir de la autocaravana y dar aquellos inexplicables rodeos en la parte posterior, como si hubiera debajo un cementerio indio portátil que no podía ser perturbado so pena de aterradoras maldiciones en varias generaciones futuras.

En un libro que recogía los experimentos de traducción de Beppe Fenoglio, encontré un poema de Gerard Manley

Hopkins, «In the Valley of the Elwy», y los primeros versos, que aún recuerdo de memoria, decían así: «I remember a house where all were good / to me, God knows, deserving no such thing». Cuando los leí me eché a llorar: me pareció la más concisa, la más perfecta descripción de lo que habían sido para mí todas esas personas, que me habían acogido, amado y me habían dado parte de su mundo: mis seres queridos.

Mi padre, de algún modo, permanecía al margen de todo esto. Lo veía como una entidad aparte, y seguro que era así como él quería estar. Yo sufría porque las personas a las que yo quería no lo querían a él o ya no lo querían. No se parecía a ningún adulto de los que yo conocía y no parecía un padre: no tenía reglas, era irresponsable, irracional. Estaba claro que para él tener delante a una niña era el más desconcertante de los enigmas. No sabíamos bien cómo hablarnos, o cómo estar juntos. Si con mi madre lo compartía todo –las *féeries*, las lecturas, las largas historias que inventábamos juntas en los viajes en coche, los idiolectos privados, el sentido del humor–, con él no tenía puntos de contacto. El único lenguaje que teníamos en común eran los mitos griegos.

Tenía en aquel entonces los álbumes de la editorial Dami, con las bellísimas ilustraciones años setenta de un dibujante con el arrebatador nombre de Libico Maraja, que leía compulsivamente: estaban la *Ilíada*, la *Odisea*, la *Eneida*, así como una serie de relatos mitológicos.

Él amaba con un amor ardiente la mitología griega y conocía todos sus meandros, todas las complicadísimas parentelas que satisfacían su necesidad innata de chismorreo. Lo mismo valía para la *Ilíada* y la *Odisea*; en cambio, no tenía mucho interés por la *Eneida* (aparte del trágico destino de Palinuro, el piloto de Eneas que se ahogó de noche porque se había dormido al timón, como se apresuraba a repetirme cada vez que pasábamos en coche cerca del cabo Palinuro mientras íbamos o volvíamos de las vacaciones. Pobre, pobre Palinuro).

A los cinco, seis años, iba a su casa, en la buhardilla, con mis álbumes en la mochila, y le contaba cientos de veces las mismas historias, aunque él las conocía a la perfección: el innoble Teseo, el alegre Dioniso nacido de un muslo, Orfeo y Eurídice, Perseo y Medusa, Héctor y Andrómaca (y el pequeño Astianacte lanzado desde las murallas), Odiseo, Penélope, Telémaco, Polifemo, Laertes, Zeus, Poseidón, Hefesto, Heracles y todos los demás. Teníamos también una diosa favorita, Atenea, y sentíamos antipatía hacia la misma gentuza: Teseo, como queda dicho, Jasón, el otro chaquetero, el insignificante Paris. Entre Héctor y Aquiles él prefería a Héctor, por la natural estética del perdedor. Pero su auténtico héroe, que superaba al resto de lejos, era Odiseo.

Para ambos estos personajes excesivos y admirables y terribles estaban tan vivos como parientes cercanos de costumbres extravagantes. Hablábamos sobre ellos así, con reproche, con admiración o preguntándonos acerca de los motivos de algún acto suyo disparatado, durante una comida en la cocinita con la ventana que daba a los tejados o caminando por la calle. Entre un edificio y otro surgían las cabezas palpitantes de la Hidra, el ambiguo centauro Neso asomaba entre los tilos de un parque, el adoquinado se abría y saltaba al exterior Hades en su carro de tinieblas para raptar a Perséfone sentada en un parterre. En verano veíamos las reposiciones de la miniserie *Odisea* del 68 en las teles de cocinas ajenas, siempre inclinándonos sobre la mesa con ansiedad, como si no supiéramos lo que estaba a punto de pasar. Los ojos sombreados de Irene Papas, que se llamaba casi como el músico Enrico Maria Papes... otra cosa del verano.

Una vez, debía de ser abril o mayo, vino a buscarme al colegio (creo que todavía iba a la guardería) y me acompañó hasta su viejo coche desvencijado con gran aire de misterio. Miré dentro del habitáculo: había dos gatitos grises, atigrados, que trepaban por los asientos y daban vueltas por todas partes. No sé de dónde los había sacado, tampoco sé cómo podía pensar en ocuparse nada menos que de dos animalitos, él que a duras penas sabía ocuparse de sí mismo, pero ese gesto insensato y adorable era solo para mí: era un tímido, torpe intento de hacerme feliz. Ahora que, ya adulta y distante, vuelvo la vista atrás hacia aquella imagen, el hombre y la niña en la acera inundada de sol de la placita Maria Teresa que miran a hurtadillas en el Ritmo verde oliva, veo también otras cosas: el deseo de intentar formar parte de mi mundo que le era ajeno, de hacer que las dos pequeñas habitaciones oscuras donde vivía se parecieran a una casa de verdad, donde encontrar algo bonito cuando yo llegaba.

Naturalmente, yo estaba fuera de mí por el entusiasmo. ¡Dos gatitos, no uno! Debía de parecer borracha. Ese día llevamos a los gatitos con nosotros (siempre sueltos en el habitáculo) a los Imbarchini, un bar en el parque del Valentino, a la orilla del río, un edificio blanco con postigos rojos, con largas mesas dispuestas bajo una pérgola cubierta de vid americana, que se rizaba también alrededor de los parapetos de madera, y alrededor arbustos de adelfa rosada tan grandes y espesos que se asomaban al agua. Se entraba por una pequeña verja con la enseña en forma de arco pintado de verde y se bajaba por una escalerilla flanqueada por grandes piedras. Mientras mi padre charlaba con alguien, allí siempre había alguien a quien conocía —solo recientemente descubrí que también trabajó allí como empleado de mantenimiento durante algunos meses, para reunir algo de dinero—, yo jugaba con los gatitos sentada aparte, entre las macetas de geranios y de capuchinas, e iba a por ellos cuando se alejaban o bajaban demasiado cerca del río. El agua era verde y todo, alrededor, era verde y murmurante.

Como todo lo que es hermoso e insensato, los gatitos no duraron mucho. El macho, en cuanto se hizo lo bastante grande como para tener las primeras inquietudes del celo, se escapó por los tejados y no volvió nunca más; algunas semanas después, también se marchó la hembra, al dársela a una amiga que ya tenía un gato y una casa más grande, donde vivió una larga y noble vida.

Pero me acuerdo de aquel día.

Era febrero cuando por fin me reuní con Agata. Me encontraba en Turín para un taller de escritura con un grupo de niños pequeños, y quedamos en vernos a última hora de la tarde, cuando ella salía de la oficina. No tenía expectativas mientras iba a la cita. Quiero decir que no sabía qué esperarme.

De las visitas de infancia a su casa recordaba que desde el balcón se veía el altísimo campanario de una iglesia, con un ángel de bronce en la aguja; que en primavera ella hacía tortillas a las finas hierbas muy sabrosas; que de su cara y su voz siempre emanaba una cierta melancolía difusa. Recordaba también a su primera hija, nacida cuando yo tenía seis años. Cuando mi padre se fue a vivir con su nueva compañera, Dora, casi no volvió a ver a Agata y a su compañero, y por tanto yo tampoco los había vuelto a ver. Salvo en aquellas fiestas familiares de las que ya he hablado; porque Misa, nuestro amigo, era el hermano mayor de su compañero.

Prácticamente no conocía a Agata, y tampoco ella me conocía a mí, salvo lo que recordaba de mí siendo niña. Podía conjeturar qué imaginaba de mí, y tenía miedo de ello. Sabía que también ella, como otros, pensaba que yo no había querido lo suficiente a mi padre. Digamos que no lo había querido de la forma apropiada. Probablemente no tenía ni idea de todo el dolor (todo ese largo, agotador, terrible dolor). Y quizás no me consideraba cualificada —precisamente yo, la hija equivocada— para ir pidiendo un relato sobre él. Lo que podía saber de mí eran solo suposiciones o lo que le habían contado: y esto, más todo que lo demás, me inquietaba.

Así que tenía miedo de que no confiara en mí. Pero también de que no recordara con bastante precisión, o no tuviera ganas de hacerlo. Tenía miedo de invadirla; tenía miedo de decir algo inoportuno. Pero ese estremecimiento, esa llamada…

No le volvería a mencionar a Colomba, pensaba: había sido un error. No le hablaría sobre esa frase indecente que había leído en los archivos. Tampoco le hablaría de Mure Galiani, ni de otros personajes torvos y silenciosos que se movían en el trasfondo de sombras de esa lúgubre opereta. Dejaría que fuera ella la que decidiera qué contarme y qué no.

Me esperaba en la esquina entre via Garibaldi y via Sant'Agostino. Vestía un abrigo a cuadros y tenía el pelo más rubio de lo que yo recordaba, cortado a casquete. Vino a mi encuentro, para mi sorpresa, con un semblante lleno de alegría, y me estrechó ambas manos entre las suyas. Yo la saludé con cierta turbación, que ella alejó de inmediato señalándome una pastelería cercana donde podríamos hablar.

Era uno de aquellos cafés del siglo XIX con el mobiliario de madera oscura y las repisas atestadas de frascos y cajas doradas y brillantes estampas de chocolatinas que en Turín se parecen todas y despiden la misma extraña luz turbia. Nos sentamos a una mesita redonda, un tanto apartada de las otras, en una sala con sillas y sofás forrados de grueso terciopelo verde esmeralda. Un camarero ceremonioso nos trajo las cartas. En otra mesa, dos señoras elegantes de unos setenta años acercaban sus cabezas la una hacia la otra en el flujo de sus cháchara, el pelo abultado en elaborados peinados, los cuellos vagamente de buitres. Era una ambientación bastante curiosa para lo que tenía que escuchar, pensé.

Agata me observaba. Tenía una expresión benévola, solícita, diría yo; no se mostraba cautelosa como me había esperado. Las gafas ensanchaban aún más su tranquila mirada présbita, sus grandes ojos verdigrises con las comisuras un poco caídas que brillaban con algo de maternal.

Ambas pedimos un té, ella insistió en que pidiera algo de comer y yo de mala gana me decidí por un pastel de carnaval (estábamos en la época), más por tener las manos ocupadas que por otra cosa.

Cuando el camarero se marchó con el pedido, ella me dijo que me parecía cada vez más a mi abuela paterna de joven; que su madre, en el funeral de mi padre, me había visto después de veinte años y había dicho lo mismo. Me encogí de hombros: no tenía ni idea de cómo era mi abuela de joven; unos meses más tarde tendría una foto suya en la mano y no encontraría ningún parecido destacable. Solo hay dos caras a las que se parece la mía.

El camarero trajo la tetera, las tazas, el platito con las pastas y se marchó presuroso.

Agata hizo una pausa para poner las bolsitas en la tetera. Pareció reflexionar, luego dijo:

—Me gustaría hablarte de la primera vez que te vi, Marta. Estabas en la cuna de la *nursery*, habías nacido el día antes, y tu mamá y tu papá se abrazaban delante del cristal.

Imitó el gesto. Aparté precipitadamente la mirada, sintiendo que las lágrimas me escocían los ojos. No estaba allí para eso, no quería saber nada sobre mí, estaba allí solo por la historia que había detrás del juicio, nada más. No era eso lo acordado. (Más que la imagen, creo, lo que me disgustó fue esa combinación de palabras para mí tan insólita, «tu mamá y tu papá», que nunca había oído pronunciar de ese modo.) Cuando pensé sobre ello, mucho más tarde, me di cuenta de que necesariamente era una imagen posterior, al menos algunos días: mi madre se encontró muy mal después del parto y no podía estar de pie tan pronto. Pero la memoria de Agata, que de todas formas debía de haber asistido a esa escena, la había anticipado, había unido dos imágenes separadas, por deseo, por ternura, por contar. Y esto me decía ya algo sobre el modo en que recuerdan los humanos, en esa zona umbrosa en la que hecho e imaginación se entrelazan hasta el punto de ser incapaces de distinguirlos al volver la vista atrás.

Prosiguió:

—Y la primera vez que vi a tu padre, él tenía la edad que tienes tú ahora.

Volví a mirarla.

—¿En serio?

—Sí. ¿Tú cuántos años tienes? Casi veintisiete, ¿no?

—Los cumplo el próximo mes.

—Eso es, él tenía veintisiete. Y yo dieciocho.

Movió la mano sobre la mesa, como para dejar espacio a los fantasmas.

—Era el 15 de septiembre de 1973 —dijo—. Doblé una esquina, y lo vi.

Así habían ido las cosas, más o menos. Agata procedía de una familia trabajadora pero culta, con una historia compleja de renuncias y muertes nunca esclarecidas. Su padre trabajaba en la Lancia, probando motores: pero de joven había estudiado en el Politécnico, que acabaron bombardeando y ahí acabó todo, tuvo que interrumpir sus estudios y nunca los terminó, después de la guerra, porque por una serie de desafortunadas circunstancias tuvo que ponerse a trabajar. Ella trabajaba desde que tenía quince años, para alguien de la familia. Ejercía de grafista en un estudio que se ocupaba sobre todo de publicidad de automóviles. Al principio ni siquiera le pagaban, luego hizo huelga con los demás y obtuvo un salario mensual.

—Era buena dibujando —dijo, y sentí en su voz la sombra de la añoranza, y la sombra de la sombra de la añoranza de su padre antes de ella.

Vi, más tarde, fotografías de Agata en esa época. Tenía el pelo ondulado, castaño claro, cortado por encima de los hombros, y un flequillo enmarañado en la frente; las cejas finas como una línea, la cara pequeña dominada por los enormes ojos tristes, a menudo cubiertos con grandes gafas de cristales tintados. Las raras veces en que sonreía, la suya era una sonrisa apenas esbozada, absorta. Siempre parecía estar en otra parte.

Quince de septiembre de 1973, pues. El archivo meteorológico nos informa: veinte grados de temperatura media, punto de rocío: dieciséis coma dos grados centígrados. Era sábado, así que ella no estaba en el trabajo. Iba a la manifestación contra el golpe de Chile, la primera manifestación de su vida, porque sentía que era importante estar allí, sentía el terror del tiempo.

Así que la joven Agata dobló la esquina que daba a la plaza, y pasada esa esquina había un grupo de personas reunidas alrededor de alguien que hablaba. Todos sonreían y le preguntaban cosas, lo llamaban de aquí y de allí, Barone, Barone, y fue así como Agata escuchó por primera vez su nombre. Organizaban las vacunas para los compañeros que iban a bajar a Nápoles para prestar ayuda en los barrios del cólera, y él dirigía las operaciones.

¿Qué aspecto tendría ese chico que aún no era mi padre aquel día? Tú y yo no lo sabemos, lector. Pero podemos soñarlo.

El único indicio suyo es un jersey azul, que se recorta en la niebla de la memoria como una mancha de luz impresa en la retina después de bajar los párpados. Tendría el pelo corto, patillas, quizás bigote. Llevaría puestos como de costumbre pantalones demasiado grandes y arrugados, zapatos toscos. Pero también estaría esa especie de gracia en su cara sonriente, en sus movimientos casi danzantes de un interlocutor a otro.

Desde entonces, cada vez que tengo ocasión de pasar —o me desvío a propósito— por ese punto de la plaza Arbarello donde la acera se ensancha en una explanada bajo las casas color crema y turquesa, aminoro el paso, dejo que los rayos de la imagen viva se desplieguen y a través del tiempo me alcancen por poderes; pienso: es aquí donde todo empezó.

No tenemos más detalles sobre cómo empezó, ni cómo se desarrolló, esta singular historia de amor; Agata mantuvo cierta reserva al explicármelo y, además, era cosa de ellos. Pero por lo que parece los principios fueron bastante lentos y difíciles, entre otras cosas porque poco tiempo después de conocerse, aunque todavía no habían comenzado una verdadera relación que pudiera llamarse así, se produjeron «los hechos de via Artisti», como lo expresó Agata, y por cómo lo dijo parecía algo terrible. Aun así no la interrumpí para preguntarle a qué se refería, porque veía que estaba haciendo un gran esfuerzo al intentar contarme las cosas en orden; como siempre le sucede a quien recuerda acontecimientos lejanos, le volvían en oleadas, en detalles desabridos y arbitrarios, y continuaba moviéndose adelante y atrás en el tiempo. Y fue así, de forma atropellada, como supe que mi padre participó en la batalla de Valle Giulia en el 68, y que fue uno de los líderes más destacados del movimiento estudiantil en aquellos meses; que antes, cuando llegó a la universidad en Roma en 1964, entró en una de las organizaciones cristianas dedicadas a las actividades extraescolares para los niños de las barriadas pobres... y cómo pasó de ahí al comunismo permanecía en el misterio de su vida pre-Agata. Más tarde, Agata no recordaba cuándo, había venido a Turín. Lo habían enviado, dijo: lo había enviado lo que ella llamaba el PCI m-l: el partido marxista-leninista, Servir al Pueblo.

Aquí no logré contenerme.

—¿Mi padre estaba en Servir al Pueblo? —pregunté, atónita.

—Y yo también —contestó Agata con una sonrisa forzada.

No es que yo supiera gran cosa sobre ese partido: solo había oído hablar de él de vez en cuando como una secta de fanáticos, casi cómicos en su integrismo insensato. Por ejemplo, los llamaban «Servir al Pollo». Era lo más alejado de mi desordenadísimo padre que pudiera imaginarse.

—No solo eso —prosiguió Agata—. Tu padre era un dirigente del partido. Lo enviaron a Turín porque era la ciudad de las fábricas, y porque el espíritu del PCI m-l era que los intelectuales tenían que *rebajarse* —lo pronunció con franco desprecio—, tenían que abandonar los estudios y todo lo demás para ocuparse solo del partido y punto. Tenían que abandonar las costumbres «burguesas». Les imponían los trabajos más humildes. Cuando lo conocí, se ganaba la vida lavando los tranvías. ¡Él! ¿Te das cuenta? Él, que había terminado los exámenes de Medicina antes de tiempo, que podría haberse licenciado hacía años y podía ser ya un médico, lavaba los tranvías y donaba todo lo que ganaba, aparte del sueldo del partido, a ellos.

Me dijo que el PCI m-l imponía a sus miembros más ricos ceder parte de su patrimonio a las arcas del partido y que un amigo de mi padre —al que conocería yo unos años más tarde— había vendido la casa que sus padres le habían comprado. Había gente que había empeñado de todo, había dado —literalmente— todo lo que tenía, había entregado la parte de herencia que les correspondía; y eso sin que nadie los obligara, en virtud de la revolución por venir. Pero también los miembros más pobres entregaban su cuota mensual de ingresos. Nadie tenía que poseer demasiados bienes, solo los indispensables (en un momento dado habían aparecido incluso indicaciones sobre el número de sábanas que tener en casa), y los militantes debían vivir como ascetas para ser coherentes con el mensaje que predicaban. Infatigables encargados de la recaudación pasaban con regularidad casa por casa para recoger el óbolo mensual y para llevarse —tal vez extorsionando con delicadeza— los objetos que «colectivizar» y que se venderían luego para financiar el partido; aunque a veces los objetos colectivizados, desde lavadoras hasta cuberterías de plata de la familia o secadores de pelo, eran entrevistos en las casas de algunos dirigentes, o eso se decía en susurros.

El jefe y fundador, Brandirali, imponía las directrices sobre más o menos cualquier aspecto de la vida privada de los militantes: el vestuario, que debía reducirse a poquísima ropa, lo más modesta posible; las orientaciones artísticas («Si creas algo, tienes que preguntarte: ¿sirve al pueblo o no sirve al pueblo?») —a Agata le dijeron que sus dibujos no valían nada porque no hablaban del proletariado, pero luego utilizaron muchas veces los carteles dibujados por ella, cuando se adaptó a la consigna—; las conductas sexuales (si uno mantenía una relación extramatrimonial, era expulsado sin pasar por la casilla de salida), los pensamientos más íntimos, los sentimientos misteriosos y por tanto *burgueses*, sometidos a aterradoras reuniones de crítica y autocrítica que se convertían en una especie de proceso colectivo en el que al final casi siempre se individualizaba a un chivo expiatorio que debía flagelarse, bajo pena de posible expulsión. En esas reuniones muchos, a la larga, se echaban a llorar, no resistían; y aun así la mayor parte de ellos conservaba una desesperada fidelidad a ese algo, a ese… ¿qué? Ni siquiera Agata sabía explicárselo.

—Por eso nos casamos, ¿sabes? Nos obligó el partido. Porque no podíamos vernos fuera del matrimonio. Me dijeron que debería hacerlo para conocer la vida de las mujeres proletarias. Yo era una proletaria, pero quizás se les había escapado. Cuando yo salía del trabajo y las mujeres del partido con hijos estaban ocupadas en alguna parte, yo cuidaba de sus niños para que *ellas* tuvieran tiempo de dedicarse a la política.

Yo la miraba atentamente.

—Eran peor que los peores católicos. ¡Peor! Hasta celebraban bodas comunistas.

En ese momento rompió a reír, y yo también, porque una boda comunista ya era decididamente demasiado. Pero dejó de reírse al momento.

—Sé que todo esto te parece ridículo, y lo era, lo era hasta tal punto que aún me duele. Pero creíamos que era una manera como otra de… no lo sé. El partido parecía… práctico. Se participaba en las luchas por la casa, en las luchas de la fábrica. Se distribuía de manera constante material que hiciera comprender al pueblo, fuera lo que fuera, que su situación podía cambiar. Y en el fondo solo queríamos eso: que todos tuvieran una casa y las mismas posibilidades, que los ricos no fueran obscenamente ricos, que los pobres pudieran tener una vida digna, ascender a donde querían. Nos decían que la revolución llegaría en siete años. Siete años, un número mágico, como en los cuentos, como en las leyendas. Y pensábamos realmente que llegaría. En otros lugares, aunque eran lugares para nosotros casi completamente imaginarios, estaba sucediendo, no era tan improbable. Lo creíamos. Pensábamos que el partido era un medio, y en cambio era solo una máquina obtusa que nos trituraba sin que nos diéramos cuenta. Tenía dieciocho años cuando me casé. El partido también me había arrebatado las prendas de lino que mi abuela me había dejado para hacerme el ajuar algún día; te basta con una sábana, me dijeron. Mi padre no estaba de acuerdo con el hecho de que me casara tan joven, y solo me había dado un millón de liras, que terminó enseguida en el partido. Pero una de ellos vino a reclamarme también el napoleón de oro de mi padre. Había comprado tres, uno para mí, uno para mi hermana y uno para mi hermano, como una futura inversión. Yo, idiota de mí, le había hablado del tema. Y se lo di. No fue casi nadie a la boda, solo nuestros parientes más cercanos, y nadie estaba contento. Por la tarde, cuando llegamos a esa horrible casa donde viviríamos durante un tiempo, sin nada, solo con un juego de cubiertos, lloré. Lloré durante toda la noche. No teníamos nada para comer. Solo algunos días después los amigos organizaron una cena para nosotros y trajeron las guitarras para montar una fiesta más tarde, en el parque, y sobre todo comida… Nos trajeron de comer. Llevaba pasando hambre desde hacía muchos días.

Las lágrimas comenzaron a recorrerle el rostro. Yo no sabía qué hacer. ¿Cogerle la mano? Me removí en la silla, luego le toqué el brazo. Ella negó con la cabeza para decir que no pasaba nada, y se secó las mejillas.

Prosiguió diciendo que ese año, era el 74, vivieron en Villar Perosa, un pueblecito de la provincia de Turín —los enviaron allí, una vez más, los del partido—, y que fue muy duro. Como Agata tenía un sueldo, el PCI m-l le quitó el de funcionario del partido a mi padre. No poseían nada. Los parientes de mi padre les compraron algunos muebles y una cocina, que llegaron semanas después de su traslado; durante todo ese tiempo vivieron como en una isla de dos habitaciones, sin mesa, sin cama, lanzados a ese espacio desolador del mismo modo que sus pocos objetos ilógicos, como los cubiertos recibidos como regalo de bodas sin ni siquiera un cajón donde guardarlos o platos en los que comer. Pero, por otro lado, pasaban muy poco tiempo en casa. No tenían una auténtica vida conyugal que así pudiera llamarse, puesto que, entre el empleo de ella, los pocos trabajos de él como mozo y los compromisos de la militancia (de los que yo seguía teniendo solo una vaga idea) siempre estaban separados o rodeados de gente. Pero se querían mucho, con gran sencillez. Desde el principio me chocó el hecho de que no hablaba nunca de él como alguien con quien había compartido un vínculo sentimental, sino con la ternura conmovida que se siente hacia un hermano queridísimo. Dijo que era maravilloso estar en su compañía, que siempre intentaba alegrarla cuando toda la tristeza por la que caminaban con gran cautela de vez en cuando se desbordaba como de una tubería rota. Sí, dijo Agata, él habría sido capaz de infundir entusiasmo incluso a una piedra; era «bueno». Y de hecho tenía un montón de amigos, incluso muy diferentes de él y muy alejados del PCI m-l. Agata admiraba su abnegación, su deseo sincero de mejorar las cosas y de lanzarse hasta donde fuera necesario e incordiar a quien fuera con tal de mejorarlas. Pero admiraba sobre todo su gran inteligencia («Sabía explicar las cosas a las personas»). Y el despilfarro de esa inteligencia le resultaba intolerable. Fue ella la que insistió, me dijo, para que de una vez por todas se licenciara. No podía malograr su don más auténtico: tenía que ser médico.

Escribió el trabajo final de licenciatura por las noches sobre la mesa de la cocina, al volver del trabajo o de la sección, en una máquina de escribir que había obtenido de algún modo, el aire absorto, somnoliento y feroz. Agata se iba a dormir y él seguía allí, con una manta sobre los hombros porque siempre hacía frío, rodeado de libros, apuntes desordenados y espirales de humo que fluctuaban sobre su cabeza a la breve luz de la lámpara de mesa que tenía junto a él. A veces se lo encontraba dormido en la misma postura a la mañana siguiente, cuando se despertaba muy temprano para coger el autobús que la llevaba a la oficina en Turín.

La tesis trataba sobre la relación entre los tumores, en particular los broncopulmonares y pleuríticos, y el entorno social. Quería dedicar algunas páginas a la IPCA, una fábrica de pinturas de Ciriè; como producto base utilizaba la anilina, que provocaba cáncer de vejiga. Durante décadas se habían producido denuncias que fueron ignoradas. Decenas de trabajadores habían muerto en los últimos siete años y otra treintena había enfermado. Los llamaban los *pissabrut*, los «mearrojo». Pero tuvo que limitarse a unas pocas líneas.

—Iba casa por casa para entrevistar a los que habían trabajado allí y habían caído enfermos, pero en esa época aún no se hablaba sobre el tema, el juicio por homicidio culposo de los directivos de la IPCA solo empezaría algunos años más tarde, y nunca le abrían la puerta. Pero él iba y venía de todas formas. Se licenció solo, el pobre. Yo no fui porque estaba trabajando.

Comenzaba a hacerse tarde, y Agata se apresuró: me explicó rápidamente que a finales de 1975 Brandirali disolvió el partido (para luego pasarse a Comunión y Liberación y, más tarde, a la derecha), y mi padre estuvo entre los promotores de la disolución durante una de las agotadoras, largas, histéricas reuniones de los meses previos en los que muchísimos habían decidido ya marcharse. El Leviatán que habían elegido había muerto: eran libres, por fin.

El resto, los años siguientes, ya me lo contaría en otra ocasión, y mientras tanto me iría dando algunos otros nombres que se le vinieran a la mente. El té ya había acabado hacía rato, las señoras-buitres se habían marchado. No obstante, le pregunté una cosa más: ¿a qué se refería con los «hechos de via Artisti»?

Me miró asombrada.

—¿No lo sabes? ¿No te habló nunca de ello? ¿Ni tampoco a tu madre?

Si de eso se trataba, tampoco me había hablado de todo lo demás (y más tarde, cuando se lo pregunté a mi madre, tampoco ella sabía nada al respecto, como no sabía lo del PCI m-l o lo de Valle Giulia), de manera que abrí los brazos, a la espera. Su cara se contrajo.

—Oh... es una historia horrible, horrible.

Y me la contó.

Cuando salimos acababan de dar las siete de la tarde y había oscurecido. La calle peatonal, atestada de transeúntes como siempre, estaba sin embargo más silenciosa de lo habitual. Conocía bien esa calle: y no obstante experimentaba la misma sensación, solo que más fuerte, que el día después de lo del informe de la defensa, cuando bajé a la plaza Vittorio; que de repente se había transfigurado, sibilina, como si algo hubiera caído irremediablemente entre las cosas que siempre había considerado comprensibles y yo. Agata y yo nos encaminamos hacia la plaza Castello.

En un momento dado se detuvo y me dijo:

—¿Sabes por qué te he contado esto? Porque quería que comenzaras a entender... que entendieras la razón del abrupto cambio entre lo que era tu padre antes y lo que fue después. El que tú conociste.

No dije nada. Estaba agotada.

—Entonces era un hombre encantador —añadió—. Tan feliz... Todos, cuando estaban cerca de él, se contagiaban de su felicidad.

Echamos a andar de nuevo. Agata estaba triste e inquieta; su cara, cambiante en la sombra. Nos paramos al lado del castillo, en el charco de luz de una farola. No había nadie. Me apretó el brazo y otra vez me preguntó:

—Pero ¿por qué quieres saber sobre el juicio? ¿Por qué? No tiene nada que ver con él, con quien era.

—Sí, lo sé —mentí (no lo sabía, sabía aún menos que antes: al contrario, me parecía que nunca había sabido nada de nada)—. Ya sé que no hay ningún misterio.

—Sí —dijo, casi con dulzura—. No hay ningún misterio.

Agata se dirigió hacia la parada del tranvía que en ese momento llegaba, girándose hacia mí para mirarme. La despedí con la mano, esperé a que subiera y me encaminé hacia casa.

En cierto sentido, Agata me había desviado por completo del camino con su extraño relato fragmentario, que encendía en la distancia fosforescencias nocturnas cuya posibilidad ni siquiera me había planteado nunca. Y ahora tenía una necesidad casi dolorosa de dar concreción a cuanto me había dicho. Me sentía, por muy absurdo que pueda parecer, como si tuviera que encontrar la confirmación de que mi padre había existido realmente; que había existido su juventud; que en algún lugar en un tiempo lejano él había realizado un gesto, aunque fuera banal, del que había quedado una huella, y que ese gesto podría llegar incluso a tocarme.

Algo encontré, tres días más tarde. Una tarde de niebla, muy tarde, estaba sola en mi habitación de Milán, y fuera de la ventana apenas se vislumbraban en la densa niebla las pocas ventanas aún iluminadas de la casa de enfrente («Quién sabe si Milán existe todavía; / mi abuelo me hablaba de Milán, ciudad de brujas», escribía el poeta).

El nombre de mi padre no daba ningún resultado en los motores de búsqueda, aparte de los congresos sobre adolescentes problemáticos donde había participado en los últimos años de su vida. Intenté entonces buscar directamente en el archivo histórico de la *Stampa*, en un lapso temporal que iba de 1968 a 1990. Veinticuatro resultados. Respiré hondo.

Los primeros artículos que aparecían eran sobre su detención. El primero apareció en la crónica turinesa de *Stampa sera* el martes 22 de junio de 1982. *Detenido por banda armada. Trabajador de Fiat con subsidio de desempleo – ¿es de Primera Línea?* «Los carabineros han detenido esta mañana en Turín a un trabajador de Fiat con subsidio de desempleo, Leonardo

Barone, de 37 años, residente en via V., en el marco de las investigaciones sobre Primera Línea. Barone es un personaje sumamente conocido en los ambientes obreros de Turín: de hecho, en los últimos años siempre ha estado presente en las luchas contra los subsidios y los despidos. La orden de detención, firmada por el ayudante del fiscal de la República A.B., acusa a Barone de violación del art. 306 (formación y pertenencia a banda armada), con algunos agravantes. En el texto de la orden de detención se hace referencia a una serie de delitos que presumiblemente habría cometido el trabajador, con el fin de *"subvertir violentamente los ordenamientos económicos y sociales del Estado"*, y luego la distribución de documentos que hacen apología de la lucha armada, tenencia de armas y explosivos, incluso un robo. Todo ello según las declaraciones de un "arrepentido" cuyo nombre, sin embargo, no se menciona. Se dice también que para todos estos cargos de presuntas violaciones de la ley, la orden de detención no sería "obligatoria", sino "oportuna". El Centro de Documentación de via Plava ha emitido entretanto un comunicado en el cual *"se reivindica"* a Leonardo Barone como *"vanguardia conocida del movimiento"*.»

Debajo aparecía el anuncio de una tienda con «nuevas colecciones de moquetas y pinturas». Un alegre y joven albañil con un sombrero de papel triangular trazaba con un pincel el logotipo de la tienda. Hoy y mañana: en el marco de un ciclo de encuentros sobre «La mujer, su salud, sus problemas», mañana a las 20.30, en el colegio Anna Frank, via Scotellaro n.º 15, se hablará sobre el tema: «La anticoncepción, el aborto, la educación sanitaria de la mujer». Esta noche, a las 21.00, en la sede del colegio Edy Franchetti, en via Randaccio, se impartirá una charla sobre el tema: «Expresiones culturales en piamontés». «¿Por qué adquirir los accesorios para el baño en una tienda? Vengan directamente a la fábrica. Podrán tener el espejo con la misma decoración de los azulejos y una cabina de ducha a medida. Precios de fábrica. Espejos de baño D., en el km 17 de la S.S. Rivoli-Avigliana.» Y debajo también una gran foto publicitaria de un coche: «Hay quien Saab, y quien no. Fiorauto. Una firma exclusiva».

El día después publicaron un artículo más largo y detallado. *Obrero, con el título de Medicina, ¿era de la brigada sanitaria de PL?* Desde ambas páginas me observaba la misma foto en blanco y negro de mi padre, con los ojos redondos, extraviados, la boca entreabierta, como si estuviera diciendo algo. Luego había otras notas diferentes, en las que se añadían detalles sobre las acusaciones, sobre la hora en que los carabineros entraron en casa armas en mano (las seis de la mañana), el testimonio de Agata («la esposa, funcionaria, 25 años»), la defensa de ese misterioso Centro de Documentación de via Plava. Lo definían como obrero-médico, o bien metalúrgico licenciado en Medicina. Aparecía el aplazamiento del juicio al 30 de diciembre de 1983: el artículo se titulaba *Todos los líderes y una de las evadidas de Rovigo.* Y también estaba la noticia de la absolución, el 9 de junio de 1988.

Me apoyé contra el respaldo de la silla y reflexioné, succionándome las mejillas. Él me había explicado que dejó el hospital después de su detención. Sabía que había trabajado como obrero durante algunos años: mi madre me lo había contado para ponerme un ejemplo de la clase de mentiras absurdas que él decía; al principio no les dijo ni a su mujer ni a sus amigos que había dejado de ir al hospital, y por la mañana salía fingiendo que iba al hospital y, en cambio, iba a la fábrica. Así fue al menos durante seis meses, antes de que lo descubrieran de alguna forma. Ella eso lo sabía gracias a Misa y Ester, que por aquel entonces se contaban entre los amigos de mi padre. Pero si era ya un trabajador –incluso un trabajador que recibía su subsidio– cuando fue detenido por pertenencia a banda armada, entonces no era verdad lo que me había contado. ¿Por qué motivo, pues, dejó el hospital? ¿Y cuándo pasó?

Naturalmente, había muchos artículos sobre via Artisti. Los leí con atención y esfuerzo, uno tras otro. Y luego fragmentos dispersos: varias detenciones por piquetes y «ultrajes» (en una foto de uno de estos procesos por injurias, un episodio peculiarmente idiota, él, sentado en la sala junto a otra acusada, una profesora compañera suya del partido, se reía con la cabeza agachada, mientras que ella tenía aspecto de aburrirse muchísimo), uno incluso por asociación subversiva en 1978, evidentemente un saco sin fondo, donde lo definían como uno de los dos jefes turineses de Autonomía Obrera.

Mientras la noche avanzaba —recuerdo que oí pasar chirriando el último tranvía, el de la una de la madrugada, que marcaba regular mi insomnio perenne junto con el primero, el de las cinco—, seguí buscando en otros archivos. En el de *Unità*, que en esa época aún se podía consultar en línea, encontré solo una pequeña referencia, fechada el 17 de marzo de 1968: hablaba de un episodio del día anterior, en Roma, cuando un grupo de fascistas ocupó la Universidad de la Sapienza y lanzó mesas y sillas por las ventanas sobre los estudiantes de izquierda que protestaban abajo. Fue el día en que Oreste S., quien más tarde fundaría Poder Obrero, resultó gravemente herido en la espalda. El otro herido al que se nombraba, con lesiones más leves en la cabeza, era el estudiante de medicina Leonardo Barone, de veintidós años. Parece que en la familia teníamos una apreciable tradición de cabezas rotas. De repente me acordé de una escena que no sabía situar (pero era verano y estábamos en el andén de una estación, creo): mi padre que me decía, riéndose:

—Mis padres no sabían que era la oveja negra de la familia. Mi padre descubrió que era comunista una vez que los fascistas me abrieron la cabeza y salió un artículo en el periódico. Alguien del pueblo se lo dijo y me telefoneó al hospital y me preguntó, consternado: Pero, Leonardo, ¿es *verdad*? Y nunca llegué a saber si hablaba de la cabeza o del comunismo.

Las consecuencias no habían sido tan divertidas, descubrí gracias a Dora muchos años después: mi padre dejó inmediatamente de enviarle dinero, él tuvo que apañárselas trabajando como pintor de brocha gorda. No solo eso: también interrumpió casi por completo toda comunicación con él. Por otro lado, toda la familia se esperaba algo muy distinto de ese muchacho tan brillante, cuya genialidad incluso se la había vaticinado a su madre una gitana cuando estaba embarazada, el único entre sus hijos que había ido a la universidad; al menos una serena, respetable y bien retribuida carrera de médico. Una posición que le diera brillo y, de rebote, también a ellos.

Y ya ves.

Apagué el ordenador y la habitación se quedó completamente a oscuras. Me estiré para encender la lamparita, bajé la persiana, abrí la cama con gestos mecánicos, me puse el pijama y me eché, tras volver a apagar la luz, con los ojos clavados en el techo invisible. Así pues, aquellos retazos confusos, desconectados entre sí, eran todo lo que tenía por escrito. Una historia evanescente e imprecisa, como una tierra que vemos desde un barco en la noche, de la que solo podemos adivinar la silueta oscura antes de que se aleje, y nunca estamos completamente seguros de qué país se trataba realmente; o como una alucinación *ante somnum*, esas visiones rapidísimas de motivos extraños que se dibujan en las paredes, o figuras grotescas, o detalles distorsionados de un objeto en la penumbra, que se producen en el momento en que nos estamos durmiendo, en una fisura entre el párpado y lo que nos circunda.

No tenía la impresión de haberme acercado, sino que, por el contrario, era como si me hubiera alejado aún más de esa tierra nocturna y vaga de la que solo seguía distinguiendo los contornos. Pensaba sobre todo en via Artisti, que continuaba dilatándoseme en el pecho como un sufrimiento. ¿Cómo era posible que no hubiera visto nunca en él ninguna huella del pasado? ¿Qué había ignorado, qué podría haberle preguntado? ¿Habría cambiado algo? Pocos meses antes había anotado para mi novela muerta esta frase, que iría atribuida a mi protagonista: «Tal vez no había prestado bastante atención». Ahora, por ese sombrío humor del destino, volvía a mí con un nuevo significado, y se me clavaba en el costado igual que un gancho del que ya no podría liberarme. Me incorporé de golpe para sentarme, encendí el ordenador y busqué de nuevo esa fotografía granulada, asombrada, ilegible. ¿Quién eres?, pensé, y ese pensamiento sonó casi como un grito. Bajé de nuevo la pantalla y volví a acostarme. Pero permanecí mucho tiempo aún con los ojos abiertos en la oscuridad.

Estuvimos en guerra durante muchos años. Más o menos cuando se fue a vivir a casa de Dora, y probablemente había decidido convertirse en un Verdadero Padre, se transformó. De golpe era petulante y desconsiderado; me hablaba casi siempre en un tono inútilmente agresivo; estallaba en continuos arrebatos, tan feroces como insensatos, por reglas que antes nunca hubo y que él mismo no respetaba. No toleraba que quisiera quedarme sola cuando estaba junto a ellos, que de vez en cuando me quedara una hora a mis anchas como estaba acostumbrada a hacer en casa y en cualquier otro lugar: lo tomaba como una afrenta personal. Cualquier intento que hiciera por complacerlo o reparar alguna presunta trastada (por regla general, completamente aleatoria) terminaba siendo, en cualquier caso, incorrecto. Prefería con mucho al padre distraído y alocado de la vida precedente. Este era despótico, irracional, caprichoso: la parodia de un adulto, más que un auténtico adulto de verdad. Yo no entendía, no sabía qué hacer. Yo seguía siendo la misma: ¿por qué de repente ya no le estaba bien?

En las vacaciones de agosto, el período consecutivo más largo que pasaba con él, íbamos durante tres o cuatro semanas a la casa de veraneo de Dora, en Calabria, y casi nunca había tregua. Tres semanas, cuando tienes nueve años, son infinitas. La desesperación que sentía era infinita. Y fue entonces cuando descubrí que el dolor de los niños no interesa a casi nadie: la mayoría de la gente lo considera irrelevante, un accidente desdeñable o, directamente, ni lo ve. Y cuanto más sufría yo, más se enfurecía él. No era justo que estuviera triste cuando estaba con él. También eso era una afrenta.

En realidad, creo que a menudo se arrepentía del modo en que me hablaba, de las terribles palabras que vertía sobre mí cuando era presa de la cólera, pero no sabía cómo reparar el daño. En ocasiones venía hasta la puerta de la habitación donde me encerraba a llorar en la oscuridad después del enésimo chaparrón de gritos y murmuraba: «Marzolina», el apodo que me había puesto mi madre y que también utilizaba él cuando estaba en vena afectuosa, «Marzolina, venga, sal de ahí». Esto era lo que más se acercaba a pedirme perdón.

A veces, durante unas horas, durante un día entero, era normal, afectuoso en su modo un tanto intrusivo, y me abrazaba a esos momentos de paz transitoria para poder sobrevivir con él. Pero sabía que terminarían pronto, y por motivos imprevisibles, que podían ser los más insignificantes. Estaba siempre con el alma en vilo, siempre angustiada.

(Pero se quedaba noches enteras velándome cuando caía enferma de mis eternas amigdalitis, con la pequeña tele de la cocina, donde estaba el sofá cama en el que yo dormía en la casa de vacaciones, encendida pero con el volumen bajísimo, y cuando abría los ojos en el delirio de la fiebre veía su silueta en la oscuridad, sentada a la mesa, la cabeza apoyada sobre una mano, sus rasgos apenas iluminados por las imágenes de las películas que veía para permanecer despierto.)

La única persona delante de la cual se contenía era mi madre. La respetaba mucho y creo que también la temía un poquito; ella era el progenitor sano, el progenitor sabio. Quería que ella tuviera una buena opinión de él. Hasta el final mi madre fue la presencia tranquilizadora entre nosotros. Cuando ella estaba allí —bastaba con su mero estar allí, amable y discreto, aunque vigilara cada una de nuestras acciones y siempre estuviera lista para pronunciar una apacible palabra de advertencia si percibía que estaba a punto de estallar algo—, una normalidad luminosa descendía sobre la habitación. Cuando ella estaba allí, no había nada desagradable o corrupto.

En las cenas y en las fiestas con sus amigos, mi padre leía en voz alta mis poemas o mis relatos infantiles. Me sentía muy incómoda, y sabía que mi madre consideraba que estas cosas iban en contra de mi educación y detestaba los alardes, por lo que yo sentía un malestar adicional, porque aunque ella no estuviera yo sentía su juicio, la amargura en su rostro cuando hacían ostentación de mi persona o, excitada por la aprobación, me exhibía: pero no podía no alegrarme de que al menos esta parte de mí fuera aceptable... y, además, ¿a quién no le gustan las alabanzas? Los comensales lanzaban grititos encantados y mi padre se hinchaba de orgullo, resplandecía de júbilo. Se jactaba ante su público de mi precocidad en la escritura, de mi inteligencia. Mi inteligencia, que naturalmente venía de la suya. Es inteligente como su padre. «Talis pater, talis filia», me decía con gesto locuaz, y una rabia azulada, venenosa, me subía por las piernas y me invadía todo el cuerpo, me llenaba hasta las puntas de los dedos, hasta el cráneo, y lo único que pensaba era yo no soy como tú. Yo nunca seré como tú.

Luego refluía, y tan solo me quedaba una gran tristeza, la terrible sensación de una derrota que nos concernía tanto a él como a mí.

(Pese a todo, pese a todo, estaba el mar. Él amaba el mar, y yo también. Era un sentimiento profundo y desgarrador e indefinible. Emprendíamos largas expediciones en las que casi no intercambiábamos ni una palabra. Tan solo percibía su respiración en el tubo de buceo, y la mía, más jadeante. Me enseñó a limpiar las gafas escupiendo en el cristal cuando se empañaba. Nos internábamos hasta donde no había nadie, entre los escollos de los promontorios y más allá, hasta mar abierto. El mundo bajo la superficie era entonces solo nuestro, ese mundo al mismo tiempo vivo y fantasmal. El ruido-silencio sordo, ofuscante, que me zumbaba en los oídos cuando me sumergía. Los bosques de algas en ciertas profundidades, que danzaban despacio adelante y atrás siguiendo el ritmo de las olas. Los recovecos de los escollos, donde se escondían los erizos. Los rayos del sol que cortaban el agua en diagonal y proyectaban temblorosas luces romboidales en el fondo. El azul intenso e interminable que se abría ante los ojos cuando miraba hacia delante, hacia mar abierto. Ese cansancio era un cansancio feliz. Cuando, después de haber estado mucho tiempo en el agua, me desplomaba en la orilla, agotada, plena, el pelo mojado colgando sobre mi cara, y él me acariciaba y me sonreía con orgullo, me sentía bien, sentía algo que se parecía al amor.)

Mi infancia terminó de improviso cuando tenía once años, y mi cuerpo libre y asexuado se transformó de un mes para otro en el cuerpo de una mujer, y la pubertad me transformó en una criatura melancólica, muda e intratable, llena de odio hacia mí misma y de terror hacia los demás. Como podrá imaginarse, esto no ayudó a mejorar las relaciones ya idílicas con mi padre. Yo también me volví feroz. Cada vez más feroz. Le respondía gritando cuando él me gritaba. Contestaba a cada provocación. Estaba inundada de rabia. La rabia me devoraba, me traspasaba, borraba todo pensamiento racional; perdía el control exactamente como él, en un monstruoso reflejo de su irascibilidad. *Talis pater, talis filia.*

Estaba enfadada con la persona en que me convertía en aquellos momentos. La odiaba tanto o más de lo que lo odiaba a él. Yo no era eso. Sentía una vergüenza profunda, constante, que me corroía los huesos, que me hacía querer desaparecer. Nadie podía compadecerme o ayudarme: para entonces era tan culpable como mi padre, mejor dicho, más, porque carecía de respeto filial. O al menos eso parecían pensar los demás. Los espectadores.

Una mala hija. Una hija equivocada.

A los diecisiete años tomé la decisión de poner fin a todo aquello. Me escapé literalmente durante una de aquellas vacaciones, harta, y me subí a escondidas al tren para regresar a casa. Después, no nos dirigimos la palabra durante bastante tiempo. No podía perdonármelo. A mí casi me hacía reír: pero ¿qué sentido tenía continuar a cualquier precio con aquella atroz puesta en escena cada año? ¿No se daba cuenta de que estaríamos mejor así, todos nosotros? Todavía hoy no logro entender la violenta contradicción entre el deseo de tenerme con él durante aquellas semanas y el modo en que se comportaba cuando luego estábamos allí. Creo que él tampoco lo entendía.

Y, a pesar de todo, en su mesita de noche tenía una foto mía enmarcada. En ella tenía catorce años y leía con las piernas cruzadas bajo la sombrilla, en la playa, con el ceño fruncido, mordisqueándome una uña, el pelo recogido en la nuca. Cuando la vi, no sé por qué, me entraron ganas de llorar.

Pasada la tormenta inicial después de mi fuga, todo fue a mejor, como yo quería demostrar. Iba a su casa solo de tanto en tanto, para las ocasiones importantes. Tres o cuatro veces al mes nos veíamos para un almuerzo, una cena o un café. Era incluso agradable. Cuando estábamos solos era diferente, siempre había sido así. En aquellos momentos no sentía la necesidad de actuar. No gritaba, no hacía el bufón, no pontificaba. Paseábamos y charlábamos. Íbamos a tomar un helado. Le hablaba de los libros que leía o de las clases de la universidad. Siempre le tomaba el pelo y él me dejaba hacer; se reía. Como mucho me decía: «Eres realmente pérfida», lo cual era muy cierto. Nuestras relaciones eran de una cauta simplicidad, pero estaba bien así. ¿No es sobre todo de palabras superfluas y silencios de lo que está hecha la vida junto a aquellos a quienes hemos amado, cuando tratamos de recordarla? Volvía a ver por primera vez desde hacía mucho tiempo la que me parecía su naturaleza más auténtica: una especie de secreta dulzura, la alegría de compartir. Por primera vez desde hacía mucho tiempo, podía sentir ternura por él.

No siempre era fácil. Las máscaras, las bromas trilladas, las bobadas, las estúpidas pullas que no conseguía evitar lanzarme cuando tenía un público o estaba en una situación que le hacía sentirse incómodo seguían molestándome de un modo —me daba cuenta también entonces— desproporcionado. En ciertas ocasiones, cuando seguía provocándome imperturbable, volvía a perder el control y sentía la misma desesperación; la misma vergüenza atroz de mí misma.

Me dio clases de conducir en la colina, en Sassi, en las zonas misteriosas más allá del cementerio monumental adonde yo no iba nunca, con el coche de mi madre, que nos lo prestaba con comprensible inquietud.

Hablaba poco de sí mismo. Sabía a través de mi madre, con quien a veces se confiaba, que tenía muchas preocupaciones porque la cooperativa para la que trabajaba atravesaba graves dificultades económicas, y también otros dolores personales, las habituales decepciones con personas de las que se había fiado. Nunca era él quien me lo contaba. Pero su rostro se veía cada vez más frágil, herido.

Una vez, debía de tener yo veinte años, no sé por qué instinto extravagante le escribí una carta que envié por correo. Ya no recuerdo lo que ponía. Creo que era una especie de acto de reconciliación, aunque no explícito. Lo único que recuerdo es que, en un arranque melodramático, le agradecía que me hubiera reconocido y hubiera aceptado ser mi padre. Él se abrumó. Me respondió con una sentida carta en la que decía que no me había reconocido por obligación: que había sido deseada, aunque antes no supiera que lo deseaba. Que estaba feliz y orgulloso de tenerme como hija. Que no lo habría cambiado por nada, por nadie. Me escribió también, no recuerdo si en esa carta o en otra (como todos los sentimentales, era muy prolífico desde el punto de vista epistolar), que nuestro re-encuentro había sido hermoso, y que le gustaban las conversaciones conmigo, que a veces le daban «indicaciones» respecto a su vida. Más adelante, de vez en cuando, sacaba la historia de mi carta (la única que le escribí, por otro lado, aparte de las felicitaciones de Navidad y las de cumpleaños) y se conmovía. Yo cambiaba de tema.

Nunca dejaré de preguntarme cómo habrían podido ir las cosas de haber tenido más tiempo. Si no hubiéramos malgastado todos esos años.

Entonces todo terminó de la peor manera posible.

Me gustaría tratar de retener algunas de las cosas que era.

Tenía una memoria sobrehumana (lo que, visto a posteriori, se revela como una cruel ironía). Por ejemplo, todavía recordaba palabra por palabra decenas de poemas que había estudiado en la escuela, y de vez en cuando, de la nada, recitaba un fragmento cualquiera, casi por un automatismo de la boca, dejando que las palabras se deslizaran por la lengua por su mismo sonido. Le bastaba con leer algo una sola vez para recordarlo todo, o casi, con una precisión asombrosa. Un juego que hacíamos juntos era este: uno daba una pista sobre una película: a elegir, un actor principal, un actor secundario, un tema, el director, el año de estreno. O bien el título, y el otro tenía que decir director y actores, al menos los protagonistas. Él lo recordaba *todo*, desde Cukor hasta los policiacos con Tomas Milian.

También se sabía de memoria cantos completos de la *Divina Comedia*, o mejor dicho, del «Infierno»: en el «Purgatorio» las maravillas escaseaban, decía, el «Paraíso» era solo propaganda carente de atractivo. Cuando recitaba a Dante se enardecía, como si lo hubiera descubierto la noche anterior. «¡Ay de vosotras, almas pecadoras!», gritaba radiante, siempre con la misma inflexión retumbante, barriendo el aire con las manos; y cómo pronunciaba «El demonio Carón, ojos de brasa»… bueno, creo que nunca volveré a oírselo a nadie. Me decía que yo tenía hacia el mundo un gran desprecio, parafraseando a Farinata degli Uberti. Me telefoneaba y me preguntaba, riéndose: «Entonces ¿qué, sigues teniendo un gran desprecio hacia el mundo?». Los otros pasajes que adoraba declamar:

Ugolino, Paolo y Francesca, Ulises. Se conmovía por su desgracia, por la aterradora repetición del castigo. Cuando, de adolescente, yo también aprendí algunos fragmentos por cuestiones mías, se puso contentísimo. La única liturgia compartida, aparte de los mitos de mi infancia. Todavía ahora, si tengo ocasión de recitar a Dante a algún pobre indefenso, me percato de que mi inflexión sigue la suya, sus extravagantes énfasis dictados solo por el entusiasmo.

Al envejecer se fue volviendo cada vez más colérico, pero no perdió nunca la capacidad de sentir ese placer por las cosas tan suyo, tan febril. Tenía un talento para la alegría.

Leía casi solo ensayos, sobre todo psicoanálisis, obviamente (en sus últimos años usaba la palabra «imaginario» como una hoz). Una vez le pregunté cuál era su novela preferida, si es que la había. Contestó sin titubeos:

—Creo que *Memorias de Adriano*. Es una de las cosas más hermosas que he leído en mi vida.

Me quedé anonadada. Un libro sobre la vejez, sobre la muerte… Y pensar que se obstinaba en ignorar resueltamente tanto la una como la otra.

Pero había por lo menos otra novela que le gustaba. Era *El tigre en la vitrina* de Alki Zei. Recuerdo la cubierta de su vieja y desgastada edición de Einaudi, que encontraba inquietante: había un cuadro con una piel de tigre, o un tigre disecado, abandonado sobre una silla, con las fauces abiertas de par en par y vuelto de tres cuartos hacia el espectador, los ojos vacuos perdidos en alguna parte. Lo leí siendo muy pequeña, aún en la época de la buhardilla (aunque estoy segura de que procedía de casa de mi madre, y que se lo llevó consigo; he aquí algo que se había llevado, por fin), y no entendí casi nada. El trasfondo de la historia era el establecimiento de la dictadura de Metaxas en Grecia en verano de 1936; yo, creo, percibí tan solo la sensación asfixiante de peligro que se cernía sobre la familia en el centro de la historia. Recuerdo no obstante a las dos niñas protagonistas, dos hermanas: una se llamaba Melisa, la otra Mirto. Mirto era la más arrogante, la más impertinente, la más interesante. También a mi padre le gustaba Mirto. Me dijo que había querido ponerme ese nombre, pero que mi madre (gracias al cielo) se opuso. También ese libro se ha desvanecido en la nada.

No sé nada más de su vida como lector. Pero de tanto en tanto me sorprendía. Un episodio: tenía quince años y estaba leyendo *Lolita* por primera vez, casualmente; aunque mientras lo hacía sentía ya, de un modo muy confuso, que se trataba de un acontecimiento capital. Tenía algunas dificultades con la idea del narrador no fiable, y no lograba decidir si creer a Humbert Humbert cuando daba su versión de la muerte de la madre de Dolores. Estábamos en la playa y él estaba sentado cerca de mí, leyendo el periódico. Me apoyé en los codos y le pregunté:

—¿Has leído este?

—Sí.

—Pero Humbert... no mató a su esposa, ¿verdad?

Él me sonrió con malicia.

—*Claro* que la mató —dijo. Bajó otra vez los ojos al periódico y después de un rato añadió—: No debes fiarte de nada de lo que dice.

Solo nueve años más tarde, cuando comencé a leer todo Nabokov, y a leerlo con conocimiento de causa, entendí lo valioso que era este pequeño recuerdo, un primer indicio de que quizás en mi padre había algo más interesante, más enigmático y más complejo de lo que yo creía; que no sabía casi nada de su mente, de su mente verdadera. Pero nunca pude hablar del tema con él: leí el *Curso de literatura europea* y *Pálido fuego* dos meses después de su muerte. Nunca pude hablar con él del modo peculiar en que Pnin me desgarra el corazón, ni del cascanueces que cae en el fregadero, ni de la anécdota de Aleksandr Černyševskij a punto de morir en *La dádiva*, acerca del imaginario escritor francés Deladande quien «cuando un día, en el funeral de alguien, oyó que le preguntaban por qué no se quitaba nunca el sombrero (ne se découvre pas) contestó: "Espero a que lo haga primero la muerte (qu'elle se découvre la première)». Ni de Černyševskij que comentaba: «Este gesto revela una metafísica carencia de galantería, pero es cierto que la muerte no se merece nada más». Sin embargo, el pequeño recuerdo sigue siendo especialmente querido para mí, igual que un secreto compartido.

El último libro que le presté fue *Vida y destino* de Vasili Grossman, a raíz de ciertas difíciles conversaciones sobre el comunismo soviético que habíamos mantenido. Lo leyó en el hospital. No pudo evitar explicarle con orgullo a su compañero de cuarto, un profesor, que se lo había prestado su hija. Me dijo luego, radiante, que el otro se había quedado impresionado y que le había brindado «sus felicitaciones». Logró terminarlo incluso, muy lentamente. Recuperé ese libro solo cuatro años más tarde, cuando volví a casa de Dora por primera vez desde que él muriera. Esa noche, en la cama, busqué los incoherentes subrayados a lápiz que siempre infligía a cuanto le prestaba, incluida mi tesis. A primera vista, no los había. Hojeé las páginas con creciente angustia. Pero sí, allí estaban: aunque solo tres, en vez de las docenas que me esperaba de él. Una era una antífrasis sarcástica sobre las lagrimuchas de Kapo y *Blockälteste* en un campo de concentración alemán; la otra, una frase que quizás le sonó bella y curiosa en la descripción de un anciano: «La unión entre el azul de la piel y el azul de los ojos». La última se encontraba muchísimo más adelante, hacia el final del libro, cuando la suegra de un hombre que lo ha perdido todo lo besa mientras contempla mudo las paredes de la casa que debe abandonar. «No es nada, no es nada, querido, es la vida.»

Siempre cantaba. Como ya he dicho, era bastante ruidoso. Cantaba incluso por la calle, y yo le lanzaba codazos susurrando entre dientes: «Papá, por favor».

Cuando cantaba en el coche agitaba los brazos igual que las aspas de un molino de viento, subrayaba algunos versos con gestos hieráticos y bramaba:

—¿Entiendes? ¡«Las grandes heladerías de frambuesa que humeaban lentamente»! Pero ¿tú te das cuenta de qué *poesía*?

—Mantén las manos en el volante, que si nos estrellamos termina toda la poesía —le contestaba, con sequedad.

Pero en realidad la mayor parte del tiempo cantaba con él, tan desentonada y casi tan gesticulante. Nuestra mejor interpretación era «Carlo Martello torna dalla battaglia di Poitiers». Un repertorio arbitrario y parcial de canciones que gritamos juntos en cerca de veinte años de viajes en coche de breve o larguísima duración: «L'auto targata "TO"». «Il testamento.» «Brennero '66.» «Proposta» y «Tema» (entre mis numerosas dotes inútiles está la perfecta imitación de todas las voces de los Giganti). «Canzone di notte.» «Alice.» «I treni per Reggio Calabria.» «Ballata per Ciriaco Saldutto.» «L'abbigliamento di un fuochista.» «Contessa.» «Nel cuore, nell'anima.» «Coda di lupo.» «Berta filava.» «Noi non ci saremo» (en la versión de los Nomadi; «¡Augusto!», gritaba mi padre invariablemente en tono desgarrado cuando oía la voz de Daolio; como ya hemos visto con Palinuro, sus lutos eran perennes). «4 marzo 1943.» «Sognando la California.» «Il feroce monarquico Bava» («tu non riiider, sabauda marrrmaglia»). «Pezzi di vetro.» «Dio è morto.» «Il signor Hood.» «Singapore.» «Per i morti di Reggio Emilia.» «Bartali.» «Escluso il cane.» «Il mio canto libero.» «La locomotiva.» «Pablo.» «Ho visto un re.» «Tammurriata nera» (aquí, más que nada, emitía sonidos inconexos porque no entendía ni una palabra, pero de todas formas me gustaba muchísimo). «Stalingrado» y «La fabrica». «Ma come fanno i marinai.» Recopilatorios en casete de canciones de rock'n'roll de los años cincuenta, aunque él solo cantara los estribillos o aullara al compás mientras movía un dedo sobre el volante porque no sabía inglés: «Why Do Fools Fall in Love», «Oh, Carol», «La Bamba», «See You Later Alligator», «Tutti Frutti», «Let's Twist Again», «That'll Be the Day», «Only You», «Under the Boardwalk», «Summertime Blues», y otras muchas. «Rimini.» «Il leone e la gallina.» «Generale.» «Disperato erotico stomp.» «Pugni chiusi» («in me c'è la noo-tte più neeeraaa», pronunciado con sollozo a la americana). «Lugano addio.» «Il vestito di Rossini.» «Sant'Antonio a lu desertu.» «Bufalo Bill.» «Vengo anch'io (no tu no).» «Porta Romana bella.» «29 settembre.» «Santa Lucia.» «Acqua azzurra, acqua chiara.» «Un altro giorno è andato.» «Fila la lana.» «Ballata per Franco Serantini.» «Rimmel.» «Ahi, Maria.» Etcétera.

Creo que si existe un archivo familiar nuestro sería este: volátil, fatuo, inmaterial, cuya esencia irrepetible es imposible restituir, la vida, sin que las palabras yerren el tiro: «Qué pobre es la lengua de la alegría».

En cierta ocasión, alguien que también le había querido me dijo, con sincera compasión:

—No debe de haber sido fácil tenerlo como padre.

No, no lo fue. No lo fue hasta el último instante. No fue fácil, luego, oír cómo un abanico de desconocidos me repetía lo maravilloso que debió de ser como padre. Yo me limitaba a una mueca cortés.

Me parecía que lo conocía. Lo conocía hasta en sus simas más oscuras, brutales, ordinarias. Lo conocía también en sus momentos de limpidez. Pensaba que lo había entendido por completo. Pero ahora debía tomar conciencia de que no lo conocía tan bien como yo pensaba... que quizás no lo conocía en absoluto.

Era prácticamente imposible intentar reconstruir su biografía, aunque fuera a palmos. De su infancia nunca me contó nada. De su madre, de su padre, de sus hermanos y hermanas pequeños, mucho menos de sí mismo. No sabía si era indiferencia o una anulación voluntaria. Había solo un par de anécdotas que repetía a menudo sobre una divertida tía abuela que había muerto mucho antes de que yo naciera, la tía Ziella (de pequeña no entendía que era la abreviatura de Graziella y yo pensaba que era una especie de atributo homérico, una über-tía, digamos). Y luego sus hermanos y sus hermanas murieron todos en un lapso de cuatro años, poco antes o poco después que él, desde el más joven al más viejo: no quedaba nadie a quien preguntar. Sabía que nació en Monte Sant'Angelo, en la cima de una montaña, en diciembre del último año de la guerra, y que una docena de años después la familia regresó a Trani, en la costa. Hasta los nombres de pila de sus padres los recordaba con dificultad. En cuanto a los que estuvieron aún antes, se pierden en el olvido más absoluto. Aunque esto también vale para mi madre, quien en cambio me ha contado muchísimas cosas de cuando ella era niña, de su hermano y de sus padres; de su padre, que contaba historias en los cobertizos cuando el pueblo se reunía en las noches de invierno para hablar y darse calor, o para limpiar el maíz; de su madre, que había trabajado de criada desde que tenía ocho años hasta que se casó; pero de sus abuelos tampoco fue capaz de contarme mucho, salvo que eran campesinos.

Mi madre un día me confesó que siempre sentía una envidia desgarradora, vergonzosa, cuando leía las autobiografías de escritores que procedían de familias aristocráticas o de la alta burguesía, con genealogías que se remontaban casi hasta el Pleistoceno, y que poseían, diseminados a través de los siglos e inscritos en las crónicas familiares, una multitud de fascinantes antepasados de extrañas costumbres, con gestas heroicas, con bodas azarosas, o tan solo con un hermoso perfil y piel de alabastro inmortalizados en empalagosas composiciones de algún diletante poeta contemporáneo.

–Tengo la envidia de los ancestros –me dijo, medio en broma, medio en serio.

Entendí lo que quería decir. Nosotros no tenemos ancestros. No sabemos quiénes eran nuestros antepasados, por un simple hecho: eran pobres y analfabetos, y por tanto no ha quedado de ellos rastro alguno. Ni de los del Norte, ni de los del Sur. Esa expresión que a veces he utilizado yo también («¿Quién soy yo, el hijo de la criada?») a mi madre siempre le ha resultado particularmente odiosa. Ella *es* una hija de la criada, realmente. Descendemos de criados, de esa categoría innumerable y anónima que hacía de mudo trasfondo, de pura función práctica o decorativa, en las escenas de las novelas y en los *récits autobiographiques* ajenos. La envidia de mi madre era por esa cultura ya adquirida incluso antes de nacer, por las bibliotecas legadas, por las relaciones y los maestros ilustres, por los accesos facilitados, por la riqueza heredada… y no estoy hablando ahora de la material.

A veces yo también siento esa clase de envidia.

La verdad es que nunca me he sentido muy interesada por la «descendencia», las raíces, y todas esas letanías identitarias de las que huyo de manera instintiva. Mi pertenencia, si queremos llamarla así, es de otro tipo. Pero, si pienso en los destinos individuales, el hecho de que ellos hayan sido tan completamente borrados por el tiempo me impresiona. ¡Qué no daría yo por una antepasada loca y vidente, o por un tatarabuelo que disparaba a los objetos decorativos! Y, en cambio, de todas estas personas que me precedieron no ha quedado nada;

ya no digo un sentimiento, un deseo o un pensamiento fugaz en esa región liminal antes del despertar, sino ni siquiera una anécdota pasada de generación en generación, o una característica remarcable.

Hace algunos meses murió la viuda de un tío abuelo mío, un hermano de mi abuela materna. Se llamaba Venilia. Cuando sucedió, me dijeron que ella también era «hija de la criada». Su madre era una joven sirvienta en alguna casa de ricos cuando se quedó embarazada. Pensé mucho tiempo, con curiosidad, en aquella criada que había elegido un nombre tan hermoso e insólito para su hija. Me pregunté si lo habría leído en algún sitio, si sabía leer, o si lo oyó por casualidad, o si lo recordaba de algún cuento infantil que le gustaba en especial. Aquella muchacha sola y pobre que quiso darle a su hija sin padre un nombre especial, quizás para que tuviera algo único, solo de ella.

La señal de un individuo: una muchacha, en un día cualquiera de los años veinte, que elige un nombre.

A propósito de descendencias. No recuerdo si en aquel primer encuentro o meses más tarde, Agata me dijo que siempre se había preguntado adónde había ido a parar un reloj de bolsillo que su padre le regaló al mío en su boda; era una reliquia de la familia, que el padre había heredado del suyo, etcétera. A ella le habría gustado que lo tuviera yo (no sus hijos: yo, como hija de Leonardo), pero a saber en qué mudanza se había perdido. Yo, la hija hembra, que hereda el objeto simbólico del paso generacional de hombre a hombre de otra familia. Habría sido muy interesante. Pero mi padre nunca supo tomarse en serio estas cosas, ni siquiera cuando eran importantes para los demás.

Así pues, faltaba su infancia. Yo solo tenía una idea imaginada del lugar donde había nacido: un pueblo de casas blancas en la montaña, dominadas por el santuario de quince siglos construido sobre una cueva durante la época en que la región pertenecía al reino longobardo, y por las torres en ruinas del castillo normando, prisión de estado bajo los angevinos; donde, leí, el viento barría las calles en todas las estaciones y en otoño descendía una niebla densa y perenne. Traté también de imaginar al niño: vislumbraba su pequeña silueta que se giraba hacia mí desde una de aquellas callejuelas de subida, en medio de la niebla; pero no lograba ver su cara.

Y Roma, Roma resultaba igual de fantasmal. ¿Qué había hecho allí? ¿Quién había sido? No había nadie a quien preguntar. O mejor dicho: en cierta ocasión, recordaba, en verano, pasamos por delante del cartel publicitario de una película (debía de tener doce años, comprobando las fechas) y él me dijo, así, con la misma despreocupación con que uno comenta el parte meteorológico del día: «¿Sabes?, con este director viví un tiempo, cuando vivía en Roma». Luego seguimos caminando. Le pregunté a Agata al respecto y me lo confirmó: en un momento indefinido de los años sesenta mi padre convivió en la misma casa con el director y con el actor sueco que a menudo trabajaba con él en esa época. Cuando leí que ambos, director y actor, habían formado parte de Servir al Pueblo, no resultó difícil entender qué había hecho que se cruzaran sus caminos. Nunca llegué a ponerme en contacto ni con el uno ni con el otro, aunque al principio lo intenté, porque era el único, débil nexo que tenía, la única posibilidad de saber algo de esa parte de su vida. Pero había demasiadas complicaciones y al final lo dejé correr. Quizás, algún día.

Más adelante, Agata me habló también de una chica con quien mi padre había salido en Roma, de la que tan solo sabía el nombre, Clara, y el hecho de que procedía de una familia rica. Cuando la familia descubrió con quién se veía, la encerró en casa y mi padre fue hasta allí para realizar una ridícula manifestación solitaria en su patio, bien provisto de megáfono y pancartas, para «liberarla». Por lo visto, el guion estaba tan bien logrado que, muertos de vergüenza, la dejaron salir de inmediato, y el amor triunfó sobre la burguesía. Pero Agata no tenía ni idea de qué había sido de Clara: para ella solo había existido en el relato de mi padre; y, obviamente, no sabía su apellido. Así pues, también ella quedaba relegada a la categoría de espectro. Por su nombre me la imaginaba con el pelo a la alemana: rubio lino, largo y vaporoso y, quién sabe por qué, siempre acababa pensando en ella con ropa de principios del siglo xx, como una chiquilla en la playa de Balbec. Clara *disparue*.

Podía suponer que en Roma mi huidizo personaje, quien a esas alturas, me percataba de ello, vivía en mi mente como figura autónoma, escindida del hombre al que yo había conocido —y por eso de ahora en adelante lo llamaremos L.B.—, había participado en las asambleas y luego en las ocupaciones del invierno y la primavera de 1967-1968, no sé si en la facultad de Medicina, de Letras, de Arquitectura, o en todas, o en alguna. Solo sé que una vez me dijo que «cuando ocupábamos» se veían obligados a estudiar el doble, porque también debían dar los cursos, ocupando el lugar de los profesores, para poder presentarse con regularidad a los exámenes. Para él era una ofensa repugnante que se dijera que los estudiantes habían ocupado las universidades porque no tenían ganas de estudiar. El estudio era para él un objeto sagrado, el sentido último de su vida en la tierra. Podía suponer que estaba allí —en las asambleas, en las ocupaciones— porque lo sentía como un deber; quizás, pensando en cómo era él, incluso como un imperativo moral. Tal vez tenía en la cabeza a los críos de los barrios marginales con los que había hecho las actividades extraescolares, se preguntaba qué destino les esperaba, y si ese era un modo de darles la posibilidad de evitar el determinismo, la soledad secular e invencible en la que estaban encerrados. Y además debía de ser tan liberador, tan increíblemente *nuevo*, estar junto a otra gente de esa manera. El sentido de justicia, la voluptuosidad de la aventura, un sentimiento vago pero poderoso en la época. Las palabras que circulaban infinitas. La juventud.

Tenía veintidós años. Con la arrogancia de esa edad, debía de pensar que ya sabía todo lo que era importante saber, y el resto ya vendría con aquellas palabras que parecían perfectas, que parecían disolver y regular el misterio del mundo. Debía de pensar que era inmortal, inquebrantable, total. El tiempo aún no existía.

Lo buscaba por todas partes. Durante semanas miré decenas y decenas de fotografías y de filmaciones, los heridos arrastrados por los brazos en Valle Giulia, los furgones incendiados, las sombras a la carrera entre las volutas de humo, las siluetas que trepaban por las pequeñas colinas o bajaban corriendo, las fotos grupales de las manifestaciones o de las asambleas que ampliaba al máximo y escrutaba durante horas con la intención de sacarlo a la luz, las tomas de grano grueso del 16 de marzo, el día de la expedición de castigo de los fascistas y de las mesas lanzadas por las ventanas, el mismo día en que en otra parte del mundo, aunque eso se sabría mucho más tarde, los soldados del teniente William Calley mataban y abandonaban en las calles, en los pozos y en las zanjas a trescientas cuarenta y siete ancianas, niños y recién nacidos en My Lai, e incendiaban luego sus casas.

Pero no lo encontraba nunca: era todo demasiado rápido, demasiado distante, estaba demasiado deteriorado. No sé por qué estaba tan obsesionada. Necesitaba verlo. Si no podía saber nada de ese fragmento de su existencia, al menos quería verlo. Había formado parte de un acontecimiento histórico. Pero nunca lo veía. Era insoportable. ¿Sería posible que, sencillamente, al no saber qué aspecto tenía entonces, no fuera capaz de reconocerlo? Soñé incluso con que encontraba una película en blanco y negro donde se le filmaba largo rato mientras corría al lado de una manifestación, reconocible, alegre, joven, como en una de esas escenas felices de *Die zweite Heimat*. Ahí está, L.B., inmortalizado en el tiempo: en el sueño yo sonreía triunfante, por fin sosegada.

Se cuenta que en las orillas del lago Svetloyar, perdido en los bosques de la región de Nizhni Nóvgorod, al norte del Volga, se encontraba la fabulosa ciudad de Kítezh. Cuando los tártaros llegaron para conquistarla a través de un camino secreto revelado por un traidor, la ciudad se sumergió en el lago y desapareció lentamente ante los ojos estupefactos de los invasores. Lo último que brilló sobre el agua antes de hundirse junto con todo el resto fue la cúpula dorada de la iglesia. Durante diez días y diez noches los tártaros intentaron encontrarla de nuevo, pero en vano.

También se cuenta que Kítezh aún sigue viviendo, bajo el agua, secreta, con todos sus habitantes. Y a los caminantes afortunados puede sucederles, dicen las crónicas tardías de los cismáticos, que vislumbren los contornos blancos y dorados bajo la superficie del lago, y oír el sonido sordo de sus campanas.

Aquellos fueron meses extraños. Yo seguía haciendo lo que hacía antes, leía por trabajo, perdía oportunidades, daba paseos con N. los domingos y veía películas con él, o le leía algo en voz alta en el parque o en el sofá de mi pequeña casa. En marzo fuimos a París, a casa de S., la querida amiga de la adolescencia y de los veinte años, con quien había compartido el pupitre en secundaria durante un año, decenas de películas de arte y ensayo en salas medio vacías donde por regla general solo estábamos nosotras dos y un par de locos, y varios viajes hermosos y rocambolescos. Vivía en París de manera estable desde hacía unos años para doctorarse en química, junto con el chico francés que más tarde sería su marido. S. era la práctica, y a veces su pragmatismo me atemorizaba, la persistencia casi militar con que llevaba a cabo todos sus proyectos, y conocía mis pensamientos más secretos, más tristes y más terribles que le haya confesado a nadie antes de que N. entrara en mi vida. Fue ella quien me acompañó a la boda de mi padre siete días antes de que muriera –la última vez que lo vi– y él se alegró mucho de verla, porque le tenía un gran cariño. S. veló por mí como una centinela durante toda esa terrible tarde, en medio de desconocidos, y solo su mirada, verde y atenta, impidió que me disolviera. Fue ella quien me sacó a cenar el mismo día en que él murió y me escuchó mientras le hablaba con frialdad de ese día (solo lloré al referirme a las gasas sobre los ojos) y luego nos quedamos hablando un rato más en el parque, al otro lado del río, sentadas sobre la hierba en el bochorno de la noche. Le expliqué que tampoco me importaba tanto, que a los veinticuatro años una no es huérfana, que los duelos verdaderos son otros, la cantinela de siempre. Lo creía de verdad. Dije que habría sido cien veces peor si hubiera muerto mi madre... no era capaz ni de pensar en esa hipótesis sin que se me cerrara la garganta. S. no decía nada. Veíamos la plaza iluminada al otro lado. Luego me llevó de vuelta a casa. Antes de que llegáramos a mi portal, lo recuerdo, se paró bajo un andamiaje en un edificio cercano y me dijo, con serenidad:

—Tú eres la primera de nosotros —refiriéndose al hecho de perder a un padre entre nuestros amigos y conocidos—. Es algo que te sitúa en otro punto. Has cruzado una línea, lo quieras o no. Y algún día tendrás que ocuparte de ello.

Esa semana en París, en el único momento en que logramos estar solas, una noche después de cenar, le hablé de lo que había descubierto, y de que se me iban revolviendo ideas inesperadas en la cabeza. Mientras hablaba, ella me escuchaba con atención, mirándose las manos cruzadas sobre la mesa. Entonces levantó hacia mí su hermosa y seria cara de gato y dijo con sequedad, sin moverse, sin alterarse, exactamente como yo esperaba de ella: «Hazlo».

En aquellos días vi también a Valérie Z., una escritora franco-israelí que vivía en el Marais y a la que conocía desde hacía años. Nos conocimos en un festival en 2009 —yo tenía que presentar una novela juvenil suya— y nos quedamos prendadas mutuamente: era una criatura encantadora, con unos enormes ojos negros de largas cejas, el pelo corvino muy corto que decoraba con pequeñas coronas de flores, y una risa contagiosa. Hablamos largo rato, en francés, sentadas en un banco de piedra, y luego por la noche durante la cena. Era de esa clase de personas con las que resulta natural abrirse al cabo de unos minutos de conversación. También su historia estaba llena de atractivo: nació en Niza, en el seno de una familia hebrea, la llevaron a Israel siendo adolescente cuando sus padres decidieron trasladarse allí y tuvo que vérselas con todo lo que significaba ese desarraigo de naturaleza excepcional, servicio militar incluido. Más tarde, ya adulta, decidió regresar a Francia.

Volví a verla dos años después, en otro festival literario en Barbagia. Habían pasado solo dos semanas desde la muerte de mi padre, pero yo había decidido acudir de todas formas. Presentaba mi segundo libro infantil, que había aparecido solo un mes y medio antes. Él vino a la presentación en el Salón del Libro, pese a que se encontraba ya en un estado lamentable. Veía cómo los demás lo miraban asustados o intentaban no mirarlo. Vino pese a que a duras penas podía permanecer sentado, no paraba de toser y de vez en cuando se adormilaba y Dora tenía que despertarlo tocándole el brazo con suavidad, me explicó luego mi madre.

Me paseaba por el festival de Barbagia con una plena sensación de extrañamiento, rodeada por la gente, el ruido y las constantes preguntas, y me pisaba los talones una chiquilla de diez años, hija de uno de los organizadores. Como suele sucederles a las niñas con las mujeres jóvenes, me había elegido como su favorita. Con ella hablaba de buena gana, pero la miraba y la escuchaba, me parecía, desde dentro de un acuario. Por primera y única vez, le había pedido a mi madre que me acompañara a un festival: no habría podido resistirlo de otra forma. En ese período no quería que me fotografiaran de ninguna manera, pero, una noche, ella insistió después de habernos arreglado para la cena de despedida. Desde esa foto me mira una persona a la que reconozco con dificultad, con la cara curiosamente plana, los ojos impenetrables, un esbozo de sonrisa rígida, el pelo recogido en una trenza alrededor de la cabeza (en la época a menudo me peinaba así), las manos enroscadas en el regazo y un vestido veraniego de calicó con flores estampadas y los hombros al descubierto. Fue precisamente en esa cena cuando, por sorpresa, volví a encontrarme con Valérie: no había visto su nombre en el programa, al que por otra parte solo le había echado un rápido vistazo. Después de abrazarnos, contentas, se sentó a la mesa cerca de mí y comenzamos a hablar de nuevo, como si nos hubiéramos separado solo unos minutos antes.

—*Qu'est-ce qu'il y a, Marta?* —me preguntó en un tono muy serio al cabo de un rato, con gran estupor por mi parte; y yo que pensaba ser tan hábil ocultándome. No había hecho otra cosa durante semanas, meses, años.

—*Il y a deux semaines, mon père est mort* —le contesté simplemente.

Ella abrió de par en par sus amables ojos, miró al frente y dijo que lo sentía, mientras me cogía una mano. Yo le dije algo parecido a lo que le había dicho a S. aquella noche en el río, en versión edulcorada. En esa cena, Valérie me dijo muchas más cosas para hacer que me sintiera mejor, creo; pero ya no lo recuerdo (como disculpa parcial, había bebido mucho vino de la zona).

Y luego volvimos a encontrarnos en una pastelería de la Place des Vosges, uno de esos sitios repletos de espejos y cristales tan hermosos que casi me sentía incómoda allí dentro. Me explicó que estaba escribiendo (o quizás ya la había terminado) una novela sobre un joven tío suyo muerto en la guerra, Jacob, que formaba parte de la comunidad judía de Argelia expulsada después de la independencia, y que todo había empezado a partir de una fotografía que me enseñó. Yo también le dije que estaba desenterrando cosas sobre mi padre que me interesaban mucho más de lo que nunca podría haber creído. Ella se mostró entusiasta.

—¿Sabes? —le dije, frustrada, después de haber buscado en vano el término específico para un concepto—, es terrible que a veces te falten las palabras, aunque conozcas bien una lengua. Me hace sentir… estúpida. Como si conocieras de mí una versión más pobre, más estúpida de lo que soy.

—Ah —contestó con dulzura—, no sabes cómo te comprendo. Cuando me mudé a Israel, sabía más o menos cinco palabras en hebreo. Y me quedé muda. Nadie sabía quién era porque no sabía cómo decirlo. Y todo lo que había sido yo antes, mi complejidad… todo desapareció. Los adjetivos más exactos, los matices, la ironía, todo lo que conforma tu plena personalidad, *n'est-ce pas?* Me vi reducida a una especie de sombra. Luego, con el tiempo, aprendí y pasó. Pero no he olvidado lo que significaba aquello.

Más tarde, antes de separarnos, nos paramos un momento en la plaza. Por fin teníamos una bonita jornada después de días de lluvia y humedad. Busqué con la mirada el parque de arena delante del que, en cierta ocasión, a los dieciocho años, S. y yo, junto con G., otra amiga nuestra a la que conocía de primaria, nos sentamos a descansar en un banco y miramos durante más de una hora a los niños de dos años que jugaban. En los parterres, los chicos leían y comían dulces, tomando el sol. Valérie dijo de improviso, como retomando la conversación:

—En cierto sentido, toda nuestra existencia es una traducción entre lo que tratamos de decir y lo que luego logramos decir realmente.

La primavera continuó, y me veía con gente y conocía a otras personas, iba de vez en cuando a veladas literarias, me preocupaba por las facturas, me preocupaba por el alquiler, me preocupaba en general; seguía las noticias del mundo con pesadumbre y una sensación de inanidad: el mundo se había ensanchado de forma desmesurada; pero el hecho mismo de ser capaces de saberlo todo, o casi todo, en tiempo casi real, desde las regiones más remotas o a pocos pasos de una, terremotos, torturas, gente que se ahogaba en el mar mientras trataba de alcanzar Europa, persecuciones de pueblos cuya existencia ni siquiera conocía, atentados en todos los continentes, tan solo aumentaba la impotencia que sentía.

Caía enferma una y otra vez, alojaba a amigos de otras ciudades, hacía talleres con los niños, colaboraba en proyectos frustrantes y mal pagados, o que directamente nunca se pagaban, me enfadaba conmigo misma y luego se me pasaba, porque siempre se me pasaba; dejaba que todos los acontecimientos fluyeran por encima de mí como si estuviera adormecida o idiotizada, aunque en realidad no dormía nunca.

Seguía haciendo todas estas cosas y, en apariencia, no era en modo alguno diferente; pero, al mismo tiempo, me sentía —¿cómo decirlo?— habitada, y lo que me ocupaba hacía que me sintiera audaz, encantada, como empujada hacia delante. Incluso mi forma de moverme en el espacio era más predatoria de lo habitual.

Era como si existiera una vida subterránea discurriendo en paralelo a la visible: la espera del próximo encuentro con alguien que me contaría otro fragmento de L.B.; la búsqueda lenta y paciente de nombres, caras y circunstancias en los documentales, en los libros, en las fotografías, en los archivos de los periódicos; y la emoción en la voz de los desconocidos al teléfono con quienes me iba poniendo en contacto poco a poco, que me estremecía en cada ocasión: parecía que, a pesar de las décadas pasadas, a pesar de que solo lo hubieran visto de refilón por la calle, tan solo la mera idea de pasar algunas horas recordándolo —y al mismo tiempo recordar lo que habían sido ellos mucho antes—, los colmara de un calor que siempre me sorprendía y me llenaba, de forma refleja, de una dulzura desgarradora hacia ellos, y hacia su fantasma.

Era mayo, creo. Un día, de repente, casi con rabia, me senté a la mesa y escribí el fragmento sobre el muchacho que corría por la noche cubierto de sangre y un esbozo del capítulo sobre la muerte de mi padre y sobre lo que había sabido de él. Escribí durante tres horas, sin parar ni un instante, con un sordo estruendo en los oídos. Era la primera vez, aparte de la tesis, que escribía más de una página en cuatro años. Experimentaba una sensación a medio camino entre la exaltación y el terror; con ese acto que significaba ya una elección concreta, me parecía haber traicionado a esa novela imposible a la que le había estado dando vueltas durante todo ese tiempo y a su protagonista, a quien había matado definitivamente. Me parecía que me había rendido. Y si de verdad había comenzado *este*... oh, no quería pensar siquiera en todas las dificultades, en todo el trabajo, en todo el tiempo que serían necesarios para hacer que se pareciera, al menos, a una palidísima reverberación del río iridiscente que discurría dentro de mí y que seguiría haciéndose más grande con los años. Pero sabía reconocer muy bien ese deseo de cazador, que se despierta tras un largo, larguísimo sueño. «On ne choisit pas son sujet», escribía Flaubert a madame Roger des Genettes en una carta de 1861. Cuando la leí pensé que aquello era absurdo.

Aún no tenía ni idea de qué forma iba a tener, pero el pensamiento se construía delante de mí como un puente suspendido en el aire. Estaba tan excitada y tan asustada. Al día siguiente seguí escribiendo; de mala gana, me vi obligada a contar algo de mí: seguía siendo el narrador. Escribí que mi vida había sido banal y carente de acontecimientos significativos. Cité a Mandelstam cuando decía que un *raznocinec* —uno de esos intelectuales de la minúscula burguesía carente de pasado y de patrimonio— «no necesita la memoria, le basta con hablar de los libros que ha leído y su biografía ya está lista». En el fondo, pensaba, era verdad: no había mucho más que le diera contenido y dirección a mi aburrida historia personal de *raznocinec* occidental nacida a finales del siglo XX, en la paz, en el bienestar, en el afecto, en la disponibilidad cultural. Escribí que mi vida «real» no me interesaba. Nunca me había interesado. Cuando era pequeña intenté varias veces llevar un diario, pero los abandonaba por aburrimiento al cabo de unos días: no había nada que contar. Siempre había preferido inventar.

También hablé de forma expeditiva de las relaciones con mi padre, liquidándolas en un par de páginas. No era esta la historia que me importaba, era la otra. Estaba satisfecha: me había anulado a mí misma. Había dejado las cosas bien claras.

Ahora solo quedaba seguir recogiendo las voces de los otros, y decidir qué hacer con ellas.

Unos días después me vino otra imagen a la mente, sin contexto; mi padre, en mi casa, que durante una conversación cualquiera me decía con una sonrisita reticente, mirándome de reojo:

–Un día escribirás un libro sobre tu padre.

Yo resoplé.

–Por el amor de Dios...

Al final había logrado atraparme.

El escritor era delgado y enjuto, de constitución engañosamente frágil: daba la impresión de que tenía los huesos huecos como las aves. Y también su larga nariz afilada con la punta curvada sobre el labio tenía algo de pájaro, de garza. Los pómulos sobresalían bajo la piel delgada y levemente bronceada. Llevaba gafas redondas, una canosa barba puntiaguda y tenía los ojos un tanto hundidos, con párpados pesados, que le daban un aspecto cansado y penetrante (cansado pero penetrante). Era amable y triste; me parecía que se desprendía de él una tristeza inmensa, fatal, mucho más extensa que su diminuto cuerpo. Estábamos bajo los pórticos de la Rotonda de la Besana, sentados a una mesita, en un día soleado, y no había casi nadie más por los alrededores. Hablaba con su voz baja y cortés. Yo llevaba un vestido azul y tomaba notas que más tarde perdí durante una mudanza. Nunca nos habíamos visto antes.

Esto fue lo que pasó. Un par de semanas antes estaba leyendo una novela suya autobiográfica que me habían prestado («También habla de sus años en Servir al Pueblo, podría serte útil», me dijo mi amigo). En un pasaje en el que se dirigía a Brandirali y evocaba una escuela de cuadros del partido en un hotel de Boca, en Valsesia, en cierto momento aparecía un personaje al que reconocí de inmediato, incluso antes de llegar al final del largo párrafo que se le dedicaba. Una descarga de escalofríos casi me había hecho castañetear los dientes. C.C., «el viejo campanudo» del que Brandirali se había «encaprichado», que hablaba de las luchas de los mineros de su pueblo con palabras que años después el escritor encontraría idénticas en una novela de Zola. El anciano minero que metía mano a las militantes, y al que ellas no tenían el coraje de denunciar, para no «parecer pequeñoburguesas celosas de su privilegio de clase». En el comedor comunitario se ponía en pie sobre la mesa, alborotaba, proponía un brindis por Brandirali, les pedía a gritos que le buscaran una esposa para él. Yo sabía quién era C.C. y sabía cómo había acabado. Era el de los hechos de via Artisti. Y al final el escritor mencionaba aquellos hechos, pero con alguna imprecisión: probablemente solo le habían llegado de segunda o tercera mano.

Pero no importaba. Tenía que hablar con él. Si conocía a C.C., también podía haber conocido a mi padre. Le escribí a un amigo mío editor, quien me puso en contacto con él. El escritor aceptó verse conmigo. Y así fue como llegamos allí. Quedamos delante de una antigua tienda de discos en Porta Romana.

Le mostré algunas fotos de mi padre, con la esperanza de que pudiera reconocerlo, a pesar de que eran recientes. Pero él las miró, sonrió tenuemente y dijo:

—No lo sé. En aquellos años yo siempre estaba como empanado. Y además nos encargábamos de áreas diferentes. Es posible que nos cruzáramos… pero entonces muchos llevaban barba.

Hablaba de Servir al Pueblo del mismo modo en que Agata hablaba de ello: como de una larga enfermedad. Me dijo que iba casi siempre borracho cuando tenía que hablar en las asambleas, para poder soportarlo. Parecía que lo había detestado todo incluso mientras participaba: nunca pareció, ni siquiera por un momento, que había sentido tener una especie de misión por la que valía la pena hacer sacrificios inhumanos y cerrar los ojos ante tantas cosas, la prosopopeya, el culto al líder, el arte útil, el mito infantil de la China maoísta, la rehabilitación de Stalin (que casi todos ellos, especificó, consideraban folclórica), las intromisiones en las entrañas de los militantes. Me desconcertaba. Me desconcertaba sobre todo que una persona como él pudiera haberse adherido durante tantos años a algo tan antiartístico, antiliterario, antihumano (en el sentido de la profundidad humana, de los sentimientos de los humanos). Y aun así se quedó... se quedó hasta el final.

—No consigo entenderlo —dije únicamente.

Él movía sus largos dedos en círculo sobre la mesa.

—Entonces era muy fácil acabar en un lado o en el otro, y con la misma trayectoria a las espaldas. Se percibía un aire de tormenta, de apocalipsis inminente. Se sentía la necesidad de adherirse a algo, de formar parte de algo por lo que luchar y, al fin y al cabo, a veces bastaba con quién lograba convencerte antes. Los jóvenes fascistas, los jóvenes comunistas... si te fijas, a veces sus palabras contra el capitalismo y la burguesía, la intolerancia hacia los valores institucionales y las reglas, sonaban parecidas. Y al mismo tiempo cumplían una función para el sistema que querían derribar porque, mientras se apaleaban y se mataban entre ellos, los que representaban al sistema podían hacer lo que querían a sus anchas.

Parpadeó varias veces, mientras mantenía la mirada bajada sobre la mesa.

—No es que no viéramos esos aspectos absurdos, estúpidos, inquietantes. Pero les dábamos poca importancia. Servir al Pueblo tenía una pátina científica y teórica que nadie más fuera del PCI poseía; parecía ideológicamente más serio que otros partiditos de la izquierda extraparlamentaria, más programático. Se sentía la necesidad de algo así. Y si se reeditaban las obras de Stalin, qué se le iba a hacer. Eran pocos los que las leían, creo. Casi nadie estaba realmente convencido de que había cometido solo algún error de valoración, que había sido calumniado por la propaganda filoamericana, aunque entonces no podíamos saber realmente *todo* lo que la Unión Soviética había sido y era todavía. Él, Mao, Castro, a fin de cuentas, eran criaturas legendarias, aquellas tierras y aquella gente a años luz de distancia. Éramos ignorantes y elegíamos serlo. La verdad importaba poco. Era necesaria una mitología, una luz ideal que seguir.

Me miró de nuevo.

—He conocido a muchas personas que fueron trituradas por Servir al Pueblo. Gente que lo perdió todo, a las que destruyeron con todas sus capacidades y talentos. —Me puso algunos ejemplos, pero me pidió que, si escribía al respecto, no diera sus nombres—. Hubo gente que más tarde se mató; otros se volvieron alcohólicos o heroinómanos. Era difícil sobrevivir a algo tan omnipresente, tan obsesivo. No era posible salir de allí intacto.

Yo no hablaba, ni tomaba más notas.

El escritor me preguntó:

—¿Quieres escribir sobre esta historia?

—Creo que sí. Pero —admití— aún no sé cómo. Todavía tengo que verme con un montón de gente. Debo entender cómo juntar todas estas piezas.

Sentía desazón al intentar explicarme. Tenía miedo de parecer tonta o presuntuosa, cuando la verdad era que estaba realmente aterrada (siempre esa mezcla: miedo y deseo, deseo y miedo, el río y el cauce).

—Es algo que… no me esperaba —concluí con vaguedad, mirando hacia otra parte.

—Entonces escúchame. —Hizo una pausa—. Cuando hables sobre Servir al Pueblo… Tú eres de otro mundo. Tú miras estas cosas con asombro, con ironía. Y es comprensible. Pero no seas únicamente irónica. Es demasiado fácil. Ten piedad de estas personas. Creían en lo que hacían y la mayoría de ellos nunca le hizo daño a nadie, salvo a sí mismos. Fueron devorados por la Historia. No te burles demasiado de ellos, no seas demasiado sarcástica. Ten piedad.

Aún conservaba, dijo, un cierto número de opúsculos de Servir al Pueblo que podía prestarme. Debían de estar en algún rincón de su estudio, que no quedaba demasiado lejos.

—Es importante que conozcas el lenguaje, para comprender —me explicó.

No estaba muy segura de querer conocer el lenguaje, pero lo seguí, dócil. Una vez llegados al pequeño apartamento que utilizaba como estudio, el escritor se puso a buscar, y también hizo un par de llamadas porque no recordaba dónde los había metido; mientras tanto, yo ojeaba los libros que cubrían una pared de ese cuarto tranquilo, blanco, desnudo, donde solo había un escritorio cerca de la ventana y quizás un hornillo para el café. Me gustaba lo que leía, y sentí simpatía por él. Algunos años más tarde, en una colección suya de ensayos, leí un encantador paralelismo entre el joven Melville que se embarcaba en los balleneros y Emily Dickinson, más o menos en los mismos años, encerrada en su cuartito, «otra gran aventurera», y me pareció encontrar de nuevo lo que apenas había vislumbrado, de modo confuso, al mirar su librería.

Al final aparecieron los folletos (había algo más de una docena, con portadas chillonas) y me los entregó en un fardo de papel. Prometí devolvérselos intactos, antes o después, y me los llevé a casa bajo el brazo, como un viajante que llevara una carga extraña.

En resumidas cuentas, con el tiempo me pareció menos extravagante que L.B. hubiera entrado en la Unión de los Marxistas-Leninistas, y probablemente desde la fecha de su fundación, en otoño del 68. El movimiento estudiantil ya no estaba haciendo nada práctico; no había programas, ya no quedaba nada claro ni desde el punto de vista político ni tampoco moral (estas son palabras que utilizó muchos años después Elia Morgari, otro miembro del PCI m-l turinés, uno de los primeros amigos de L.B. desde que llegó a Turín). Pasado el entusiasmo inicial, L.B. debió de empezar a sentirse molesto por la naturaleza dispersiva y caótica del movimiento, y la Unión apareció en el momento justo: tal como me había explicado el escritor, ofrecía la apariencia de encarnar ese deseo de sistematicidad, de organización, de perspectivas concretas. El trabajo de campo, el interés por los campesinos y no solo por los obreros, el trabajo útil del día a día, el aparato ideológico del maoísmo que tenía una explicación hermosa y a punto para todo, y parecía borrar a un mismo tiempo la esclerosis del socialismo europeo y la idea soviética del socialismo en un único país. No era tirando «petardos en las tiendas de la Rinascente» como se solucionarían los problemas. Querían destruir ese sistema que encontraban repugnante: pero querían hacerlo de un modo riguroso. En el fondo, pasaron de una iglesia a la otra.

No obstante, muchos se dieron cuenta muy pronto de que la trampa caía sobre ellos, y se marcharon al cabo de uno o dos años. Lo que resultaba incomprensible, por tanto, no era cómo L.B. había podido entrar. Sino cómo era posible, como en el caso del escritor y de muchos otros, que se hubiera quedado hasta el final.

Y así, un día L.B. se marchó a Turín. Pero ¿cuándo? Nadie puede reconstruirlo con precisión. La hipótesis más probable es que fuera en 1971.

Lo que es seguro es que fue allí, y que se quedó para siempre. Fue Servir al Pueblo quien lo envió: pero creo que entretanto pasó algo, algo que lo empujó a decidir marcharse de buenas a primeras, terminados los exámenes, justo antes de preparar la tesis. En un periódico romano salió incluso un breve artículo donde se le mencionaba como joven promesa de la medicina forense (había conservado ese recorte, que Agata había visto, pero luego ese recorte también desapareció en la nada, como todo lo demás). ¿Por qué alguien como él, con su religiosa veneración por el estudio, hizo semejante elección?

Lamentablemente, como todas las cosas realmente importantes de la extraña historia de L.B., también esto permanece en la zona de sombra de lo referido fragmentariamente y mal recordado, sin pruebas, sin datos, sin hechos. Me lo comentó Agata *en passant*, años más tarde, mientras esperábamos un ascensor, como un detalle insignificante, una anécdota cualquiera; no como lo que, por el contrario, meditándolo más tarde, se me apareció con toda su evidencia como la explicación no digo de todo, sino de muchas cosas de la tortuosa y contradictoria vida de mi padre: uno de esos puntos fatales que marcan una bifurcación irremediable en el camino de un hombre; uno de esos puntos en que nos vemos obligados a tomar una dirección, a elegir un destino.

A partir de este breve indicio, en resumen, supe que algo lo había disgustado más allá de lo tolerable durante una residencia en el departamento de oncología de un hospital romano, algo que tenía que ver con el clima de aquel lugar, la pútrida hipocresía, la vulgaridad complaciente, los vasallos y los señores, los juegos de poder; y al parecer también se enteró de una venta de camas destinadas a los pacientes. Aquello contra lo que estaba luchando desde hacía años se daba también en el mismo lugar al que se preparaba para entrar: no podía soportarlo, creo.

Quizás entonces fuera mejor renunciar a sus ambiciones, si es que alguna vez las había tenido, al placer de practicar la medicina y la investigación; quizás la única manera concreta de sentirse útil sin compromisos que lo hicieran sufrir en exceso era confundirse entre la gente, como quería el partido; tomar esa dirección total y completamente, someterse en cuerpo y alma al dictado de hacerse idéntico a los proletarios a quienes se pretendía ayudar y convencer de la necesidad de una revolución. Un residuo católico de voluntad testimonial: mezclarse entre sus lumpen antes que lamerles los pies a los jefes de departamento. Y, además, no podía salvarse sabiendo que allá fuera todos los demás, los infinitos demás, nunca tendrían acceso a salvación alguna. Anularse, borrar su propia identidad, era un paso casi obligado: no se podían tener sensaciones propias, como predicaban los panfletos, o se perdería de vista el fin bueno, el fin verdadero, el vago ideal de felicidad para todos los seres vivos que aboliría los males del mundo.

Así que podemos suponer que la propuesta o la orden del partido para marcharse a la ciudad de las fábricas, o mejor, de la Fábrica, donde había una silente fermentación en ese período, le llegó entonces: y él se marchó. Se marchó sin avisar a nadie, ni siquiera a la familia, que no tuvo noticias suyas durante meses; simplemente desapareció. Después de algunas semanas sin saber nada de él, telefonearon a los parientes de Roma que de vez en cuando lo invitaban a cenar: «¿Dónde está Leonardo?». Y ellos solo contestaron: «No lo sabemos. Se ha marchado».

Una vez tuve un sueño particularmente extraño. Descubría que existía una cinta de vídeo donde mi padre había grabado el relato de su propia vida; se la había dejado a Dora, quien organizaba una especie de proyección en una sala de estar, y yo me encontraba entre el público, y era muy doloroso estar entre el público, no ser la primera destinataria de la cinta. En el vídeo aparecían imágenes temblorosas en blanco y negro, en Super 8, de un paisaje de montaña, desnudo e ilimitado, que debía de ser el lugar del que procedía, aunque en verdad se parecía más a ciertos paisajes de la Basilicata o del macizo del Gennargentu; la voz en off de mi padre explicaba su marcha y su entonación se quebraba ligeramente: «Más allá del valle del Vij, la vida».

Creo recordarlo con tanta precisión por la curiosa aliteración y sobre todo por la imagen fuerte e incongruente del Vij, el demonio del folclore ucraniano. Pero ¿era realmente así? ¿Era el «valle del Vij»? ¿Realmente odiaba hasta ese punto aquel lugar, o era solo mi imaginación la que cargaba con tintes oscuros un sentimiento más enmarañado, más ambiguo... la conciencia de una diversidad ineluctable, pero también una desesperada ternura? No lo sabía. ¿Y si el Vij de L.B. había sido L.B.?

Es posible que su llegada a la fatídica ciudad estuviera precedida por un mandato de exploración, porque algunos recuerdan haberlo visto ya en 1969. Quizás sea solo una confusión sobre las fechas, pero no es tan importante. 1969: los datos sobre los muertos y heridos en el trabajo son un accidente cada veinte segundos, un inválido cada veinte minutos, un muerto cada dos horas. Parecen los datos de un parte de guerra, comentaba un delegado sindical en una filmación de la época. Los habían imprimido en gigantescos carteles colgados detrás del estrado. Los carteles daban la impresión de latir. En Battipaglia, donde «si consigues tener un contrato de tres meses eres un Dios», decía con cansancio un chico entrevistado por la calle junto a otros, donde se acababa de cerrar una refinería de azúcar y amenazaba con echar el cierre una fábrica de tabaco, el 9 de abril hubo una manifestación: se oyó el toque de corneta, se produjeron las primeras cargas, las furgonetas sobre las aceras y las palizas, y a los lanzamientos de piedras en respuesta la policía volvió con metralletas y disparó a la altura de la gente (en el mismo documental, otro hombre cansado mostraba los agujeros de las balas en las paredes, abajo, en modo alguno disparadas por error, como afirmaba la versión oficial). Hubo decenas de heridos, y mataron a dos personas: un muchacho que desde hacía meses no lograba sacarse de la cabeza la imagen de Jan Palach ardiendo y esa idea atormentada de la justicia; y una mujer, una profesora de instituto, que estaba en el balcón. Unos meses antes había pasado en Avola: una huelga general de apoyo a la lucha de los jornaleros para la renovación del contrato de trabajo. La policía abrió fuego durante aproximadamente media hora. Hirieron a cuarenta y ocho personas y murieron dos trabajadores. Se recogieron del suelo cerca de dos kilos de casquillos. Pero fue Battipaglia, en definitiva, lo que prendió fuego a todo.

El 11 de abril de 1969 se convocaron tres horas de huelga general nacional por los hechos de Battipaglia. En la Fábrica de Turín, donde reinaba la obsesión por la disciplina y la exigencia de eficacia a toda costa, donde se paseaban espectrales los cronometradores de la cadena de montaje, que también calculaban el tiempo que los trabajadores pasaban en el lavabo, donde ya no se habían producido más protestas tras la purga de cincuenta y cinco obreros comunistas que habían hecho huelga el 22 de enero de 1953, donde los tiempos de trabajo se hacían cada vez más inhumanos, cada vez más, cada vez más, porque la producción aumentaba de forma continua —de Carrocerías, el departamento con los ritmos más inhumanos, se marchaban casi mil obreros al mes, rápidamente sustituidos por otros mil—, donde todo parecía un reino petrificado de mecanismos perfectos y de hombres disciplinados, fieles y disociados, que cuando salían por la tarde descubrían con horror que sus manos repetían los gestos de la cadena en una serie de tics nerviosos y tenían pesadillas en las que soñaban con las líneas, el 11 de abril de 1969 se celebró la primera huelga después de quince años. Los trabajadores se levantaron de las máquinas y se marcharon en masa, silenciosos, pasando por delante de los encargados y de los guardias pasmados.

Miles de hombres jóvenes y solos, sobre todo del Sur, habían llegado años atrás a la ciudad para trabajar en la Fábrica. Dormían en la estación, o en habitaciones piojosas por las que pagaban una fortuna, o se turnaban por horas en las camas de algunas pensiones. Cuando venían acompañados de sus mujeres y sus hijos, vivían hacinados en sótanos y en desvanes. La ciudad era grande, despectiva, malvada: no había sitio para ellos, no había nadie para ellos. Leí en un libro una entrevista a Salvatore F., nacido en 1940, llegado desde Potenza, que había pasado nueve años en la Fábrica. Me impresionó por los detalles: «El desván donde me llevaron apenas llegué era propiamente un tugurio, y la muchacha véneta que abrió la puerta para ver quién era el recién llegado me contó que la semana antes dormía allí un anciano que se había ahorcado. No se sabe por qué. Pero me mostró el clavo donde había enganchado la corbata. Era duro estar en Turín, tan solo. Hablaba con alguien únicamente en la fábrica, y cuando hacía la compra. Era como si nos hubieran cortado la lengua».

Veo a la muchacha, en zapatillas, con los calcetines de nailon, el pelo recogido en la nuca, que señala el clavo del desván como una curiosidad, como anécdota horrífica, al muchacho desnortado con las maletas amontonadas a los pies. Los veo a ambos. Soy capaz de imaginármelos con todo detalle.

Muchas personas se volvían locas —significara lo que significara loco— y pasaban directamente de los sótanos a los manicomios.

Luego los empujaron hacia las periferias extremas, a los barrios creados ex profeso para ellos y para sus familias, barrios de altas casas-hormigueros con calles de elegantes nombres arbóreos y florales. Casi todos los niños llevaban un año o dos de retraso en la escuela, porque solo hablaban su dialecto y les costaba mucho el italiano, y los cateaban sin piedad. Mi madre trabajó en uno de esos barrios durante más de veinte años, con otros maestros que habían decidido estar ahí, ocuparse realmente de *aquellos* chiquillos; y cuando no iban a la escuela se dedicaban a buscarlos casa por casa, los despertaban si se habían quedado dormirdos, negociaban, suplicaban, intentaban explicarse, chiquillos también ellos, con la fe heroica e indestructible de los chiquillos; hay una foto del curso 1973/1974, en blanco y negro, donde mi madre, que tenía veintitrés años, con su rostro diminuto, el pelo recogido en una cola de caballo, la cabeza íntegra (lo estaría aún solo durante unas pocas semanas), la camisa a cuadros bajo el jersey blanco, los vaqueros de pata de elefante y su pequeño cuerpo delgado, andrógino, no parece mucho más grande que los niños de su clase, vestidos como ella. Ellos, casi todos, están de brazos cruzados y con rostros ya adultos, orgullosos, sin la sombra de una sonrisa.

El 11 de abril fue el principio: más tarde llegaron decenas de otras huelgas en cadena, asambleas que plantearon peticiones precisas para hacer más soportable la organización del trabajo y regular los salarios, las reuniones con los estudiantes y los grupos de militantes a la entrada de las fábricas durante los cambios de turno que se volvieron constantes, en las que por fin esos dos cosmos separados y paralelos lograban hablarse, la ciudad entraba en la Fábrica y la Fábrica, las fábricas, entraban de pronto en la ciudad, y llegaron batallas feroces como la larga revuelta del Corso Traiano el 3 de julio, en la que obreros de la Fábrica, estudiantes y habitantes del barrio se enfrentaron a la policía durante catorce horas, recogiendo piedras de las calles aún sin asfaltar, construyendo barricadas y lanzando macetas por las ventanas, y luego las manifestaciones de otoño y las huelgas por la renovación de los contratos, como en el resto del país, Milán, Génova, Terni, Porto Marghera, Brescia y muchos otros sitios, como si de repente algo a flor de piel hubiera estallado y ya no hubiera forma de detenerlo.

Pero entonces se produjo el primer fallecido entre la policía, en una manifestación contra el precio de los alquileres en Milán, durante una carga con gases lacrimógenos y furgonetas, muerto por el impacto de una tubería recogida y lanzada por los manifestantes; y luego la bomba en el banco, y todo lo que vino a continuación.

Un día de agosto de 1971, mientras registraba el despacho de un recadero de la Fábrica despedido de repente, que había recurrido gracias al nuevo estatuto de los trabajadores obtenido con las luchas de los años precedentes, y que había revelado que en realidad había sido un compilador de informaciones de incógnito, un fiscal descubrió ciento cincuenta mil fichas sobre las «cualidades morales» de los empleados y los candidatos a tales de la Fábrica desde finales de los años cuarenta en adelante, redactadas por una eficientísima y gigantesca red interna de espionaje. «C.C.: hasta hace poco (diciembre de 1949) tocaba la flauta en la iglesia parroquial de M.C.» (Anotación sucesiva, enero de 1950: «... no ha podido verificarse en la iglesia de M.C. que el individuo tocase la flauta, sin embargo, se ha verificado que todas las ramas de la familia, incluido el C., son de tendencia comunista».) «F.A. (1952):... empleada en Fiat Mirafiori... simpatizante del PCI... resulta ser que fue a su boda en avanzado estado de embarazo... Seria, honesta, de inteligencia común y de buenos sentimientos. Sin embargo, arrogante y llena de altivez... [Sus familiares] son todos de ideas extremistas más o menos moderadas [*sic*]... de sentimientos poco religiosos, puesto que la noche del 31 de mayo de 1950, durante el paso de la Madonna Pellegrina (que

tiene lugar cada siglo) rechazaron participar con los otros inquilinos en la iluminación del edificio. Consta además que su abuelo materno... tuvo un entierro civil y la consiguiente incineración.» «C.R. (1957): lleva varios años suscrito al diario *L'Unità* que lee apasionadamente junto con su familia.» «F.T. (fallecido en Turín el 14-4-1960) [*ficha informativa sobre un hombre muerto ocho meses antes*]: situación familiar: Esposa B.F., tejedora en una pequeña fábrica de la zona. Situación económica: modesta la de la esposa. Empleado: estuvo en Fiat Mirafiori en calidad de... despedido por motivos políticos, hace aproximadamente unos 5 años. Antecedentes políticos: N.N. Orientación política: indiferente. Partidos de Centro: Derecha: Izquierda: sí. En vida fue activo agitador comunista. Ha tenido entierro civil, llevado a hombros por compañeros del partido hasta el círculo comunista "Porvenir". Reputación en público: mediocre. Estado de salud: precario. Noticias de parientes: Orientación política: La esposa activa agitadora comunista. Conserva el mismo domicilio arriba mencionado. Reputación: mediocre.» «C.G. (octubre de 1962):... obrero de Fiat Mirafiori desde 1951... Fichado... como prueba de su inclinación hacia el partido comunista, cada año, cuando el sacerdote pasa para la bendición de las casas, se le prohíbe la entrada.» «R.I. (1963):... es simpatizante del PCI... Reputación: mala, la opinión pública lo considera homosexual.»
Etcétera.

Fue más o menos en ese período, en un momento impreciso del verano o el otoño, cuando L.B. llegó a Turín. Pudo haber cogido un tren nocturno, de esos que salían de Roma en plena noche y llegaban a la estación de Porta Nuova al amanecer; y tal vez vio por la ventanilla el campo piamontés, al principio montañoso y ondulado, luego llano a la hora nacarada que precede a la salida del sol, y las extensiones de un verde plateado, húmedas de rocío, donde de tanto en tanto despuntaba una casita de campo o una hilera de álamos, y el paisaje estaba vacío de hombres, y el cielo inmenso y todavía pálido se abría claro y lento, igual que un telón sobre las montañas del fondo. O bien cogió el tren diurno, y llegó a la puesta de sol, y en esos mismos prados y campos y colinas vio posarse la luz amarilla y magenta y luego azul denso de la noche y cómo se levantaban de la hierba breves bancos de niebla, y tal vez una figura humana en un camino, un perro que corría por delante de él. Me preguntaba qué pudo sentir cuando el tren entró en la estación, cómo fue su primera mirada a los edificios extraños, en la mañana o en la noche fuliginosa, a la plaza semicircular de delante de la estación con el jardín en medio, a las largas calles rectas y a los arcos que yo me sabía de memoria. A decir verdad, me costaba imaginármelo: y lo mismo valía para mi madre, que también llegó a la ciudad un poco más tarde. Para mí ellos siempre habían pertenecido a la ciudad, y nunca podrían ser de otra parte; como si la ciudad les perteneciera a ellos por descendencia, como si la ciudad, incluso, hubiera surgido de ellos, fuera una emanación directa suya; y como si, en el momento en que ambos hayan desaparecido, también la ciudad, de una manera u otra, debería dejar de existir.

Y ahora L.B. se encontraba en el corazón de la ciudad, y tal vez llevaba una dirección adonde ir estrujada en el bolsillo, y durante un momento se detuvo para mirar a su alrededor, para buscar un café en las inmediaciones; y quizás se sentía extraviado e indefenso, o bien experimentaba la sensación electrizante de un nuevo principio, o todo esto le corría por el cuerpo al mismo tiempo, o a lo mejor solo estaba agotado por el viaje. Aunque quizás, por un instante, por un brevísimo instante, allí, en el corazón de la ciudad, algo, un sobresalto en la sangre, un presagio tan rápido que ni siquiera tuvo tiempo de enfocarlo, algo le dijo que era allí donde se quedaría, que allí se cumpliría su destino, fuera el que fuese, que sería justo allí donde todo ocurriría.

II

LAGUNA

Resultaba difícil seguir las huellas de L.B. en aquellos primeros años en la ciudad. En los relatos se le vislumbraba durante un momento, con su sonrisa mágica, y luego desaparecía de pronto: astillas desordenadas en las que arengaba a las multitudes delante de la universidad, estaba en un piquete, o en un reparto de panfletos, o en una manifestación, se enamoraba durante un par de días, ponía patas arriba la cocina de alguien mientras preparaba una cena, desaparecía durante semanas y luego se dejaba ver otra vez de repente, fascinaba a un desconocido o una desconocida hablando en casa de unos amigos, y ese desconocido o desconocida se acordaría de él durante décadas aunque lo hubiera visto solo un par de horas, se atusaba el bigote cuando se sentía satisfecho por algo, la policía lo paraba con cadencia regular y lo soltaba inmediatamente después, con la imperturbabilidad de quien ficha al final de la jornada.

No se sabe en casa de quién vivió al principio, si llegó en verano, pero desde noviembre de 1971 durmió durante meses en la entrada del minúsculo apartamento de Elia Morgari y de su esposa, Madruina, a la que llamaban Druina. Morgari tenía veinticinco años, uno menos que él, y también formaba parte de Servir al Pueblo: era hijo de un conocido médico, director del Instituto de Anatomía e Histología Patológica, pero ya había entregado al partido la casa que sus padres le habían comprado y vivía de alquiler, con su exiguo sueldo de funcionario. También Druina procedía de una buena familia y era militante del partido. Alojar a los compañeros era algo frecuente. Conocí a Morgari en verano de 2016, delante del restaurante de la colina donde quedé con él y con otros dos amigos de L.B. de esa época, una pareja, Alberto y Lucilla. Estos todavía no habían llegado. Elia Morgari tenía un gran bigote gris y el rostro sufrido y tenso —su esposa, la segunda esposa, llevaba tiempo enferma—, y al verme se le llenaron los ojos de lágrimas; me estrechó la mano con fuerza, y su voz tembló cuando dijo: «Te pareces a Leonardo», recalcando el «pareces», y fue como si mi cara lo conmoviera hasta el centro más tierno de su lejana juventud.

Esto era algo que siempre me habían dicho, y desde la primera infancia: en efecto, me parezco a él de una manera impresionante, pero en versión más graciosa, como decía él mismo riéndose; solo al crecer he ido adquiriendo también los rasgos de mi madre. No era por tanto una frase que me resultara insólito escuchar; pero sí lo era la forma en que la pronunciaban aquellas personas que lo habían visto cuando todavía era más joven que yo, el estupor incrédulo al volver a ver aquel rostro querido en el mío, que me convertía al mismo tiempo en mí misma y en un fantasma vivo, revelándose como un acto de nigromancia amable, una presentificación del pasado que abolía el tiempo y la muerte. Me lo dijo también con la misma fascinación y con el mismo énfasis el abogado que lo defendió en el tercer proceso («Se parece usted a su padre»), la primera frase que me dirigió, aunque no lo había visto desde los años ochenta, aunque con él solo hubiera tenido relaciones formales.

Morgari trabajaba sobre todo en la sede; en cambio, L.B. y Druina se ocupaban de acciones de agit-prop, es decir, eran responsables de la propaganda y del trabajo de campo, y a menudo compartían las horas de trabajo para el partido.

El trabajo en Servir al Pueblo, descubrí en los panfletos que me había prestado el escritor, todos escritos con la misma prosa perentoria, exaltada y soporífera (cabe señalar que el autor era casi siempre el jefe, Brandirali), consistía en preparar el camino hacia la revolución, que estaba al llegar, revelando a las masas su verdadero sentir. Las masas eran, como es obvio, intrínsecamente buenas y con un sentido innato de justicia y verdad; y su verdadero sentir no podía ser más que revolucionario, dispuesto a derrotar a los patronos y los opresores.

El peor enemigo era el pesimismo, como comprendí gracias al opúsculo *Contra el idealismo*, del que el pesimismo era su inevitable producto, porque «en la medida en que no se pasan cuentas con la materia [...] se ve continuamente que las cosas no corresponden al esquema idealista de partida, y, al final, todo se considera un fracaso». Anoto aquí la conclusión por su esplendor dialéctico: «El pesimismo solo puede venir de sensaciones que se han aislado de verdades universales. Una verdad universal, por ejemplo, es que la revolución socialista triunfa en nuestra época. Pero cuando uno se refiere solo a las propias sensaciones y se pierde de vista esta verdad, que es una verdad de la materia experimentada en la práctica por toda la humanidad, entonces sucede que, como consecuencia de algún fracaso particular, una iniciativa que sale mal u otra cosa, se cae en el pesimismo, uno se separa de la verdad universal y, es más, prácticamente se niega dicha verdad.

»¡Y esta única sensación tendría el derecho de impugnar la que, en cambio, es una verdad universal!

»Unido a la segunda forma del idealismo, existe el pesimismo de quien entra en crisis, viendo que la victoria no es fácil y la lucha es dura, y concluye que la victoria es imposible. [...] Nosotros los comunistas, por el contrario, miramos a lo lejos y vemos el futuro luminoso, porque el movimiento real progresa superando todos los obstáculos, porque es una ley universal que la revolución socialista debe vencer en todo el mundo».

En esa narración categórica y fantaseada de la realidad, nunca había dudas: no había individuos, sus contradicciones (liquidadas como egoístas, una pérdida de tiempo que podría emplearse en construir la revolución), la complejidad de la vida. Y si por casualidad esa complejidad se atrevía a asomarse por entre las mallas cerradas del credo, bastaba resolverla con la autocrítica... o la expulsión. Idólatras del concepto abstracto de Hombre, ignoraban de modo consciente todo lo que conforma a un hombre vivo y todas las diferencias que existen entre un hombre vivo y otro.

También se hablaba de problemas concretos, siempre, y en todo caso, en tonos tendentes al misticismo: el derecho a una casa decente, a un trabajo digno y a la escuela, los alquileres que a menudo superaban la mitad del sueldo de un obrero, la especulación sobre los precios, la corrupción en todos los niveles del Estado, la negra miseria económica y cultural a la que seguían condenando a cientos de miles de personas, la explotación criminal del Sur. Los militantes del partido tenían que convertirse en instrumento de agregación de las masas, apoyar las luchas de obreros y jornaleros y unirse a ellos, llevar dentro del partido mismo una lucha constante para la afirmación de la «concepción proletaria del mundo».

Al parecer la táctica siempre era la misma: «Propagar incansablemente entre las masas populares la crítica comunista, la conciencia histórica, la conciencia del presente, la conciencia del futuro, para que el pueblo sea un intérprete subjetivo de sus luchas. [...] Ocuparse constantemente del hecho de que el pueblo tome conciencia de sí». Esto significaba en primer lugar colaborar en el periódico de Servir al Pueblo y difundirlo obstinada y ampliamente. Su obnubilación por las masas, a las que veían como una totalidad de indudable esplendor moral, tal vez sepultadas por el embrutecimiento en que se veían forzadas a vivir, pero listas para surgir como por encanto en cuanto tomaran «conciencia de sí», era tan total, ingenua y confiada que resultaba casi conmovedora. «No hay nada egoísta en las reivindicaciones de los obreros. Saben amar porque luchan y trabajan, saben unirse porque se organizan en la producción, saben dirigir porque son ellos los que cambian el mundo. En la clase obrera está la fuerza dirigente de la humanidad: la potente arma del altruismo.» El pueblo era bueno y era necesario adaptarse al pueblo.

Qué pasaría *después* de la fantasmagórica revolución quedaba al final envuelto en una humareda inspirada. Los puntos del «programa» del futuro gobierno revolucionario eran de una vaguedad excepcional. Sin duda los explotadores del pueblo serían encarcelados y, si mostraban arrepentimiento, reeducados; se construirían guarderías en todas las fábricas para ayudar a las trabajadoras; los sueldos más altos serían como máximo el triple del sueldo medio de un obrero; se instituirían los tribunales del pueblo; etcétera. Brandirali escribía que, a pesar de que el partido contara solo con diez mil militantes, lograrían convencer a todo el país, pequeñoburgueses incluidos, de la bondad del proyecto y de su factibilidad. En uno de los opúsculos encontré una visión panorámica de la futura Arcadia desde el balcón celeste de la Verdad Universal: «Las ciudades se extenderán armoniosamente uniéndose con el campo, las montañas y las orillas del mar serán habitadas por los ancianos reunidos en centros sociales, por los niños y por los trabajadores para sus reposos recreativos. El vino y los buenos alimentos de nuestro país se producirán para todos, cada región dará a las otras sus mejores cosas. Las más bellas costumbres del pueblo resurgirán en la vida colectiva. E Italia será un jardín floreciente».

Durante mucho tiempo me pregunté si L.B. se tomaba verdaderamente en serio *todo* esto. Durante mucho tiempo no supe nada de lo que pensaba realmente del PCI m-l, hasta que, unos cuantos años más tarde, encontré a Emanuele Pariante y un texto mecanografiado. Esto, no obstante, sucedería más adelante. De momento tenía aquellos opúsculos y punto, y los leía con abatimiento e irritación; pero no podía por menos que imaginar que a veces, en el calor de la noche, en su alojamiento temporal, bajo sábanas prestadas, la duda, el pesimismo falaz condenado por el partido, incluso un brote de sentido del ridículo, lo atravesaran por lo menos unos instantes.

Pero no podía tener la certeza. La verdad es que tampoco ahora puedo saber nada de lo que pensaba o sentía. Tengo solo este puñado de relatos ajenos, privados de riqueza por el tiempo transcurrido, distorsionados por la memoria. No puedo saber nada de lo que *él* pensaba o sentía, y esta es una condición irremediable. No solo porque ya no puedo preguntárselo: sino porque no es posible, aún menos posible respecto a nosotros mismos, tener una idea (no digo ya restituirla) de la totalidad de la vida de otra persona. A duras penas sabemos algo de nosotros, y a menudo ese algo tampoco es acertado.

Entre él y yo existía una distancia inabarcable, que advertía cada vez más a medida que dejaba de ser solo mi padre y se convertía por encima de todo en mi personaje, el muchacho del pasado que aún tenía solo un rostro granulado, de pésima fotografía de periódico. El muchacho. ¿Cómo se sentía dentro de su propio cuerpo? ¿Cómo percibía el mundo sobre su cuerpo? De vez en cuando, en circunstancias casuales, puedo percatarme a nivel consciente de mis manos y mis piernas que se mueven, del calor del sol sobre un hombro o de otras sensaciones epidérmicas, en un modo que se podría definir como animal. Resulta difícil de explicar: es como si durante unos instantes tomara plena conciencia de (pleno contacto con) mi cuerpo vivo, de sus gestos. Son momentos en los que me es más increíble pensar que tendré que morir. No se trata de terror: el miedo, la negación, el rechazo a la muerte, la mía y la de los demás, pertenecen a otros momentos. Es propiamente una incredulidad absoluta. ¿Cómo es posible que yo deje de existir un día? ¡Yo vivo, vivo! Estos son los ojos con que miro este jarrón de flores en la mesita del balcón, estas son las orejas con las que oigo el rumor del viento, este es el roce del viento en mi nuca. Mi nuca viva. Estoy viva, es indiscutible. El instante en que vivo perdurará para siempre. Mi cuerpo no puede tener fin, mi razón no puede tener fin.

Pues bien, cuando esto me sucedía tras haber descubierto la existencia del muchacho, a veces el pensamiento se me iba en cómo podía haber visto, haber sentido él, cómo podía haber notado el paso del tiempo en él, su cuerpo en el espacio.

En los tres días que pasé en Roma para una boda —no había vuelto desde mi única visita, diez años antes, al finalizar el instituto— pensé a menudo al respecto. Al anochecer, mientras paseábamos con N. y sus amigos por Monti y Trastevere, miraba a mi alrededor y experimentaba un sentimiento de secreta separación, como si ellos y yo estuviéramos en planos diferentes: así era, como esta, la noche en la que él, cincuenta años atrás, se movía. Cincuenta años. Sonaba tan irreal, tan enormemente lejos. Y sin embargo sentía su presencia con una intensidad singular, como vapor azul que ascendía de las aceras y me rodeaba casi constantemente, aunque siguiera encontrando increíble que estas cosas para mí extrañas —los palacios umbertinos amarillos y rojizos, los edificios hipertróficos de la ciudad milenaria, los pinos marítimos de oscuras copas anchas como amapolas en el momento culminante de la floración, las escaleras de la facultad de arquitectura donde me detuve algunos minutos para sentir el retumbar del tiempo que se me echaba encima, la avenida arbolada por la que bajamos después de haber visitado la Sapienza, Campo de' Fiori en la noche de junio, con el extraño contraste entre la languidez convencional de la plaza y la sombría estatua de Giordano Bruno—, que estas cosas extrañas fueran suyas en un momento determinado, de aquel muchacho extraño, aquel joven animal libre y puro hacia quien yo sentía casi un sentimiento de fraternidad, yo que era ya más vieja de lo que era él cuando se marchó (y también esto, también esto era increíble). Y me preguntaba cómo habrían pasado a través de sus ojos, y qué consistencia habrían tenido para él; y cómo habrían sido Valle Giulia y los largos meses que siguieron; y cómo sería ser L.B. a esa edad, y en ese momento, y en esos lugares.

Pero me daba cuenta de que era imposible saberlo, como, por otra parte, con cualquier otro ser fuera de mí.

Por supuesto, reconstruirlo era aún más complicado que con otros, otros que al menos habían dejado documentos, cartas, diarios en los que expresaban algo de sí mismos, que habían sabido conservar los recuerdos, de quienes no quedaban únicamente efímeras impresiones de terceras personas. Paradójico: sobre la mente de mi padre apenas conocía poco más de cuanto sabía sobre mis antepasados borrados; y, en cualquier caso, por personas interpuestas. Me resultaba intolerable pensar en cuánto se había perdido: quería la vida entera, en su integridad concreta, quería salvarlo todo a sabiendas de que no era posible. La unicidad, la complejidad irrepetible de una ola de mar entre las otras. De un día olvidado de la vida de un humano; de un único parpadeo suyo. Y al mismo tiempo: ¿cuántas horas, días, conversaciones, reuniones inútiles o marginales se acumulaban en una vida? Esta contradicción me producía vértigo. Y aun así quedaba un deseo tonto, pero, creo, natural, de totalidad, de evocación de la totalidad; en cambio me veía reuniendo una historia llena de agujeros, un grano de polvo insignificante en el inmenso molino sangrante de la Historia, en el que siempre faltaba la voz de quien estaba en el centro.

Y cabe señalar que, hasta poco tiempo antes, había pasado años fructíferos pensando en él lo menos posible, reprimiendo con éxito los recuerdos más desagradables de los veranos en que lo odiaba y de su enfermedad, y por tanto casi todo el resto. Es completamente cierto que en un momento dado los muertos vuelven a buscarte, y que debes sentarte a la mesa con ellos.

Cada mañana, a las cinco, L.B. y Druina se levantaban para ir a repartir panfletos a las puertas de la Fábrica. Llevaban las noticias que habían recogido el día anterior, en el cambio de turno de la tarde: qué pasaba en el departamento de Carrocería, qué en el de Pintura y cosas de ese tipo. Eran tantos los departamentos y los trabajadores, tan inverosímilmente inmensa la Fábrica, que esa era la única forma de pasar la información de una sección a otra. Después de 1969, la amplia avenida abierta frente a las montañas —en los días límpidos, en esa avenida ahora desierta por donde ya no pasa nadie, se recortan con tanta nitidez que parecen tan cercanas que podrías tocarlas, bellísimas, puras y desgarradoras— a la que daban las puertas laterales de la Fábrica, estaba por el día siempre repleta de gente, megáfonos, panfletos, corrillos. En el cambio de turno de las dos de la tarde se volvía para recoger las noticias útiles del día, y así funcionaba, en un ciclo continuo.

Por la noche, los miembros del partido se reunían en la sede y cada uno hablaba del lugar en el que había estado, de lo que se habían enterado hablando con los trabajadores o con las mujeres en los mercados, de qué pasaba en los barrios y en las otras fábricas. Pero a menudo el día aún no había terminado: podía ocurrir que a la una de la madrugada salieran en grupo en expediciones azarosas para colgar carteles, dado que estaba prohibido y no se podía hacer a la luz del día. Entre una cosa y otra, dormían tres horas cada noche. L.B. y Druina se subían al coche y cruzaban la ciudad en la oscuridad invernal, incluso antes de que los obreros comenzaran a salir de casa.

Imagino a L.B. en esos amaneceres brumosos, con un abrigo demasiado largo, despeinado, una gruesa bufanda al cuello, hablando con los que pasan aún medio dormidos en la larga procesión silenciosa, les da un panfleto o un periódico, las vaharadas de vapor helado que despide por la boca. ¿Era posible sentirse solos y cansados estando tan cerca de sus propios compañeros, en una mañana nocturna de invierno a las puertas de la Fábrica, los obreros ojerosos que pasaban por delante y quizás te rechazaban con un gesto brusco, una palabra grosera? ¿O acaso el entusiasmo de la ideología era más fuerte, y L.B. se sentía solo vivo, en el lugar adecuado, lleno de entusiasmo? ¿Cuánto frío podía sentir? ¿Tenía a alguien a quien amar? ¿Sentía alguna vez desesperación?

Cuando pienso en las seis de la mañana a las puertas de la Fábrica, yo siento desesperación.

Sin embargo, también había felicidad en esa insólita y agotadora forma de vida. Nunca paraban de ir corriendo de un lado a otro, nunca dejaban de hablar, del destino del mundo o de cualquier tontería, quedaban en la taberna con los compañeros, también los de otras organizaciones, se tomaban el pelo unos a otros, iban al cine, escuchaban discos, cantaban juntos, discutían, leían novelas que el partido sin duda no habría aprobado porque no eran lo bastante edificantes, sentían una especie de electricidad, de proximidad, de calor continuo, una inagotable curiosidad hacia los demás, y luego la embriaguez de las manifestaciones, de las asambleas (L.B. era un orador excelente y adoraba hablar en público, parecía haber nacido para eso), y cuando después de todo ese ajetreo acababan en lo más profundo de la noche no era tan grave no encontrar una cama, dormían en las sillas de la sección, o bien en los bancos, al final qué importaba, eran tan jóvenes, tan felices.

El eslogan era muy sencillo: pan, paz y trabajo. La cuestión más siniestra y sin resolver, es decir, el hecho de que para llegar a una revolución fuera necesario pasar a través de la violencia —violencia armada—, permanecía soterrada. Entre ellos no hablaban nunca del tema. No se hablaba de las propias turbaciones, ni siquiera con el amigo en quien se tenía más confianza, ni tampoco existía el hábito de plantearse uno mismo demasiadas preguntas. Confesarse una duda era ya una traición a la línea del partido. Además, estaban muy ocupados todo el día para pararse a pensar. La idea de la violencia permanecía abstracta y lejana, un molesto temblor de fondo que podía borrarse con un gesto de la mano, igual que se limpia un cristal empañado. Cuando Druina pensaba en ello, sentía un malestar metálico en la boca. No sabía si también L.B. lo sentía, precisamente porque nunca habrían hablado de algo semejante. Pero tenía la sospecha de que a él tampoco le gustaba pensar en ello.

Y además, al menos hasta ese momento, la violencia y los delitos habían sido una prerrogativa del otro bando. Los fascistas y la policía. Por supuesto, de vez en cuando se llegaba a las manos, de vez en cuando se ofrecía resistencia, pero hasta entonces nunca se había ido más allá, aparte de la muerte de aquel policía en Milán que, habían decidido, fue solo un contratiempo. Esa cúspide incierta, evanescente, daba miedo, creo. Y las cosas que dan miedo se ignoran. El presente, el mismo día y, como máximo, el día siguiente, eran el único horizonte concebible.

L.B. era fiel a la línea del partido, pero la línea no le correspondía. Los dirigentes no lo valoraban. Aunque lo consideraran un recurso, era un indisciplinado, perennemente en una lista negra nunca escrita. Había hecho demasiados amigos fuera del partido y el partido consideraba a todos los «otros» enemigos del comunismo verdadero, reaccionarios, traidores a la causa, revisionistas que trataban de apostar por las reformas y la mediación, el compromiso más innoble, vociferaban los opúsculos. La Unión se estaba transformando oficialmente en el Partido Comunista marxista-leninista y la histeria ante el hombre del saco del «fraccionismo» estaba en su apogeo, las llamadas a la unidad, al orden del día, unidad contra los otros, burgueses camuflados, cuya intención era dividir a los compañeros; y ese vagabundeo de L.B. entre las personas más diferentes fuera del radar vigilante del comité central era una afrenta. Continuamente se le acusaba de mantener posiciones cómplices con el enemigo y disgregadoras dentro del partido. Lo que importaba era la línea general, la tierra prometida del futuro radiante, y en cambio él, con Druina y los otros, estaban allí solo para ocuparse de lo contingente, de los insignificantes problemas del día a día.

La verdad era que se avergonzaban de ir a la Fábrica a hablar de Mao mientras en ese lugar estaba pasando algo bien distinto. ¿Cómo se podía estar allí catequizando a gente cuyos problemas eran los chasis, los turnos, las pausas, tener delegados elegidos por ellos, una representación sindical de referencia? Querían escribir panfletos que tuvieran sentido para aquellas personas, no engorrosos trabajitos de propaganda desvinculados de la realidad (para eso bastaba con el periódico que distribuían). Y lo hacían. De hecho, también a Druina se la llamaba al orden continuamente. El problema es que eran buenos, y en Turín el PCI m-l era débil, con pocos miembros sobre el terreno: encontrar un pretexto para echarlos resultaba difícil. Eran los más activos, los más capaces de comunicarse con todo el mundo y también, cuando querían, los más persuasivos. Agata hablaba con admiración de Druina.

—Ella era igual que Leonardo —me dijo una vez—. Tan valerosa, tan altruista, siempre dispuesta a tomar partido por quien tenía dificultades, siempre en el frente.

Estaba sentada en el sillón; mientras decía esto, se inclinó ligeramente y abrió los brazos girando las manos hacia atrás, como alguien que se coloca delante de otra persona para protegerla.

De modo que así era Druina; y así, por lo que parece, L.B., quien, añadió también, era de una generosidad que lindaba con la inconsciencia, se lanzaba cuerpo a tierra en cada situación y estaba dispuesto a pagar las consecuencias: es decir, a que lo detuvieran.

En efecto, de ese período de la vida de L.B. hay algunas notas sueltas en la prensa diaria: una detención en enero de 1972, tras un masivo registro en la zona de Porta Palazzo. Un Fiat 500 provisto de altavoces había pasado por las calles proclamando con gran estrépito: «Policía fascista. Ciudadanos, ¡no dejéis que registren vuestras casas!». Los carabineros pararon el coche y luego se vieron rodeados a su vez por cien vecinos amenazantes, y después de un pequeño altercado hubo varios heridos. Dentro del 500 estaba también el estudiante Leonardo Barone, de veintiséis años, detenido junto con otros tres por resistencia y desacato, a los que se unió un tío de los tres, quien llegó al cuartel gritando que o venía un abogado o lo destrozaba todo. Esa misma tarde una manifestación de grupos extraparlamentarios se dirigió a las cárceles para pedir la excarcelación de los cinco; poco después, el fiscal les concedió la libertad provisional. Más adelante, un juicio por un piquete en L'Oréal que, junto con otro grupo de «facinerosos», había tratado de impedir la entrada de los esquiroles en la fábrica durante una huelga, en marzo de 1972, y que «habían ofendido a los carabineros que prestaban servicio de orden».

Entre 1971 y 1972, las detenciones y las condenas por delitos de opinión aumentaron de un modo terrible. Cabía la posibilidad de permanecer en la cárcel a la espera de juicio durante semanas y meses. Lo sufrían exclusivamente, y a cientos, los extraparlamentarios de izquierdas, los reclutas, los católicos progresistas y los objetores de conciencia. También un tal C.C., el minero heroico que le gustaba a Brandirali, cumplió un mes y cuatro días de prisión por un mitin cerca de Caltanissetta en 1971.

En mayo de 1972 detuvieron al dirigente del PCI m-l Vanni Pasca después de un mitin de cierre de campaña electoral en Reggio Calabria. Se movilizó mucha gente a su favor, e intelectuales, directores, psiquiatras, periodistas y políticos firmaron peticiones para su liberación. Más adelante se formaría un comité para la abolición de los delitos de opinión; por primera vez, el PCI m-l estaba junto a otros grupos de la izquierda, juristas y jueces demócratas.

Y esto lleva al episodio del que había encontrado la foto en el juicio por difamación, aquella en la que aparecía la compañera aburrida y L.B. riéndose con la cabeza agachada: el 8 de junio de ese mismo año, el incansable agitador había ido con la chica en un 500 (supongo que sería el mismo, aunque al parecer había toda una flotilla) a la plaza del mercado de Venaria para distribuir panfletos ciclostilados contra la detención de Vanni Pasca. Entretanto difundían por los altavoces una grabación en casete con «Bandiera rossa» y un discurso contra el gobierno y la detención de Pasca. Un agente de paisano (¡qué escena más arrebatadora!) se acercó y les preguntó si tenían permiso para celebrar un mitin. L.B. y su compañera contestaron que no estaban celebrando ningún mitin, y entonces el agente, revelando en un gran golpe de efecto su identidad oculta, les pidió la documentación. Ella la llevaba; él, no. Tenía que acompañarlo al cuartel, dijo el agente. Un momento, que acabo con el reparto de los panfletos, contestó L.B., perdone, ¿vale? Entonces el carabinero fue en busca de refuerzos, y mientras se alejaba «Barone habría difamado a la policía» por el megáfono (es decir, habría dicho algo como «policía fascista»). Volvieron en un grupo de cuatro y se los llevaron de allí, y la mujer habría gritado insultos y opuesto resistencia, y al año siguiente los condenaron a ambos a cuatro meses y diez días por ultraje y diez días por mitin no autorizado.

Venaria, me contó Elia Morgari, era en aquella época un lugar donde habían trabajado mucho. Entonces la avenida principal, el centro histórico, era una zona sucia y ruinosa donde vivían hacinados como animales de matadero los obreros inmigrantes que trabajaban en las fábricas de los alrededores de la pequeña ciudad. Luego estaban los «cuartelillos», tugurios también llenos de inmigrantes, alrededor de un amplio patio repleto de hierba seca y amarilla y de basura; en las que antaño habían sido habitaciones individuales para el alojamiento de los soldados, vivían familias enteras. Los techos estaban agrietados y las paredes llenas de manchas de humedad, las camas a menudo eran solo colchones tirados por los suelos, asquerosos y atestados, por donde corrían las ratas. Morgari recordaba en particular a un chico con los ojos vítreos, un muchacho joven pero que daba una extraña impresión de decrepitud, que vivía en un cuchitril de la planta baja, literalmente invadida por basura que parecía estar allí desde hacía siglos. Salía al amanecer para ir a trabajar y regresaba agotado para dormir allí, entre la mugre, como si nada pudiera hacerse, como si ese fuera el destino que se le había asignado y punto.

Los del PCI m-l, entre ellos L.B. y Morgari, se organizaron en equipos y trataron de ayudar: limpiaban las casas de chatarra y porquería, estucaban las paredes, hacían reparaciones lo mejor que podían, colocaban cristales en las ventanas si carecían de ellos, distribuían objetos banales que les permitieran una vida más humana, mantas, ropa, jabón, pañales, leche de larga duración, comida enlatada y a veces algunos alimentos frescos; llevaban a los niños al médico, y mientras tanto les explicaban por qué era necesaria la revolución (¿acaso no lo veían?). Recibían a cambio una gratitud breve, cansada y vacía, luego los perdían de nuevo. Los perdimos, dijo Morgari, los perdimos a casi todos. Su voz era resignada.

En verano de 1972, L.B. se mudó durante algunos meses a casa de Emanuele Pariante, otro funcionario del PCI m-l, y de su esposa. También con ella se iba al amanecer para repartir panfletos a las puertas de las fábricas.

Aparte, hacía los trabajos de baja cualificación que le eran impuestos para reeducarse, entregando todo lo que ganaba al partido, del que recibía de todas formas el pequeño sueldo de funcionario; iba, venía, participaba en todas las ocupaciones de fábricas, celebraba sus ardientes mítines. Precisamente durante uno de estos, mientras arengaba en las escaleras del Palazzo Nuovo, todavía vestido como pintor de brocha gorda con el mono sucio de pintura, Cecilia Longoni lo vio por primera vez. Era tal vez la primavera del 72.

Ella no supo explicarme nunca, ni tampoco lo recordaba, por qué y cómo se hicieron amigos: no podían ser más diferentes y tenían círculos completamente distintos. Cecilia procedía de una buena familia liberal de provincias, pero cuando comenzó derecho en Turín descubrió que se sentía mucho más cómoda en la izquierda, y pronto entró en el grupo del *Manifesto*. Se había mudado con tres amigas, también ellas de buenas familias provincianas, a una casa grande y bonita de via Petrarca, en el barrio de San Salvario. Llegaron un buen día tras haber visto el cartel de «Se alquila», a las tres de la tarde, y encontraron allí a uno de los arrendatarios anteriores, un intelectual de cincuenta y tantos años de la izquierda presesentayochista, dormido desnudo en el sofá. Las paredes estaban empapeladas con carteles de los Black Panthers. Y a decir verdad algunos miembros de los Black Panthers habían estado allí de visita, tal vez en varias ocasiones. Los dueños del hermoso apartamento aún seguían molestos. Se sentían extasiados ante la idea de entregarlo a aquellas simpáticas universitarias bien vestidas y de inocentes caras redondas.

Sin embargo, luego llegaron sus amigos, y los amigos de los amigos. Nunca se podía saber quién estaba allí de un día para otro. Entre los bancos de humo que flotaban por las habitaciones vagaban muchachas que sostenían lánguidas entre los dedos cigarrillos finos, con delicadas batas chinas echadas sobre los hombros de gigantescos jerséis color mostaza; obreros despedidos y obreros en activo; estudiantes, sobre todo de arquitectura, que extrañamente era una de las facultades más politizadas, quienes discutían con apasionamiento hasta las cuatro de la madrugada, cuando los echaban o alguien les cedía una cama; intelectualillos meditabundos con gafas imponentes, novios, exnovios, posibles novios futuros, amantes, gatos llegados desde los patios vecinos; L.B., que pasaba por allí, charlaba, ponía algo en el tocadiscos, leía un poquito (casi nunca tenía dinero para comprarse libros y los leía en casas ajenas) y se dejaba caer en cualquier sitio. Cada noche, alrededor de la larguísima mesa que ocupaba todo el salón, se reunían diez o quince personas, muchas de las cuales no se conocían de nada. En un momento dado una coinquilina, con gran espíritu práctico, puso un precio proletario a aquellas cenas llenas de gorrones: quinientas liras o no se come.

Cecilia no entendía cómo L.B. podía formar parte de aquel partido al que ella consideraba de locos. Le parecía algo ya muerto, calcificado, innatural; y él estaba demasiado vivo, era demasiado terrenal, burlón y desquiciado para adherirse a esa iglesia de fanáticos. Pero cuando se lo preguntaba, él hacía un gesto como para apartar una mosca y decía: «Eeeh...».

Al final acabó por no preguntarle más y dejaron de hablar de política, de lo contrario acababan discutiendo. Y pese a todo eran amigos, aunque ella fuera pragmática y tuviera un gran sentido del humor y él fuera un fundamentalista despistado. Se hicieron amigos de inmediato, con un afecto muy fuerte y fraternal que duró muchísimo tiempo, incluso cuando sus caminos se separaron. Perdura todavía hoy en la cara sonrosada y agradablemente irónica de Cecilia, que se frunce a veces cuando habla de él, aunque su boca siga sonriendo. Las amistades son el material más desaprovechado de la narrativa, cuando es precisamente en los mecanismos inescrutables, en las correspondencias ocultas que desencadenan y hacen perdurar una amistad, la amistad carente de implicaciones sexuales y sentimentales, la amistad entre discordes, donde se juegan a menudo las cosas más interesantes de una vida. Desde siempre me han gustado sobre todo, entre las poesías y las narraciones más o menos autobiográficas, aquellas, mucho más raras de lo que cabría pensar, dedicadas a los amigos (quiero decir de modo exclusivo, donde el amigo es el único protagonista, o voz muerta a la que el poeta se dirige con amor... ese amor sin explicaciones, ese amor que contiene en sí mismo sin romperse todos los defectos propios y los del otro, las distancias, los silencios, las décadas).

Había sin duda en L.B. algo extraordinario, mágico, algo que todos aquellos con los que hablé me mencionaron, pero sin lograr definirlo; no tenía que ver tan solo con la generosidad, o con el carisma, o con su exuberancia: era como un fuego violeta, una luz misteriosa, única y suya, que en cuanto rozaba a la gente la conquistaba de inmediato. «Su grandeza», la llamó una vez Cecilia, tratando de dar un nombre a esa luz cautivadora. No sabría decirlo. Solo sé que era tan intensa que sus rayos, casi cincuenta años más tarde, permiten que estas palabras sean escritas.

Intentaba disfrutar de todas las cosas, y sobre todo de las personas, a las que sabía acoger en toda su complejidad, y escuchar, pronunciando las palabras apropiadas; cuando alguien necesitaba ayuda, se desvivía para arrimar el hombro. En esa época a un amigo se le murió su jovencísima compañera, envenenada por un escape de gas de la estufita que tenían en su apartamento demasiado frío. L.B. no lo evitó, como hicieron muchos, aterrados por ese terrible luto, al contrario: en los meses siguientes fue a verlo casi todos los días, se encargó de llevarle la comida, de escucharlo si tenía ganas de hablar y de permanecer en silencio durante horas, en la habitación oscura, cuando el otro no lograba sobreponerse. Lo haría luego por mucha gente, con el paso de los años.

Pero a pesar de tener tantos amigos y conocidos, a pesar de que fuera tan fascinante y aparentemente abierto con todo el mundo, a pesar de que casi nunca estuviera solo, siempre les pareció a quienes lo rodeaban extrañamente opaco, inaccesible. Era un buen oyente, pero casi nunca decía nada de sí mismo. Se daba a los demás; pero también supo rehuir a los demás durante toda su vida. Siempre fue un enigma. Nadie puede decir que lo conoció de verdad, me dijo alguien en cierta ocasión. Nadie puede decirlo con certeza.

Por ejemplo. L.B. siempre les dijo a sus amigos que su padre era juez, y que por eso había roto con él y con la familia: se lo dijo también a mi madre cuando la conoció y fue ella quien descubrió que no era verdad cuando bajó por primera vez a la Apulia para conocer a su familia, conmigo recién nacida, y habló con mi abuela, que se quedó desconcertada. El padre de L.B. era un simple funcionario judicial, un oficinista que llevaba las notificaciones del tribunal, una profesión más que digna que permitía mantener a la familia en unas modestas condiciones de bienestar, pagar los estudios a sus hijos varones (de las hijas, naturalmente, no se habían preocupado), y que a su esposa, que tenía unos orígenes paupérrimos, la llamaran con deferencia «señora» en el pueblo; y además, le contó mi abuela a mi madre, desempeñaba esa tarea no siempre agradable de un modo tan atento y amable que todo el mundo lo respetaba, y no por una empalagosa afectación, sino con sinceridad.

¿Por qué, entonces, contar semejante mentira, en la que aún creían todos cuando me reuní con ellos? Incluso a sus abogados; incluso, según me dijo uno de ellos, al fiscal del proceso por pertenencia a banda armada, que durante un interrogatorio le dijo: «¡Y pensar, Barone, que su padre era juez! ¿No le da vergüenza ensuciar así su memoria?». (Pero ¿cómo era posible? ¿No había documentación, registros de ningún tipo sobre la profesión de sus padres? Seguro que no fue él quien se lo dijo al fiscal. Entonces ¿quién lo hizo?)

Nunca he conseguido encontrar una explicación, igual que para muchas de sus excéntricas e inútiles mentiras. Antes de la ruptura, por lo poco que yo sé, el suyo no había sido un mal padre: era bastante amable, prestaba atención a sus hijos; los ayudaba a repasar las clases por la noche y sacaba brillo a sus zapatos por la mañana, haciendo que los encontraran listos junto a la puerta para ir al colegio. «Me habría gustado que lo conocieras —me dijo mi padre una vez—. Era un buen hombre.» No añadió nada más. Pero la ruptura había existido. Seguro que sentía que renegaban de él, que lo rechazaban por lo que era: y este sufrimiento, y el sufrimiento que él le había causado al decepcionar sus expectativas y luego desaparecer de un día para otro, quizás en una especie de dolorosa venganza, no eran explicables en términos doctrinales, mutilados de toda emoción privada o ambigüedad, que dominaban su lenguaje y el de los demás. Transformarlo en un enemigo burgués era más fácil: era lógico y novelesco al mismo tiempo. ¡El juez y el hijo revolucionario! Y así no había ninguna necesidad de añadir explicaciones. Como leería en las deliciosas memorias de Umberto Silva, que había militado en el PCI: «Éramos hijos dispuestos a matar a padres a menudo amables, y a veces hasta cariñosos, para someternos a feroces déspotas de las estepas y del río Amarillo que nos habrían colgado por robar un caramelo».

No sé cuánto y cómo se hablaron más tarde. Y además, cuando somos jóvenes y todos nos creemos eternos, no se piensa realmente en estas cosas, en la eventualidad inverosímil de que el hombre con quien tal vez algún día tengas la oportunidad de reconciliarte pueda morir de un momento a otro, desaparecer de la faz de la tierra junto con sus gafas cuadradas, sus entradas y sus labios delgados.

Eso es lo que sucedió, en octubre del 72. Desde que se había marchado a Turín quizás lo volvió a ver solo una o dos veces. El 21, el día antes de la gran manifestación organizada por los metalúrgicos en Reggio Calabria contra la violencia fascista que continuaba provocando disturbios en la ciudad dos años después de la rebelión por el traslado de la capital de provincia a Cosenza. Mientras los trenes llevaban a los obreros, hombres, mujeres y niños, del Norte al Sur, en un largo viaje hacia la ciudad hostil sobre unas vías sembradas de bombas que obligaron a parar continuamente y tomar desvíos —más tarde se manifestarían cincuenta mil personas, «El Norte y el Sur unidos en la lucha»—, mientras en la otra punta de Italia sucedía esta gran epopeya, L.B. tomaba el tren en la otra dirección, solo, para ir al entierro de su padre.

En la primavera de 1973 se celebró una escuela de cuadros de Servir al Pueblo en Valganna, un pueblecito en la provincia de Varese, cerca de Suiza, donde el partido había comprado un conjunto de cobertizos para el refectorio y las salas de reuniones, y unas pequeñas viviendas prefabricadas donde dormir, con los cuartos separados solo con unas planchas para obstaculizar toda reserva. La escuela de cuadros estaba dedicada a la Cuestión del Sexo, la nueva obsesión de Brandirali: el discurso del feminismo comenzaba también a filtrarse entre las filas obedientes y engañosamente liberadas de las mujeres del partido. De hecho, aunque sobre el papel eran iguales a los hombres, en realidad seguían siendo las únicas que se ocupaban de los niños, de las labores domésticas y de diversas obligaciones vulgares a las que los varones, demasiado ocupados en construir la revolución, no podían claramente rebajarse. De manera que el feminismo era pernicioso y había que reglamentarlo a cualquier precio. También el aborto se contemplaba con recelo, si no con una condena abierta, por no hablar de la masturbación y la homosexualidad. Habían salido hasta reglas sobre las posturas que asumir durante las relaciones (nada demasiado creativo, de lo contrario se desembocaba en la perversión burguesa) y sobre las relaciones orales, que estaban prohibidas a menos que las siguiera el «ayuntamiento». El orgasmo, predicaba Brandirali, tenía que ser simultáneo: la máxima expresión del altruismo y del sexo virtuoso que daría solidez a la pareja y mejoraría a ambos, haciéndolos aún más bien dispuestos para la causa.

Amor y política tenían que ir de la mano, en una imbricación cada vez más inquietante y cuya máxima expresión eran los matrimonios comunistas. Cito el opúsculo *Un matrimonio comunista*, texto extraído de la grabación de la primera boda celebrada en el partido en enero del 72: «En el pasado muchos pensaban que el comunismo no tenía por qué intervenir en el ámbito de los problemas familiares, como si existiera una vida privada aislada de las condiciones de la sociedad y de la lucha de clases que se desarrolla en la misma. Esto era un grave error, provocaba en los compañeros episodios de corrupción y de liberalismo, y sobre todo lo sufrían las mujeres, que permanecían alejadas del Partido y muy oprimidas. Ahora el Partido, tras haber desarrollado en su seno victoriosas luchas por la unidad, incide también en la vida personal, quiere que el comunismo se convierta para todos los compañeros en una concepción válida en todos los aspectos de la vida». En su discurso el cónyuge daba las gracias «al Partido, que me ha dado más que mi madre; doy las gracias al Partido porque me ha dado no solo la vida, como me la dio mi madre, el Partido me ha dado la razón de la vida, me ha dado la guía de la vida, el Partido me ha dado la protección de la vida, me ha dado la fuerza de la vida, ¡y yo solo puedo darle las gracias al Partido, gracias al Partido por mi vida!».

A veces el partido formaba incluso las parejas, combinándolas de una forma científica: por lo general, el emparejamiento unía a una mujer intelectual (quien debía proletarizarse) y un varón proletario.

En la escuela de cuadros el clima era plúmbeo. Se inició un violento psicodrama colectivo en el que se forzaba a la gente a realizar larguísimas confesiones humillantes delante de todo el mundo. Nada podía escapárseles a los dirigentes del aparato, ni siquiera el detalle más ínfimo de la vida privada. A los solteros y las solteras se les obligaba a hacer autocrítica, las parejas tenían que hablar de sus crisis, de sus debilidades, de su comportamiento sexual. Las lágrimas corrían a raudales. Emanuele Pariante, que dos años más tarde se marchó a vivir a Estados Unidos durante algún tiempo y trabajó como publicista —«Elegí el dinero», me dijo sonriendo irónico—, me habló de conferencias sobre la sexualidad en las que más tarde reconocería la huella de los sistemas publicitarios americanos, que posiblemente se habían estudiado con vistas a esa escuela de cuadros, conferencias marcadas por un auténtico lavado de cerebro y al mismo tiempo por una ostentación de poder. Incluso los más fieles salieron de allí aturdidos y disgustados.

Justo cuando el control de los militantes alcanzaba el ápice de la psicosis, el partido comenzó lentamente a resquebrajarse. Las personas se marchaban en pequeños flujos, sin ruido, o bien con el estruendo de la expulsión. Druina había tenido un hijo en marzo del 73, y se apartó casi imperceptiblemente del partido durante los meses siguientes, porque había dejado de creer en el PCI m-l, porque las ocupaciones de la vida práctica —el trabajo, el niño— eran más concretas que la perspectiva de una revolución que comenzaba a parecer cada vez más inverosímil. El mundo era cruel: pero las respuestas que daba el partido, como acabó convenciéndose con el paso del tiempo, eran erróneas.

—Nunca te fíes por completo de cuanto te digamos —me dijo—. Las personas alteran los hechos. Eligen contar su vida de una manera y no de otra. Olvidan. —Hizo una pausa, como si pensara en ello—. Tres son los grandes pecados de la humanidad: la mistificación, la envidia y la represión de aquello de lo que uno se avergüenza.

En cuanto a Elia Morgari, que no creía en la bondad intrínseca de las masas, ni que la expresión de la colectividad fuera necesariamente positiva, lo juzgaron varias veces durante las reuniones y lo acusaron de ser un «fatalista intimista». Una definición perfecta, comentó él con una sonrisita. Estaba cansado de los cantautores del PCI m-l, de toda esa algarabía, de la promiscuidad continua, de la retórica. Una vez, me explicó, participó en una escuela de cuadros para los trabajadores de la construcción italianos en Suiza, casi todos de Campania, que vivían prácticamente como esclavos en barracas de madera. Pasó dos días hablando con ellos y al final las despedidas fueron bastante melodramáticas. Los trabajadores se rasgaban las camisetas sin mangas, gritaban: «¡Quiero volver a ver a mi familia!». Morgari no soportaba ese tipo de numeritos y se vio asaltado por una desazón asfixiante.

—Quizás —dije tímidamente— era el único modo que conocían de expresar un dolor que era auténtico.

—Por supuesto —dijo—. Tienes razón. Pero yo era incapaz de no sentirme molesto y también culpable por eso.

Lo entendía mucho mejor de lo que creía. Volví a pensar en esa conversación una tarde —vivía entonces en Como con N. y hacía ya unos años que había dejado la pequeña casa de Milán— mientras veíamos un documental sobre los emigrantes en Suiza. En los años sesenta la Rai había grabado un programa —que se emitió en Suiza— en que los familiares de los emigrantes podían saludar a sus lejanos seres queridos. Por lo general, aparecían niños con sus abuelos, que no sabían bien cómo comportarse delante de la cámara. Había una chiquilla, tendría unos doce o trece años, una chiquilla grande y alta, que se dirigía a su madre y le decía que estaba trabajando como aprendiz de modista. Dijo, y la voz ya le temblaba: «Cuando vuelvas, mamá, te haré un vestido muy, muy bonito, con todos sus encajes. —Entonces se le desencajó la redonda cara, se la tapó con las manos y dijo—: Por favor, ya basta, estoy muy emocionada». Me levanté y me escondí en la cocina para llorar. No lograba dejar de hacerlo. ¿Había alguna diferencia real entre la chiquilla contenida y los hombres vehementes que se arrancaban las camisetas? ¿Acaso el sentimiento no era el mismo?

¿Había alguna diferencia real entre las emociones de mi padre, expresadas casi siempre de modo tan teatral que las consideraba automáticamente falsas, y las mías?

A Morgari no lo expulsaron por su fatalismo intimista. Fue él, al final, quien huyó de una de aquellas terribles escuelas de cuadros. La primera o la segunda noche, después de haberse quedado mirando el techo largo rato, se dijo que ya no podía más. Recogió sus escasas pertenencias, las metió en la mochila, se puso los zapatos y salió a hurtadillas de la construcción prefabricada. Debían de ser las dos o las tres de la madrugada. No tenía la más mínima idea de hacia dónde se dirigía, pero anduvo durante toda la noche a través de los bosques y por la mañana, agotado, logró llegar a Varese. Allí se subió al tren —todavía no había pegado ojo— y una vez llegado a Turín fue directamente a la sede y declaró, poniendo las manos sobre la mesa: «Me largo».

Creo que, con todo, a pesar de la crueldad del mundo que los rodeaba, la lista de los asesinados que seguía, sombríamente, actualizándose, a pesar de la muerte de su padre sin reconciliación, a pesar de las detenciones, de los cuatro meses de prisión por una estupidez, las privaciones, el hecho de que gran parte de lo que venía del PCI m-l, como Elia Morgari expresó, era humanamente pobre y empobrecía la mente de sus propios miembros, a pesar de la posibilidad del golpe de Estado que aleteaba como tiniebla invisible pero en modo alguno abstracta sobre las cabezas de todos, aquellos fueron años muy hermosos para L.B.

Vivía un presente absoluto, sin un futuro que no fuera imaginario (pero ¿cuál no lo es?), estaba rodeado de afecto, estaba lleno de salud y de energía, y aún había esperanza, una esperanza plena, a veces irreflexiva, a veces ciega, pero esperanza.

Me gustaría dejarlo aquí, al muchacho. Aquí durante algunas horas más, algunos días más. Sujetarlo por la manga, como si yo fuera el espectro de su pasado. Querría alargar aquellos meses inocentes, ralentizar las agujas del reloj, dejarle intactas lo más posible la fe, la alegría, la pureza, incluso la estupidez. Pero no es posible hacerlo.

Era el año 1973, llegó Chile como una maléfica explosión estelar, y luego la crisis del petróleo, una promesa aún indefinida de desgracia. Las ciudades se volvieron oscuras por los cortes del alumbrado público. Mi madre, en un hospital de provincias, se sometía a la segunda o la tercera operación en la cabeza. La cárcel de Turín estaba tan llena que ya no había sitio para los detenidos, y pronto se agotaron también las celdas de las prisiones provinciales. Era un invierno negro y amargo.

Era el año 1973, y la Navidad llegó a via Artisti 13.

Imágenes de mi padre.

Su brazo pecoso apoyado en la ventanilla bajada del coche, en verano. Los trenes nocturnos, los infinitos trenes nocturnos del Norte al Sur y del Sur al Norte que cogimos juntos. El olor áspero y sucio y metálico y el crujido de las sábanas de papel al sacarlas del paquete, los paisajes veloces sobre los que caía de pronto la oscuridad y que contemplaba boca abajo en la litera, el centelleo de fábula de las montañas de Liguria, atestadas de luces en la noche, hasta que alguien bajaba la cortina y los nombres de las estaciones donde el tren se detenía gimiendo quedaban entonces en secreto, la pequeña luz de la cabina a la que era necesario acercar el libro para poder leer, las respiraciones de los desconocidos. Su baile torpe en un coche cama para ricos con un compartimento todo para nosotros (¿cómo había conseguido permitírselo?), que nos llevaba a Nápoles, donde cogeríamos el hidroala para Lipari. Yo tenía siete años. Él me enseñaba excitado todas las maravillas de aquel cuartito, las camas de verdad, los colchones blandos, el lavabo, abría todas las puertas y las puertecitas, hasta que abrió por error la que daba a la cabina de otras personas, «Perdonen», murmuró, y la cerró otra vez deprisa. Las marchas silenciosas hacia las caletas, bajo el sol cegador, entre los acantilados salpicados de retama y de lentisco. El oro y el rojo profundo de la Virgen de la Misericordia tardogótica que desplegaba su manto en un museo de Arezzo, y él parado allí delante, girándose para mirarme con una sonrisa llena de encanto mientras me acercaba. Recuerdo el rojo resplandeciente por detrás de su cabeza. La cosecha del hinojo silvestre en los campos, a la puesta de sol. El jardín de las tres hermanas en Santa Maria di Leuca, que al anochecer parecía inmenso y misterioso como un bosque, o como un sueño. Las rocas en las que nos subíamos a descansar en medio del mar cuando estaba cansada después de haber nadado mucho, la consistencia suave y viscosa de las algas talofitas cuando lograba hacer pie. El chapaleo mesmérico del agua. Adelante, atrás, adelante, atrás. El sendero que llevaba a la casa de Lipari, en esas últimas vacaciones solos, y que discurría a través del campo y entre las piedras. Estaba oscuro, volvíamos de una cena en casa de alguien, quizás de los ingleses, y había un fortísimo olor a jazmín y hablábamos… ¿de qué hablábamos? De murciélagos, creo, porque acababa de pasar uno por encima de nuestras cabezas. Pero no lograba recordarlo.

No había vuelto a pensar en estas cosas, pero en la primavera del descubrimiento de L.B. comenzaron a llegarme de nuevo en extrañas intermitencias, en los momentos más impensables; mientras estaba en un tranvía, o lavaba los platos, o caminaba por las calles donde florecían los cerezos y las magnolias, o regresaba de alguna cita por la noche: casi siempre volvía a pie aunque me encontrara muy lejos de casa, porque amaba esa duración, esa prolongación del tiempo en las calles tranquilas, las ventanas iluminadas de las casas, las farolas amarillentas entre el follaje oscuro y profundo en la noche… Nunca he caminado tanto, tanto tiempo y tan inútilmente como en los dos años en los que viví en Milán.

Y así me llegaban, pues, al azar, y luego retrocedían casi de repente con un revoloteo; pero era una constelación confusa, ilegible. Se parecían a las imágenes estereoscópicas de paisajes que se veían en aquellos visores binoculares del siglo XIX: llegadas desde lo negro, carentes de asociación entre una y otra, y con una ilusión de tridimensionalidad que no me aportaba ni el sentido ni la profundidad.

Yo, que siempre había creído no solo recordarlo casi todo, sino también haber entendido −poseer− lo que recordaba, de repente me encontraba perdida frente al recuerdo.

No lograba extraer toda Lipari de la memoria, salvo en pinceladas sumidas en una especie de neblina rosada, imprecisa e impenetrable, igual que el tiempo de la buhardilla, aún más distante; y esto me hacía sentir impotente de un modo similar a cuando descubrí la muerte. En ese esfuerzo por recordar, de la oscuridad de la buhardilla surgió inexplicablemente un viejo libro de cuentos ilustrados que leía cuando estaba allí; era el único libro para niños que había en aquella casa, tal vez olvidado por algún inquilino anterior. No era capaz de evocar —aparte de *El tigre en la vitrina*— ningún otro objeto, ningún color o detalle, salvo la penumbra de aquellos cuartos, que eran dos o quizás tres. Sí, tres: en uno vivió durante algunos meses un joven que parecía un santón hindú con una larga barba oscura, aunque lo vi quizás solo una vez, sentado con las piernas cruzadas en el suelo de su cuarto. Me sonrió y me hizo un gesto de saludo. Luego él también desapareció. Pensaba en el libro. Me fluctuaba en la cabeza la vaga visión de una de las ilustraciones, encantadoramente anticuada. Debía de ser el cuento de los hermanos que se transforman en cisnes debido a una maldición. O quizás me confundía con otra cosa. No era capaz de recordar, no era capaz de recordar. No tenía ni idea de qué fue de aquel libro: debió de quedarse allí. De golpe sentía una nostalgia irracional, dolorosa; me habría gustado releerlo, como a veces hacía con los libros infantiles en casa de mi madre. En cierto sentido, tan deseable por haber desaparecido, y por ser el único objeto visible en la neblina, aquel libro se convertía en símbolo de la vida perdida, de la vida borrada; como si absorbiera en sí mismo toda la luz que procedía de aquella vida, y por eso dejara a su alrededor solo la sombra y la incertidumbre.

Tenía la sensación tormentosa de que allí, en aquellos momentos lejanos y ya inasibles, podía haber anidado algo importante, que contuvieran un enigma que yo ya no era capaz de descifrar. Y tal vez ni siquiera lo había: pero en todo caso ya no tenía acceso, y nunca más lo tendría, por tanto no podía saberlo. Entre otras cosas porque era la única que quedaba para recordar, aunque fuera ese poco.

El propio esfuerzo, el conato de la memoria, era un enigma. ¿Por qué empeñarme tanto por hechos tan insignificantes y arbitrarios, carentes de relación entre ellos, de relación con mi presente y, sobre todo, con la historia de la que me estaba ocupando?

Pero Lipari continuaba revoloteando en torno a mí como un dolor.

Entre las parejas que se formaron bajo los auspicios del PCI m-l, se encontraba también la formada por C.C., el campanudo del que había hablado en su libro el escritor, el minero sardo de más de cincuenta años que relataba con gran fervor zoliano sus luchas de antaño, y una profesora de lengua de treinta años que vivía en Roma. La llamaremos Adele. Él será Cabras; esa primera C. no era la inicial de su nombre de pila, sino del apodo con que se le conocía. Proletario (aunque fuera ya funcionario del partido) e intelectual: la combinación idónea, según las normas del comité central. Al principio, sin duda, ella se sintió muy atraída: las mujeres me dijeron que tenía encanto. Era un hombre alto, que caminaba con amplias zancadas, con una cara que no era hermosa sino poderosa, salvaje, con una voz vibrante y un pasado romántico. Pero todo esto pronto dejó de impresionar a Adele: poco después del inicio de su relación él comenzó a golpearla brutalmente y a atormentarla sin tregua con espantosas escenas de celos, hasta que un día ella, con su hijo recién nacido que llevaba el mismo nombre del padre, decidió escaparse.

El partido alejó a Cabras, enviándolo de nuevo a Carbonia. Adele se marchó a Turín y comenzó a enseñar en las escuelas secundarias de via Artom. En su apartamento de via Artisti, un lugar despojado pero alegre, invadido por el material de propaganda, los panfletos y los periódicos del partido, a menudo alojaba a amigos y compañeros. De Cabras recibía cartas delirantes, llenas de amenazas y a duras penas inteligibles, pero se esforzaba en ignorarlas. Era una persona sensata y creía que el mundo tenía sentido.

Él le pidió poder visitarlos en Turín para la Nochebuena de 1973. El niño tenía ya casi un año. Adele decidió aceptar, porque le parecía justo que, pese a todo, un padre viera a su hijo. Les pidió solo a dos amigos suyos que se quedaran con ella, como medida de seguridad. Uno era L.B.; el otro era un chico que en los meses anteriores se había hecho muy amigo de L.B., un militante del partido de veintitrés años, estudiante de ingeniería, que se alojaba en uno de los cuartos del apartamento. Se llamaba Roberto. Procedía de Riva del Garda. En la única foto pública que le sobrevive, en el granulado blanco y negro de los periódicos, tiene una hermosa cara, amplia y sonriente, un destello divertido en los ojos, el pelo oscuro con la raya a un lado. Todo el mundo lo quería: era amistoso, amable y lleno de ingenio, y tenía el don de la ligereza, una dote de gran valor en la deprimente grisura monástica del PCI m-l. Escribía poemas, y por lo que parece también eran buenos. Solo un mes antes, L.B. y él habían ejercido de testigos de boda de dos compañeros del partido: Roberto fue el testigo del marido; L.B., de la esposa.

Aceptaron quedarse de buena gana. Estaban convencidos de que, en presencia de dos varones, Cabras se contendría, en el caso de que tuviera intención de cometer alguna locura. A saber por qué estaban allí en Navidad y no en sus casas, con sus familias. También Roberto, dicen los periódicos, había perdido recientemente a su padre. Eran tres personas solas y se protegían mutuamente.

Cabras llegó por la noche, y estuvo afable y cordial. Jugó con el niño junto con Adele, y luego se quedó a cenar con ellos. Sirvió en abundancia un vino tinto y con cuerpo que había traído de Cerdeña, y explicó sus fascinantes aventuras a los dos jóvenes que lo escuchaban, a su pesar, extasiados. Al fin y al cabo, era un viejo héroe comunista. En el 48 había participado en la huelga de los mineros de Carbonia, que habían ocupado las minas durante setenta y cinco días; había pasado seis años en la cárcel. Era un auténtico revolucionario de la vieja guardia. Nadie se dio cuenta de que, mientras con el paso de las horas todos bebían vaso tras vaso, Cabras no probaba el vino. Nadie se dio cuenta en ese momento.

Después de la cena, el postre y las últimas formalidades, acompañaron a Cabras hasta la pensión donde Adele le había reservado una habitación, y cuando volvieron ella les preguntó a sus dos amigos si querían quedarse a dormir. Aún no se sentía completamente a salvo. Le dijeron que sí, quizás hicieron un último brindis con ella, para tranquilizarla conforme todo estaba normal, la faena había terminado, ya no había nada más de lo que preocuparse. Y luego cada uno se fue a dormir a un cuarto diferente, ella junto a la camita del niño, como siempre.

Pero Cabras volvió, a las dos y media de la madrugada. No sospechaba que los otros dos se habían quedado allí. Llevaba encima un cuchillo de carnicero. Logró entrar —no sé cómo, tal vez la puerta se había quedado abierta— y fue directamente al cuarto de Adele. Encima de la camita del niño había un tosco cartel donde estaba escrito «Feliz Navidad», rodeado de estrellas rojas. Cabras se acercó a la cama de Adele, quizás se detuvo un momento para mirarla mientras dormía, para contemplar lo que estaba a punto de destruir, luego se inclinó sobre ella y comenzó a asestarle cuchilladas. Ella se despertó y empezó a gritar, gritos indescriptibles que desgarraron el aire inmóvil de aquella noche tranquila y lluviosa.

Roberto fue el primero en llegar, desgreñado, en camiseta y calzoncillos; L.B. lo seguía de cerca, y cuando entraron en el cuarto vieron que Cabras estaba sentado en la cama, como un matarife paciente. Adele intentaba incorporarse y él la tumbaba de nuevo, dándole otra cuchillada. Había sangre por todas partes, sobre Cabras, sobre Adele, en la cama, en el suelo, en la pared. Roberto se abalanzó hacia él, pero Cabras se giró en el mismo instante con el cuchillo en la mano y se lo clavó en el pecho hasta la empuñadura. Luego lo sacó, siempre con la misma calma. Roberto vaciló, se llevó las manos al pecho y presionó con ellas sobre la herida, miró a L.B., que estaba petrificado en la puerta. Este lo agarró y lo ayudó a llegar hasta su cama, donde lo tendió. La sangre le empapaba la camiseta y seguía saliendo a borbotones. Extrañamente, Roberto permanecía lúcido. Le dijo:

—Puede que me haya alcanzado la aorta, me muero. Ve a buscar ayuda, llama una ambulancia.

L.B. vaciló, y hubo un momento de silencio. Entonces los gritos desgarradores empezaron de nuevo.

Corrió otra vez al cuarto de Adele, donde se había reiniciado la lucha: ella intentaba liberarse, el otro seguía encima de ella, como el íncubo de Füssli, acuchillándola. L.B. se lanzó contra él y consiguió tirarlo al suelo, hiriéndose en una mano; pero Cabras se levantó de inmediato, tambaleante, con la cara no ya de macho cabrío sino de demonio, torvo, aterrador, chorreando sangre, como procedente de las mismas sombras de aquel invierno embrujado. Embistió contra él, pero L.B. logró escaparse y se precipitó por la puerta, en pijama, descalzo. Llamó a las puertas del edificio para pedir ayuda, pero nadie —nadie— le abrió. Y entonces bajó a la calle y empezó a correr.

El muchacho corre. El muchacho corre en la noche. Corre a través de la ciudad, corre en la ciudad sin fin. Mañana cumplirá veintiocho años. La ciudad duerme bajo la lluvia, inconsciente, sin memoria, las persianas bajadas y los postigos cerrados.

Las máscaras de antes han caído, las nuevas máscaras ya llegarán. De momento el tiempo, y él, están suspendidos. Lo que era antes de esta noche... se va agrietando. Está despojado, terriblemente libre, con una feroz, irreflexiva y no solicitada libertad. Es terriblemente inocente. La sangre, la sangre, la sangre. Lo *único* auténtico que irradia la noche es la sangre.

Tendrá los pies heridos, quizás, corriendo así, sin zapatos, sin calcetines, sobre el asfalto. Corre. Esta noche su rostro es invisible. Todo su cuerpo es un acto mecánico que avanza hacia dónde, hacia qué. Cuánto dura la ciudad. Las calles de siempre, las calles del día vivo, ahora irreales y ciegas y desconocidas. No hay ni un solo local abierto, no sabe qué debe hacer. Es inocente. Tiene miedo. Todavía no sabe nada, ya lo sabe todo, para siempre.

El muchacho corre en la ciudad de piedra.

Corrió bajo la lluvia durante kilómetros, sin encontrar a nadie, hasta llegar a casa de Elia y Druina. Pegó el dedo al timbre hasta que uno de los dos le contestó. Bajaron a la calle y lo vieron, temblando, con los ojos vidriosos, el pijama empapado de sangre: una aparición inconcebible, una alucinación de relato gótico. L.B. trató de explicar confusamente lo que había pasado. Morgari no perdió más tiempo hablando: subió a recoger una chaqueta, se la puso por encima y lo llevó hasta el coche para volver juntos a via Artisti. Mientras tanto, Druina llamó a urgencias.

Cuando la policía entró en la casa de via Artisti, encontraron a Cabras todavía sentado en la cama de Adele. Lo detuvieron en el acto y no reaccionó: explicó con tranquilidad que lo único que tendría que haber hecho ella era escucharlo. Adele, increíblemente, a pesar de tener unas cincuenta heridas en las piernas, los brazos, el pecho y los pulmones, seguía aún con vida. En el otro cuarto, en cambio, Roberto estaba muerto. Pero no por la primera herida. Cabras había vuelto a por él, mientras agonizaba en la cama, y lo despachó con otras tres cuchilladas. Llevaron a Adele al hospital, donde la sometieron a intervenciones y transfusiones, y al final, después de algunos días, la declararon fuera de peligro. Sobrevivió.

Hay una foto del muchacho –L.B., mi padre– hecha por un periodista de *Stampa sera* esa noche. Alguien debe de haberle prestado ropa limpia. Lleva un jersey claro y una cazadora con la cremallera subida hasta la mitad. Dos hombres, uno con sombrero, otro que está mirando algo que queda fuera de campo y tuerce la boca en una especie de mueca, le dan la espalda. Aparece a la izquierda una mano abierta: es alguien que habla, los dos hombres lo escuchan. Él no, él mira al suelo. No mira nada. Tiene un labio partido, una tirita sobre el tabique nasal y las manos recogidas en el regazo como si no supiera bien qué hacer con ellas. Las manos están casi fuera del encuadre, pero se vislumbra que una está vendada.

Me gustaría intentar describir la cara de L.B. en esta foto. Al fin y al cabo, las fotos son el único documento que poseo para poder adivinar a tientas algo de sus sentimientos. Pero me doy cuenta de que las palabras se me escapan, se hacen añicos. Está vacío: es un rostro vacío. Es un rostro cuya visión no puedo soportar más que algunos segundos. Luego he de apartar la mirada.

La tarde de febrero en que Agata me habló de la noche de la Navidad de 1973, en aquellos escasos minutos antes de separarnos, el motivo inicial por el que había ido a verla y hasta la montaña de informaciones que me había vertido por encima durante la primera hora habían pasado a un segundo plano. Via Artisti se había ensanchado sobre el resto como una nebulosa durante mucho, mucho tiempo. Al regresar, esa tarde, caminaba con gran lentitud bajo los pórticos desiertos, los puños cerrados en el bolsillo, la cabeza baja; avanzaba de un modo cauteloso y asustado, como si tuviera que aprender a andar de nuevo, mientras mi interpretación de toda una vida se desintegraba.

Recuerdo que me detuve para comprar el periódico justo antes de que cerrara un quiosco, y la voz del joven vendedor, pero también la mía, me parecieron llegar desde otra tierra.

Fue via Artisti, más que otra cosa, lo que me dio la medida del abismo que separaba al hombre a quien creía haber conocido del que debía de estar en realidad dentro de aquel hombre; de la lejanía de la superficie del lago de los tejados invisibles, inalcanzables, de Kítezh.

Mi madre nunca supo nada al respecto. Yo tampoco sabía nada. Via Artisti estaba a pocas manzanas de la casa en la que yo siempre había vivido. ¿Cuántas veces habíamos pasado juntas por allí?

Durante muchas noches, después, sola en la cama de Milán, permanecí despierta en la oscuridad pensando en el muchacho que corría, y el corazón me estallaba de dolor y piedad. Era su mejor amigo, me había dicho Agata. ¿Cómo debe de ser sostener la cabeza de tu mejor amigo mientras se está desangrando? ¿Cómo debió de ser abandonarlo a su suerte y tener que escapar, cierto, para buscar ayuda, pero *aun así* abandonarlo? ¿Qué forma podría tomar una persona después de algo semejante? No lograba imaginarlo: no lograba impulsar mi imaginación hasta un territorio tan monstruoso e inevitablemente abstracto; solo sabía que se me helaban los dientes cuando pensaba en ello, y las punzadas me subían hasta las sienes.

Me preguntaba cuántas veces, en el transcurso de sus noches, se habría hecho un ovillo sobre sí mismo, indefenso, volviendo a ver aquellas imágenes, sin poder taparse los ojos para borrarlas, sin ningún alivio para ese coágulo de horror y vergüenza que le dolía en el pecho. Tendría que haberme quedado, repetía con voz de autómata a las personas que intentaban hablar del tema. Podría haberlo salvado. Tendría que haberme quedado, quedado, quedado, quedado, quedado, quedado, quedado, quedado, quedado, quedado, quedado...

Naturalmente, no habría podido hacer nada. Si se hubiera quedado, también él habría muerto. Pero era inútil decírselo una y otra vez. Asentía, y luego su rostro volvía a cerrarse y se tornaba apagado y lejano.

Los funerales de Roberto aún son un recuerdo terrible para todos los que asistieron. La desolación era inmensa; pero también lo era la consternación en el minúsculo mundo del partido por aquel acontecimiento irreal. Aquel delito sin sentido, y el crimen fallido solo por azar de Adele, los había cometido precisamente uno de los individuos a los que Brandirali había convertido en la encarnación ideal de la pureza seráfica, valiente y generosa del auténtico proletario, un minero heroico, mitológico. Y, además, los compañeros no matan a los compañeros. Nunca se llegó a entender por qué razón Cabras había rematado a Roberto: ¿para no dejar testigos? Pero sabía perfectamente que había otro, que había logrado huir y que lo había visto todo. Y, en todo caso, era bastante probable que quisiera entregarse. La hipótesis de Agata, no tan arbitraria, es que su intención era colocar los cadáveres en la misma cama y hacerlo pasar por un crimen de honor (delito abolido solo unos años más tarde), aunque hubiera un fallo técnico: él no estaba casado con Adele; de hecho, los periódicos la calificaban de «examante», y a él, «homicida por amor». De todos modos, cualquiera que fuera el motivo por el que mató a aquel muchacho desconocido, en los juicios nunca dejó de echarle la culpa a Adele y al partido, que primero había sellado esa unión y luego los había separado, aunque él quería casarse con ella. Antes de partir hacia Turín, había preparado incluso una carta para el hijo, en la que le explicaba que su madre era una puta.

Pero no logró matarla. Después de recuperarse, Adele vivió mucho tiempo con su hijo junto a Elia y Druina y el hijo de estos; temía quedarse sola incluso por unas pocas horas. Y tenían al testigo: L.B. Hay una foto del proceso de apelación, un par de años más tarde, donde se le ve hablando con una expresión al mismo tiempo alterada y afligida. Los excompañeros se guardaron de pronunciar una palabra en defensa de Cabras, todo lo contrario: lo definieron sin medias tintas como un fascista. Se sabía ya que era violento y que molestaba a los militantes, pero más tarde se descubrió también, me dijeron, que había abusado de una hija suya pequeña, más de veinte años atrás. Condenaron a Cabras en firme a veintiocho años de cárcel, porque los jueces no consideraron la premeditación, a pesar de que aquella carta a su hijo podría hacer suponer que ya había tenido la idea antes. «Mató cegado por la pasión.» No he encontrado noticias sobre su muerte, pero supongo que no volvió a ver la calle nunca más.

En una ocasión L.B. llevó a Agata a la tumba de Roberto, en Riva del Garda. Se quedó largo rato contemplando la lápida con las manos en los bolsillos, sin hablar. El viento le desordenaba el pelo y hacía que el cuello del impermeable le azotara las mejillas. Estaban ellos dos solos en el cementerio, o eso parecía; el cielo se veía alto y gris y las montañas agrupadas alrededor parecían gigantes acuclillados sobre los talones.

—Si solo… —dijo en un momento dado, con voz afligida.

Ella le apretó el brazo, apoyó su cabeza en el hombro de él y con lentitud negó con la cabeza.

Tendría que haberme quedado, quedado, quedado, quedado, quedado.

Esta es ya una historia olvidada. Un repugnante hecho de la crónica de sucesos, relegada al fondo de los archivos de los periódicos como la mayor parte de los crímenes que ya no interesan a nadie, porque el caso se cerró esa misma noche. No había misterios adicionales. Concernía solo a las personas que habían sobrevivido y que deberían lidiar con ello el resto de sus vidas.

Pensaba en la mujer. Adele. En cómo habría sido para ella cargar con el peso de Roberto, el hecho de que hubiera muerto para salvarla: se lo dijeron solo cuando se recuperó. Pensaba en el terror que debía de habérsele adherido como lodo viscoso. En las terribles cicatrices que llevaría en su cuerpo para siempre, para recordarle cada día lo que le había pasado, incluso cuando no quisiera pensar en ello. Pensaba en el hijo, y en qué vida habría llevado después de todo aquello. Esperaba que fuera feliz, que ambos hubieran logrado ser felices, de una forma u otra, y alejarse de via Artisti. De ella me dijeron que siguió en el movimiento en Turín aún durante algunos años, militando en grupos feministas; luego se trasladó a Milán y tal vez se casó, pero nadie conocía su paradero.

Intenté buscar su nombre en la guía telefónica online, sin mucha convicción: no sabía si realmente quería encontrarla. Y en tal caso: ¿para qué? ¿Para recordarle una vez más aquella noche aterradora? Por supuesto, también poseía un trozo de mi padre, pero sabía que ese trozo era indisoluble de lo que había pasado. Había tres Adele S. en la guía. Se me erizó el pelo en la nuca: una, la milanesa, vivía en la placita arbolada a escasos cientos de metros de mi casa en Milán. ¿Sería posible que, más de cuarenta años después, nos separaran tan solo cinco minutos a pie?

Al final, después de darle vueltas y más vueltas, marqué el número de esa casa. Esperé a que descolgaran, temblorosa, preguntándome qué podría decir, si estaba haciendo o no lo correcto. Pero una voz automática me dijo que ese número no existía.

Al día siguiente me planté delante del portal. No sabía si realmente me atrevería a tocar el timbre, pero solo quería saber si todavía estaba allí, si estaba viva. Siempre que se tratara de ella. Pero era de esa clase de timbres que no indican los apellidos, solo los números con que marcar un código. Fui a sentarme en un banco. En cierto modo, me sentía aliviada.

Una vez, mientras estaba con unas amigas que habían venido a verme desde Turín y volvíamos a pie hacia casa, en pleno verano, nos cruzamos en esa plazoleta con una anciana, que a simple vista tenía más o menos la edad que podría tener Adele, y me detuve un instante: había algo en sus rasgos que me recordaba a los de la Adele que había visto en las fotos de los periódicos. Pero quizás solo era mi pesar el que creaba ese parecido.

Proseguimos cada una su camino, la señora y yo.

La segunda vez que vi a Agata fue en su casa, hacia mediados de abril. Era la casa nueva, donde yo nunca había estado; ya no era el apartamento con balcón desde el que se veía la aguja de la iglesia. Esta era más grande, en el barrio más encantador de Turín, donde calles enteras de edificios modernistas sobrevivieron a los bombardeos de la Segunda Guerra que arrasaron media ciudad, y en todas partes florecen preciosos miradores, portales de estilo gótico, estucados, criaturas de piedra y vidrieras variopintas. Agata estaba contenta de verme: me enseñó las habitaciones, también las de sus hijos ya mayores, una a punto de acabar la universidad y que en ese momento estaba en Bélgica, y otro en último año de secundaria; era un apartamento hermoso, elegante y cuidado con esmero. Me dijo que el armario de su hija, enorme, azul zafiro, era uno de los muebles que les habían regalado a mi padre y a ella para su boda; todavía estaba intacto, cuarenta años más tarde. También la cocina procedía de aquella vida anterior, como los dos cuadros situados junto a la puerta, convulsos dibujos al carboncillo de obreros al estilo Guttuso, regalo para ella y L.B. de un amigo pintor, que habían colgado en todas las casas donde habían vivido. Y en su dormitorio conservaba un arcón y un espejo con el marco de madera de olivo que procedían de Monte Sant'Angelo. De manera que algunos objetos que pertenecieron también a L.B. aún existían, en algún lugar; y habían entrado a formar parte de vidas ajenas, adaptándose a esas otras vidas y siendo, en cualquier caso, una especie de testimonio: me pareció hermoso.

Agata preparó el té y me lo sirvió en el salón, pidiéndome que me sentara en un sillón enfrente de ella. En la mesita había un viejo álbum lleno a rebosar: lo abrió y me mostró las fotos color sepia del día de la boda de L.B. y ella, en octubre del 74. Todo el mundo estaba muy serio, casi compungido. Vislumbré a mi abuela, minúscula, a mis tíos, y vi a la familia de Agata: el hermano pequeño y su hermanita, la madre, el padre. Solo mientras firmaban el acta matrimonial sus caras se veían un poco más luminosas. También estaba la tía Ziella, la única que lloraba conmovida como le corresponde a un familiar en una boda, con una expresión a medio camino entre Anna Magnani y santa Teresa de Ávila. Agata vestía un traje pantalón cuyo origen y detalles me describió con minuciosa precisión, y se la veía mayor, y más triste, de los dieciocho años recién cumplidos que tenía. Su testigo era una chica rubia con la cara pálida, una militante del PCI m-l impuesta por el partido. El testigo de L.B. era un profesor de arquitectura, a quien había conocido en su asidua frecuentación de gente de esa facultad en las asambleas donde a menudo mantenía reuniones. L.B. llevaba un traje claro con el pantalón de pata de elefante, y en las fotos en el exterior del Ayuntamiento sonreía con más convicción. También Agata tenía un aspecto más relajado.

Había además otras fotos, de vacaciones, las azarosas vacaciones que hacían cuando iban a la aventura, con solo calderilla en los bolsillos, grupos de diez o quince personas que a menudo dormían en la playa o acampaban en las pinedas; y luego fotos en el barco de alguien, quizás en el 75 o en el 76, en las islas Tremiti. Agata me señalaba las caras, me decía nombres e historias, cómo había acabado este y cómo había acabado el otro, cuando lo sabía, me hablaba de amores infelices y de amores afortunados. En una también estaban Cecilia Longoni y su hermana; Cecilia, la chica del piso de via Petrarca, con el pelo corto y una cara enfurruñada de niña, estaba en la popa con los codos apoyados contra el parapeto del barco. La conocería justo un año más tarde y me hablaría entonces de una vez que fueron costeando el Gargano con el barco de un amigo, quizás el mismo de aquellas fotos, debía de ser ya la época en que L.B. se había reconciliado con la familia, dijo, y en un momento dado oyeron que desde una playa les gritaban «¡Eeeh! ¡Eeeh!», y allí estaba él, L.B., que llegaba nadando jubiloso, incrédulo, estáis aquí, no me lo puedo creer, tampoco ellos se lo podían creer, era una coincidencia demasiado prodigiosa. Lo recogieron y amarraron el barco allí para pasar el día. Había fotos de Grecia en el 80, con Misa y Ester y Altea con pocos meses, toda ella redonda, con un sombrerito de algodón en la cabeza, y una en la que L.B. observaba con curiosidad a un cocinero mientras preparaba algo en un gran espetón horizontal. Había también una foto, esta en color, de la boda de una amiga de la facultad de Derecho en los años ochenta, y ahí ya comenzaba a tener las facciones de mi padre, el que yo conocía, con entradas, algunas hebras grises entre los cabellos y en la barba.

Entonces Agata me contó la segunda parte de lo que yo quería saber; a veces los ojos se le llenaban de lágrimas; fue ese día cuando me habló sobre Druina, abriendo los brazos en el sillón. Lo que contaba en cierto sentido era un final, y resultaba muy doloroso para ella. No el final de su matrimonio, sino el final de muchas otras cosas. Era extraño pensar que el final de su historia había significado mi existencia. Pero, en mi opinión, Agata ni siquiera pensaba en ello. Se sentía —y de esto estoy plenamente convencida— muy feliz de que yo existiera; de entrada, en cuanto hija de mi padre, y ahora porque era yo. Es más, una vez me dijo algo curioso: que le sabía mal que su padre, el de ella, hubiera muerto antes de que yo fuera concebida, porque para él habría sido una alegría saber que Leonardo había tenido una hija. Y pensar que al principio no estaba en absoluto contento con esa unión, porque Agata era demasiado joven, porque no quería que se metiera en política: tenía miedo de que le pasara algo. De todas maneras, más tarde, de algún modo L.B. y él debían de haber sentido un afecto recíproco.

Al final Agata me dijo:

—Tengo algo para ti.

La seguí a la cocina. Sobre la mesa había un sobre apaisado de papel blanco en el que no me había fijado antes; comenzó a sacar más fotos.

—Estas —dijo con la voz henchida por la emoción— son fotos de su infancia y de su adolescencia que tu padre olvidó en mi casa. Las he conservado siempre. Ahora te las doy a ti, todas. He hecho fotocopias, así podré recordarlas aunque tú tengas los originales.

Las cogí y, después de respirar profundamente, comencé a mirarlas. La única que llevaba una fecha en la parte posterior, abril de 1956 —mi padre tendría pues diez años y medio—, era la foto para algún documento de un niño muy guapo y muy serio, el pelo ondulado peinado con la raya a un lado, vestido para la ocasión con una chaqueta elegante. En otra (debía de haberse tomado durante una excursión en la secundaria, dijo Agata), el mismo chiquillo con los ojos entrecerrados por el sol, la cara colorada y sembrada de pecas y el flequillo alborotado en la frente, un jersey a rayas y el aspecto de quien se ha parado solo un segundo mientras corría; un profesor con gafas ahumadas le pone una mano sobre el hombro, y detrás de ellos se ve la curva en horquilla de una playa y un cielo nublado. Y luego la última: el chiquillo delgadísimo, en bañador, el pelo mojado, sentado en la orilla con las manos en el agua, con una pierna doblada por debajo de él y la otra extendida, una sonrisa que ilumina el blanco y negro desvaído y llena todo el mar en calma por detrás de él y llega hasta los bañistas en el horizonte. El chiquillo con mi cara, el chiquillo feliz en la playa.

Pero la que más me impactó fue otra foto de carnet, en la que aparentaba una veintena de años; así pues, debían de haberla tomado entre el 64 y el 66: allí estaba decididamente cerca del principio de la historia que yo trataba de reconstruir. Estaba irreconocible, aún más diferente de sí mismo que cuando era un chaval: un joven guapo y austero, como siempre peinado con la raya a un lado, un jersey oscuro con el cuello de pico, las cejas más pobladas pero rectas como siempre, los ojos penetrantes que miraban de tres cuartos, los labios carnosos. No lo había visto nunca sin barba o sin bigote. Me encontraba desarmada delante de esa cara noble, lisa y extraña. No se parecía a él y era por tanto una nueva identidad, que me provocaba un efecto de extraña violencia y fascinación, un efecto similar, en cierto sentido, al que me había provocado el informe de la defensa: allí, en aquella pequeña fotografía que me cabía en la palma de la mano, era plenamente L.B., el desconocido.

—Qué guapo era —dije, estupefacta.

—Sí, ¿verdad? —dijo Agata.

Nos sonreímos.

Volví a mirar la foto del muchacho, luego las fotos del niño, y una a una las introduje de nuevo en el sobre. Así que ya lo tenía, el niño fantasma y fantaseado en la niebla de la ciudad sobre la montaña que nunca había sido capaz de imaginar, y que ahora tomaba cuerpo, o mejor dicho, deseo, sí, deseo: amor perdido, amor no demostrado...

En Milán la vida proseguía, en cierto sentido, bien, aunque no me daba la impresión de avanzar; siempre tenía una sensación de fijeza, de espera, que no entendía. ¿Es posible pasar la vida entera en suspensión? En los períodos en que no tomaba somníferos dormía como máximo cuatro horas por la noche y siempre estaba agotada y con náuseas, y en los períodos en que los tomaba tenía alucinaciones antes de dormirme y me pasaba el día en un estado de somnolencia embotada. Y aun así seguía encontrando el mismo placer en mis paseos, en los nuevos encuentros que luego se transformaban en amistades, en las visitas de mi madre con quien iba a las exposiciones y deambulaba por la ciudad y a la que llevaba a comer a mis sitios favoritos, en los fines de semana con N. y en mi casa despojada. No había colgado nada en las paredes y no había hecho nada para sentirla mía, aparte de las pocas decenas de libros que había logrado apilar en la pequeña estantería: tenía suficiente con aquello, un espacio que representara mi nueva libertad.

Había comenzado a colaborar también con otras editoriales, así que me pasaba todo el día leyendo. Por la mañana me levantaba y me preparaba un café, luego me vestía e, hiciera el tiempo que hiciera, me iba a un bar o a una biblioteca que no estuvieran demasiado lejos —en los días de buen tiempo, ni demasiado cálidos ni demasiado fríos, aprovechaba no obstante para alargar el paseo, o bien hacía una parada en el banco de un parque— y leía manuscritos. Por la noche, antes de cenar, escribía las fichas, una detrás de otra. Si no salía con alguien, trabajaba también después de la cena, hasta bien entrada la noche, sobre todo en las semanas de ferias editoriales, cuando me llegaban lecturas a espuertas. Esto no impedía que leyera también por placer. Leía muchísimo: recuperé a los autores italianos, a los que casi había ignorado por completo en los años precedentes, dedicados primero a los americanos, luego a la literatura hebrea e israelí, luego a los ingleses y a los franceses y, finalmente, a los rusos. Leí a Giorgio Manganelli, Michele Mari, Anna Maria Ortese, que me trastocó y de la que me enamoré irreparablemente pese a que su exaltación a veces me ponía nerviosa, Juan Rodolfo Wilcock, que si bien no era realmente italiano era como si lo fuese, Lalla Romano, Tommaso Landolfi, Goffredo Parise, los libros que me faltaban de Primo Levi, de Natalia Ginzburg, de Dino Buzzati y de Marina Jarre. También descubrí otros autores: Clarice Lispector, Danilo Kiš, Aleksandar Hemon, Martin Amis, Annie Dillard, Julio Cortázar, Magda Szabó. Leí a algunos italianos contemporáneos, tratando de superar el prejuicio idiota que siempre tenía, entre otras cosas porque algunos de ellos se habían convertido en amigos míos y me interesaba ver cómo llevaban a la práctica sus ideas sobre la página. Releía las cosas que más me gustaban y seguía descubriendo en ellas algo nuevo la mayoría de las veces. Y leía ensayos, testimonios y documentos referentes a los años de la vida de mi padre sobre los que quería escribir, además de buscar películas de la época, filmaciones y documentales. Leía sin parar. Tenía la cabeza rebosante de voces. Era maravilloso.

Ya no tenía la sensación de haber renunciado a algo; un doctorado, por ejemplo: la vida académica no me atraía, aunque me gustaba la teoría de la literatura y me habían gustado los profesores que me la habían hecho descubrir. Pero tampoco estaba completamente satisfecha. Advertía oscuramente que el tiempo pasaba y yo no hacía nada para decidir cuál sería mi función.

Soñaba con algo que se pareciera a las comunidades de escritores, críticos, poetas y pintores de las dos primeras décadas del siglo XX en Petrogrado, a los *émigrés* rusos en Berlín y París, a los turineses de entreguerras y de los años cuarenta y cincuenta, o a los franceses de la posguerra: en definitiva, no soñaba con grupos cerrados unidos por una ideología artística, que no me interesaban lo más mínimo, sino con aquellas complejas, fluctuantes reuniones entre sujetos diferentes que mantenían firmemente su propia individualidad y sin embargo leían a los otros sus poemas o pasajes de sus novelas a medida que avanzaban, discutían sobre ello hasta altas horas de la noche, se encontraban en los mismos lugares y producían el incesante, multiforme, entusiasmante intercambio de ideas que me extasiaba en las memorias y en las correspondencias de aquellos autores.... ¿Cómo olvidar la descripción de Sklovski de la Casa de las Artes inmediatamente después de la revolución, donde en cada cuarto había alguien pensando, trabajando o charlando con otro, abrigados con todas las mantas posibles y medio muertos de hambre, y «por las escaleras, las oscuras escaleras, subía el poeta Ósip Mandelstam», quien borbotaba para sí mismo los versos para un próximo poema?

Una vez se lo dije, titubeante, a un amigo mío, escritor y traductor, unos quince años mayor que yo y también más avispado, quien había participado en las experiencias de las primeras revistas online y luego se había distanciado, mientras tomábamos un café en una pausa en la biblioteca: y pensé en lo joven y tonta que sonaba mi voz mientras hablaba del hecho de que habría sido bonito hacer como cincuenta o cien años atrás, reunirse en grupo, leer y conversar cara a cara, que era algo que yo echaba de menos.

—Lo intentamos, hace un montón de años. Pero no seguimos adelante. Es algo que ya no funciona —me dijo.

—¿Por qué?

—Podría haber infinitas razones. Pero la verdad es que es así y punto. Cosas de este tipo ya no existen ni siquiera en otros países, si te fijas.

Apreté los labios, irritada, y no insistí. Quiero decir: lo habían logrado hasta los *turineses*.

Solo podía constatar que mis fantasías románticas eran irrealizables, aunque no entendiera el motivo. Parecía que solo era posible verse en grupos de tres, cuatro como máximo; en el segundo caso, era ya un gran acontecimiento. Las casas eran inviolables. La gente ya solo se reunía para protestar contra acontecimientos infaustos o para recaudar fondos, para indignarse o bien para mofarse de alguien que había metido la pata más o menos gravemente o había escrito un libro o un artículo mediocre o presuntamente mediocre (o bien, y esto no dejaba de asombrarme, para poner por las nubes un libro igualmente mediocre). Los autores se quejaban porque no los leían; los traductores se quejaban porque se les ninguneaba; los críticos se quejaban porque la narrativa contemporánea era horrible o porque nadie mostraba consideración hacia la crítica; los autores de literatura infantil y juvenil se quejaban de que nunca se les consideraba escritores «de verdad» (y en esto no se podía más que darles la razón) y se encerraban en una especie de reserva desde donde lanzaban sus gritos de desdén, fueran las que fueran sus cualidades, verdaderas o supuestas. Estaba la habitual, aburrida y veterotestamentaria querella entre los que defendían que los intelectuales estaban moralmente obligados al compromiso civil y los que no, los intelectuales no tenían ninguna obligación moral... autoproclamándose tácitamente como tales, notaba con malévola diversión. Todas las proclamas generacionales («*nuestra* misión es...») hacían que me entraran ganas de salir por piernas. Estaban las revistas, que sin embargo casi nunca daban pie a reuniones físicas entre personas que de buena gana se leían mutuamente. Era, y es todavía ahora, una época pobre, en la que cualquier dinámica emocional e intelectual solo podía darse con otra mónada, en la mesita de un bar o por teléfono.

Las cartas habían desaparecido: a ninguno de nosotros le sobreviviría un epistolario como los que existían hasta hacía un par de décadas, donde aparecían retratos de personajes conocidos o no, el sentido del humor privado, sus propias ideas sobre la escritura. ¿Qué quedaría de todos nosotros? De tanto en tanto nos decíamos con un amigo: Vamos a escribirnos cartas. Pero luego la idea se quedaba ahí, seguíamos limitándonos a los mensajes y a los correos electrónicos donde no íbamos mucho más allá del «¿Cómo estás?» de rigor. Ya no éramos capaces de llevarla a la práctica.

Durante algún tiempo existió un proyecto que se parecía un poco a lo que yo anhelaba, organizado por personas de la editorial para la que trabajaba como asesora: nos reuníamos y leíamos por turnos un pasaje de un libro «triste». Se descubrían muchas cosas de las otras personas y de autores que nunca habías leído. Pero las reuniones fueron en total unas cinco. En una de estas leí *La evasión* de Katherine Mansfield. Otra chica, por entonces colaboradora de la misma editorial, leyó un pasaje de *A los treinta años* de Ingeborg Bachmann sobre la angustia del tiempo que apremia, sobre el hecho de tener por delante un único camino que seguir y no ya una variedad infinita de elecciones. Era agraciada, rubia y muy triste, a juego con el tema de la velada. Fuera del local le dije que ese miedo me parecía muy lejano o incluso inconcebible. Un día, tiempo después, recordaría con una sonrisa esa conversación.

Pero cuánto me gustaban las personas, cuánto me interesaban... Me temo que mucho más de lo que ellas querían revelar de sí mismas. Y desde que había empezado a indagar en el pasado de L.B. y de aquellos con los que hablaba, este interés se había expandido como la rosa en *La tumba de los luchadores* de Magritte, que termina ocupando un cuarto entero. Me parecía que comenzaba a ver a las personas realmente, que esa extraña distancia que había sentido en los años pasados (¿o tal vez desde siempre?) respecto a las caras y las vidas se había reducido. Pero seguía existiendo: me daba cuenta perfectamente de que continuaba viviendo de un modo muy abstracto. A mi alrededor la realidad proliferaba, pero yo era mera espectadora. Aún no me explicaba por qué las farolas que flotaban en la niebla de via Paracelso en una noche de densa niebla invernal o las absurdas agujas de los pináculos aguamarina del Instituto de Estudios Químicos, el «Kremlin» de la Ciudad Universitaria, que de repente asomaban por detrás de las copas de los árboles, me causaban un determinado efecto; o por qué a veces mi conciencia se perdía en esos vagabundeos al revés, sin pies ni cabeza, que dejaban solo como estelas luminosas un destello azul marino, un sendero nocturno en una isla, la penumbra de una buhardilla, la planicie de los templos de Paestum que tremolaban en el aire ardiente de un día de agosto; lo sentía, pero no indagaba en ello: eran aún aquellas imágenes dispersas, aquel vago mirar.

Y así, en octubre del 74, L.B. y Agata se casaron cumpliendo órdenes superiores, y comenzaron la vida juntos en el frío e inhóspito apartamento de Villar Perosa que ella tanto odió; de todo aquel período —obviamente no podían permitirse una cámara fotográfica— solo queda una foto en blanco y negro, minúscula y desenfocada, que Agata encontró recientemente en el fondo de un cajón, y que me entregó disculpándose por su pésima calidad. A saber quién la hizo. Se ve a L.B. sentado en una cocina desnuda, en jersey y camisa, una mano sobre el pecho: la cara se ha desvaído, es casi invisible. Solo se ve que lleva bigote y sonríe. Al mirarla, he tenido la esperanza, por él, por ellos, de que aquella vida tan difícil, llena de privaciones y de amargura, pudiera contener también algunos momentos de alegría.

La crisis económica seguía haciendo estragos. Los precios del pan, la carne, el azúcar y la gasolina aumentaban casi cada semana. En algunas zonas de los barrios populares, los militantes de la izquierda extraparlamentaria organizaron la autorreducción de las facturas de electricidad y de los alquileres, que pronto se extendería como una mancha de aceite por casi todas las grandes ciudades, un verdadero instrumento de lucha contra el aumento del coste de la vida. Y muy a menudo, los trabajadores de Enel enviados a cortar la corriente en aquellas casas luego no lo hacían, por pura y simple solidaridad. Aparecieron casi por doquier «mercadillos rojos» donde se vendían productos de primera necesidad a precios bajos, «precios políticos», como los llamaban. Y también aparecieron los primeros desempleados, criaturas anómalas forzadas a una inmovilidad sin objeto y quizás sin final, que vagaban perdidos por las ciudades en su nada repentina. Dentro de las cárceles estallaban motines uno tras otro, y se dio el caso de que se disparó a detenidos que ya se habían rendido. Las Brigadas Rojas se atrevieron por primera vez a secuestrar a un juez, pero el Estado se negó a negociar con ellos, pese a las cartas de súplica que el juez escribió a casi todo el mundo. Aun así, treinta y cinco días después fue liberado.

Se celebró el referéndum sobre el divorcio, y fue una auténtica fiesta cuando ganó el no y el divorcio no se derogó, una fiesta llena de emoción. Y luego llegó la segunda bomba, en la plaza de Brescia. Y la tercera, en agosto, en el tren.

Fue también el año en que Agata logró convencer a L.B. de que escribiera la tesis, que fue aprobada por unanimidad. Pude hacerme con esa tesis hace solo dos años; la había dejado, quién sabe por qué, en casa de una amiga suya conocida en los años ochenta. Como me dijo Agata, era un trabajo sobre la relación entre los tumores broncopulmonares y pleuríticos y el entorno social. La leí con cierto interés. Para aquellos años, en que aún se perseguía el fantasmagórico «virus» del cáncer, resultaba bastante avanzada, aunque, obviamente, entre líneas se hablaba de política: es más, en un determinado punto L.B. escribía explícitamente que a la patronal le convenía que las investigaciones siguieran orientadas hacia un virus legendario, para no tener que asumir la responsabilidad de aquello que podían haber provocado a sus trabajadores. También tomaba en consideración la posibilidad, citando a Dulbecco, de que algunos tipos de cáncer tuvieran su origen en un virus, pero la mayor parte, afirmaba, se debían sin duda alguna a una degeneración celular provocada por causas ambientales.

Durante algunos meses, después de licenciarse, cooperó con el Instituto de Anatomía e Histología Patológica, investigando para ellos. Y en un momento dado, no se sabe cuándo ni por qué, dejó de hacerlo.

Estaba a punto de comenzar el breve interregno de la Carretera de las Cacce: la última batalla que L.B. libró dentro del partido.

La Carretera de las Cacce estaba en uno de los nuevos barrios de casas populares construidas con el apoyo de la Fábrica en los límites de la ciudad; un lugar completamente aislado y de una extraña fealdad, sin farolas en las calles, sin tiendas y lejísimos de la última parada de autobús, con las calles sin asfaltar que en otoño e invierno se convertían en una enorme ciénaga permanente en la que los cinco mil habitantes, casi todos ellos inmigrantes, se movían con linternas y botas de agua. Por un error de construcción, las tuberías se habían desencajado y aún no las habían reparado, y la calle parecía bombardeada. Los niños, cientos —todas las familias eran de seis, siete, diez personas—, tenían que recorrer kilómetros por el barro para llegar a las escuelas más cercanas y regresar en la oscuridad a lo largo de aquella especie de zona de guerra; y se iban a jugar a la pelota a los barrios vecinos, donde las calles estaban asfaltadas, y de allí también los echaban, no fuera que rompiesen los cristales; su única diversión era entonces hacer flotar barquitos de papel sobre el agua de la ciénaga, una especie de penosa parodia de los niños parisinos en la fuente del Jardin du Luxembourg. A veces, por suerte, había alguna distracción: cuando un camión de mudanzas, por ejemplo, se empantanaba en el lago de barro y escombros, y una excavadora tenía que venir para sacarlo de allí. La recogida de basuras parecía haberse olvidado de la existencia de la Carretera de las Cacce; en cuanto a los médicos, la mayoría se negaba a realizar visitas domiciliarias para no tener que cruzar aquella ciénaga.

Y, a pesar de todo esto, las casas de nueva construcción aún sin habitar en medio de aquel lodazal estaban en el centro de las ansias de miles de personas: veinte mil, para ser exactos, cien arriba, cien abajo, que habían presentado su petición a la Cámara de Comercio para dos mil doscientos cuarenta pisos, allí y en Falchera, el otro barrio de reciente construcción del Instituto Autónomo de Casas Populares, IACP, en el lado opuesto de la ciudad, en el extremo de la periferia norte. Los nuevos adjudicatarios se sortearían según una puntuación calculada a partir del número de miembros de la familia, los años de cotización pagados, el estado de salud del cabeza de familia, las condiciones de la morada en la que vivían, etcétera. El problema estaba en que todos ellos se encontraban en condiciones similares. Desahuciados, despedidos, familias de diez personas que vivían hacinadas en uno o dos cuartos con los servicios en el balcón compartidos con todos los demás de la galería, y que pagaban alquileres más allá de la indecencia, jóvenes peones llegados hacía poco tiempo que nunca podrían alcanzar esa puntuación porque tenían la desgracia de estar sanos y de tener pocos meses o pocos años de cotización a sus espaldas. ¡Crueldad del Requisito! ¿Cómo se asigna una puntuación a la desesperación absoluta? ¿Cuáles eran las peores chinches, qué agujero era más siniestro, qué ratas las más crueles, qué constructor más vampiro?

Veinte mil solicitudes, y todos los miembros de una familia que estaban detrás de cada una de esas solicitudes: ¿cuántas personas podía haber? Una entera y nueva ciudad fantasma de habitantes no-habitantes, que la otra ciudad, la oficial, la *real*, la metrópoli de las fábricas, había ido rebañando durante décadas como una boca insaciable sin preguntarse nunca, salvo cuando era demasiado tarde, dónde podría meterlos, dónde podrían llevar una existencia que no fuera ya una sepultura en vida. Una casa de verdad, una casa para seres humanos. Aunque afuera siguiera existiendo la ciénaga, la soledad y la distancia inabarcable respecto a los «otros».

En un solo día empezó y concluyó la extracción, y la sentencia cayó como una piedra sobre la cabeza de los excluidos, diez veces más que aquellos a los que se les había asignado una vivienda.

Aproximadamente tres semanas más tarde, en la noche entre el veintiséis y el 27 de septiembre de 1974, Emanuele Pariante, junto con otros miembros del PCI m-l y de otros grupos extraparlamentarios de izquierda, reventó las puertas de las casas populares todavía vacías y no del todo acabadas de la Carretera de las Cacce. En ese momento L.B. no se encontraba allí, llegaría unos días más tarde, me dijo Pariante. Al amanecer, hicieron entrar a los ocupantes: ciento veinte familias, hombres, mujeres, ancianos y niños. Casi todos ellos procedían de los tugurios pútridos y llenos de ratas que seguían en pie en la zona de Barriera di Orbassano, entre los nuevos edificios construidos en los años cincuenta y sesenta. Llevaban consigo sus escasas pertenencias recogidas en sacos y nada más. El comité formado para gestionar la ocupación contaba con un gran reflector para iluminar las diversas plantas mientras las familias se instalaban. Inmediatamente después, la mayoría de los hombres, que eran casi todos obreros, se fue a trabajar, mientras que las mujeres permanecieron custodiando las casas y encendiendo hogueras en los patios, ayudadas por los militantes. La empresa constructora responsable de la Carretera de las Cacce los denunció de inmediato por ocupación ilegal y la policía y los carabineros sitiaron el barrio, listos para ejecutar la orden de desahucio en cuanto llegara. Después se retiraron. En los días siguientes hubo un constante ir y venir de gente llevando comida, ropa, mantas, estufas, bombonas, agua limpia, y siguieron llegando nuevas familias de ocupantes, la gran mayoría de obreros de la Fábrica.

La intención no era ocupar las casas de los legítimos adjudicatarios, quienes por otra parte no iban a tenerlas antes de mediados de noviembre. Sabían perfectamente que los otros eran tan pobres como ellos, y que tenían la misma necesidad. Rechazaban con desdén el desagradable jueguecito de la «guerra entre pobres» que de inmediato todo el mundo invocó. Era solo un acto de protesta, declararon el domingo en la Casa del Pueblo de Mirafiori, cuando se reunieron, junto con un numeroso grupo de obreros del barrio, con los representantes del Ayuntamiento, de la Región y del IACP. Se trataba solo de una acción. Algo que los sacara de una vez y para siempre de la abulia hipnótica del *hecho*: es así, siempre ha sido así y siempre será así, solo cabe aceptarlo, aceptarlo, aceptarlo. Esta es la vida que la burocracia celestial nos ha asignado por algún extraño sino; no hemos alcanzado la puntuación.

Pero al Sindicato de Inquilinos, al IACP y a la Gescal no les interesaban los escándalos intrínsecos de la existencia: esa gente había ocupado ilegalmente y tenía que marcharse. Los organizadores de la protesta también se mostraron duros. La ocupación se terminaría solo y únicamente cuando se encontrara una solución temporal pero decente a la espera de la construcción de nuevas casas también para las personas que se habían quedado fuera en el sorteo; por ejemplo, requisar los casi treinta mil pisos vacíos que había en Turín. No en diez años, no en veinte: lo antes posible. Así que, por el momento, no pensaban moverse ni un milímetro.

Un delegado de PCI dijo por el micrófono que el problema de la vivienda no se podía resolver de esa manera, que era más «general», que era necesaria una amplia movilización; y en ese punto alguien lo interrumpió gritando que llevaban toda la vida diciendo que eran necesarias huelgas y amplias movilizaciones; pues entonces que hicieran de una vez esas movilizaciones y esas huelgas, y ellos ahí estarían. Tal cosa nunca sucedió.

Pariante desapareció casi de inmediato de la Carretera de las Cacce, pero L.B. se quedó. Mientras el PCI m–l se estaba desmoronando en otra parte, él seguía con aquella agotadora y solitaria lucha junto a un pequeño grupo de militantes del partido y otros de Lucha Comunista.

Organizaron la ocupación siguiendo el modelo de la fábrica: cada escalera tenía su delegado, se asignaban los turnos a los piquetes de escalera, se informaban cada día sobre los problemas de los que ya estaban allí y de los que llegaban, dirigían las asambleas y controlaban que todos los ocupantes participaran del mismo modo en la lucha común, y que, aprovechándose de la situación, no se infiltraran intrusos que no tenían realmente urgencia de una casa.

Unos días más tarde comenzó también la ocupación del barrio de la Falchera, y el IACP entregó rápidamente las llaves a los asignatarios: pero, en un movimiento inesperado, gran parte de estos se unió a los «ilegales», reconociendo que aquella era una batalla que los concernía a todos, que la suerte casual que habían tenido no convertía la necesidad de los otros en menos sacrosanta, y rechazando la división creada por una puntuación que ellos mismos consideraban arbitraria. Entre ellos se llamaban compañeros, y esa palabra que podía parecer desgastada adquiría una nueva pureza, una nueva intensidad. Sabían que no era algo que solo concernía a esos barrios o una ciudad; era algo que lo abarcaba todo, la injusticia de siempre y la del presente, el país entero, su propia humanidad, y ese derrumbe aún sin definir que presagiaban próximo, cuyas señales aparecían ya, y contra el que querían furiosa, perdidamente luchar hasta el final.

Fue un largo otoño. Toda la ciudad ardía por las ocupaciones, y el problema de la vivienda resultaba aún más trágico porque la crisis inmobiliaria estaba en su apogeo y no había perspectivas de mejora a corto plazo. Las obras estaban paralizadas, miles de albañiles corrían el riesgo de ser despedidos porque ni siquiera había dinero para garantizar los subsidios. Solo había manifestaciones de protesta, infinitas reuniones sin resultado entre el Ayuntamiento y los delegados de los ocupantes, continuos aplazamientos para ganar tiempo, y el rebote de responsabilidades entre los órganos competentes. Nadie daba ni un paso atrás: el Ayuntamiento quería que se liberaran las casas de inmediato, y solo entonces se hablaría de posibles alojamientos para las familias de ocupantes; los comités querían una solución simultánea para todo el mundo.

Llegó el frío, y el comité de la Carretera de las Cacce pidió varias veces que por lo menos se conectaran el agua, el gas y la luz. Hasta ese momento para cocinar y calentar los cuartos se las habían apañado con las bombonas, pero ya no era suficiente, las habitaciones estaban heladas. Las alcantarillas todavía estaban abiertas: cada día se hospitalizaba a alguien por alguna enfermedad infecciosa. Los ocupantes fueron a manifestarse delante del acueducto para tener al menos la conexión con el agua, pero no obtuvieron nada. Y luego, en lo referente a calderas y radiadores, tenían que «verificarse» dado que la IACP afirmaba que se habían manipulado. Más tiempo aún, más tiempo. Solo una semana más tarde, un niño de cuatro meses con una malformación cardíaca murió de bronconeumonía en la Carretera de las Cacce.

Druina recordaba este episodio: se fue con otras mujeres a manifestarse para denunciar la muerte del niño, y bloquearon una carretera. Ese día también estaba Adele. La única que acabó en la cárcel durante una semana, porque ya la conocían por ser una «agitadora», fue precisamente Druina. Las familias de la Carretera de las Cacce fueron en manifestación a ocupar el Ayuntamiento junto con delegaciones de consejos de fábrica de todas las zonas de la ciudad, exigiendo un oficial sanitario, conexiones urgentes a los suministros, y de nuevo y otra vez, las peticiones que el alcalde seguía ignorando: la expropiación de los pisos privados vacíos, una casa para todos con carácter inmediato, alquileres correspondientes al diez por ciento de los salarios. El alcalde solo apareció a las dos de la tarde, y por fin firmó con los comités un acuerdo para el alojamiento de las familias que se produciría en tres fases: un primer grupo en el lapso de quince días, un segundo hasta finales de año, un tercero durante 1975.

Era una victoria parcial: pero qué amarga.

Así comenzó la espera, la larga espera para que se mantuvieran las promesas. Una tarde, debía de ser sobre las seis, aunque ya había oscurecido, L.B. se encontraba quizás sentado cerca de uno de aquellos fuegos encendidos en los patios como perennes vivaques campestres, arropado con su gorra, su bufanda y su abrigo; estaba cansado, y leía algo a la luz de las llamas; a su alrededor había otras personas sentadas, en silencio, agotadas por la jornada laboral u organizativa. A lo mejor se quedaría a dormir allí, como ocurría de tanto en tanto cuando se hacía demasiado tarde; o bien se arrastraría hasta una reunión de partido en el autobús o con alguien que lo llevara, y luego dormiría en casa de alguien, o regresaría a casa, a casa de Agata, si ella había vuelto ya, si había conseguido tomar a tiempo el autobús de Villar Perosa. O bien se verían en la reunión. Ninguno de los dos tenía coche. Era posible que en casa no hubiera nada para comer. De vez en cuando L.B. levantaba la vista del libro y observaba aquellas caras que titilaban a través de las llamas, las frentes ceñudas bajo las gorras, las manos metidas en pesados guantes que pendían abandonadas entre las rodillas. Los conocía a casi todos, aunque a esas alturas ya fueran cientos, pero a veces, como en ese momento, se sentía vagamente desorientado, como si se encontrara muy lejos de las cosas del mundo, de la vida en el partido, y hasta de toda esa gente. Eso sí, los tenía enfrente: pero ¿quiénes eran? Y él, ¿quién era él? ¿Por qué se encontraba allí? Sintió una angustia irracional y levantó los ojos hacia el alto cielo negro, tan vasto en la periferia, pero los bajó de inmediato: el cielo era críptico e infinito, y le daba miedo.

Un niño gimió en voz baja, arrebujado dentro de la chaqueta de su madre; alguien dijo algo a alguien que L.B. no captó. Pero no estaba escuchando. Pensaba: pensaba en el bien. Siempre había querido hacer el bien. Estaba allí por eso. Pero le parecía que ese bien no llegaba nunca. ¿Y si solo estoy dando vueltas en el vacío, y si todo esto fuera en vano?, se preguntó. ¿Qué era la vida, y en particular la suya? ¿Qué movimiento, qué fuerza lo empujaba?

—¿Quieres un cigarrillo, Leo? —le preguntó amablemente el que tenía sentado más cerca, Sebastiano, un amigo suyo del partido en cuya boda hizo de testigo junto con Roberto.

—Gracias —dijo con una sonrisa, sacándose un guante para encender el mechero, tan congelado que solo prendió al décimo intento.

Se colocó de nuevo el guante y volvió a observar el fuego. Le provocaba un curioso aturdimiento, pero no era desagradable. Sabía que se estaba haciendo tarde, que estaba perdiendo el tiempo. Tendría que levantarse e ir, ir... ¿ir adónde? Se le había olvidado.

Había entregado de buena gana su libre albedrío, sin pensárselo dos veces. Necesitaba hacerlo. Necesitaba hacerlo porque quería el bien. Pero ahora, con desgarro, casi sin que se diera cuenta, sentía que el bien ya no se encontraba donde había creído encontrarlo. Ese camino ya no era ni claro ni directo como le pareció al principio, sino tortuoso, confuso, horriblemente falso. Qué lejos estaba el partido... tan lejos de ese fuego en los límites de la ciudad y del cielo indescifrable. Y qué lejos quedaban las certezas. ¿Adónde tenía que ir? ¿Qué tenía que hacer? También la libertad le asustaba. No quería perderlo todo.

Pero ahora estaba allí, y lo que estaba haciendo era justo, pensó. Quizás aquellos ocupantes no eran todos ellos guapos y buenos, quizás a veces sus sentimientos no eran necesariamente virtuosos, y era preciso serenar aquellos sentimientos incorrectos, era preciso mantener siempre el control; pero sabía que estar allí por ellos era justo «conindependencia», como él lo pronunciaba.

Apartó la mirada del fuego y la dirigió a la oscuridad de la calle: y por un instante le pareció ver, quizás porque había fijado la vista demasiado tiempo en la luz, una mancha que surgía de entre las sombras, que se parecía a la cara de Cabras; y su voz que le susurraba burlona: «Tú sabes que el bien no siempre está donde tú quieres que esté».

Volvió la cabeza de golpe y apagó el cigarrillo con rabia bajo el talón del zapato. Metió el libro en el abrigo: tenía que marcharse.

No sé exactamente cuándo concluyó la ocupación de la Carretera de las Cacce. Con toda probabilidad duró hasta finales de invierno, porque el Ayuntamiento seguía tergiversando: al llegar a la segunda fecha límite prometida solo había asignado unos pocos pisos, y algunos todavía eran inhabitables. No sé cuándo se hicieron las conexiones a los suministros. Entonces apareció Diego Novelli, que en aquel momento era regidor de la minoría en el Ayuntamiento y unos meses más tarde se convertiría en el primer alcalde comunista de Turín, completamente vestido de blanco, recuerda Sebastiano, y se postuló como mediador. A partir de entonces fue el PCI el que gestionó el asunto y se ocupó de la asignación de los pisos. Pariante me dijo que L.B. volvió de la Carretera de las Cacce muy amargado, porque sentía que les habían arrebatado la lucha de las manos y porque para él aquel compromiso era casi una derrota: muy probablemente no todos ellos tendrían un alojamiento, como había sido su intención desde el principio.

En Falchera, uno de los participantes más activos en los comités por la vivienda era Tonino Miccichè, un chico de veinticinco años, siciliano, que formaba parte de Lotta Continua y había trabajado en la Fábrica hasta que lo despidieron después de una detención por motivos políticos. Tenía grandes dotes de organizador, era un entusiasta y había logrado que todo funcionara tan bien que lo apodaron burlonamente «alcalde de la Falchera». A un guardia jurado, uno de los «legítimos», le habían asignado por error un garaje de más, y los ocupantes fueron a pedirle varias veces que dejara libre el sobrante para las reuniones, a fin de no montar demasiado jaleo en la calle hasta tarde; pero el guardia siempre se mostró inflexible. Una noche fueron, abrieron la persiana del garaje y sacaron el coche. La esposa se percató y bajó a la calle a lanzarles improperios. Unos minutos después, el guardia cogió su pistola y también bajó. Miccichè salió a su encuentro con una sonrisa conciliadora, con la esperanza de que lograra calmar a su esposa. El otro le disparó un tiro entre ceja y ceja. Miccichè murió casi al instante, murmurando que no veía muy bien. Nueve mil personas desfilaron ante su ataúd durante las honras fúnebres, antes de que lo cargaran en el tren que lo llevaría de vuelta al Sur, de donde había llegado a los veinte años. Su muerte marcó el final de todo.

Sus ancianos padres, que vinieron para el juicio y rechazaron la compensación de nueve millones de liras ofrecida por el guardia jurado, mandaron escribir sobre su lápida, colocada en lo alto de un columbario del pequeño cementerio del pueblo: «No juzguéis la vida que termina, sino la que comienza».

Pasé por la Carretera de las Cacce un domingo de marzo: era una calle de periferia de lo más normal, con altos bloques de pisos rojos todos iguales, con una isla verde que la recorría a lo largo y una triple hilera de árboles. No había nadie por los alrededores, aparte de N. y de mí, cuando nos bajamos del coche y caminamos unos minutos por aquel lugar sin memoria, que ya no tenía nada más que decirme. Nos marchamos casi de inmediato.

Vino un hombre desde Milán. Fue a casa de L.B. y de Agata y habló largo rato con ellos. Había una corriente en el partido, en la otra ciudad, que ya no toleraba la línea de Brandirali: cada vez más paternalista, cada vez más dogmática, cada vez más ajena a los tiempos en que vivían. La única solución que veían era disolver el partido. No había elección. Enumeró todas las razones por las que los militantes de Milán estaban convencidos de que había que hacerlo. L.B. lo escuchó con atención; luego, cuando el otro por fin se calló, le contestó, con calma:

—No es necesario convencerme. Estoy de acuerdo.

El final del partido fue un lento, doloroso goteo; significó también, en ciertos casos, que familias enteras se quedaran de un día para otro sin sus sueldos de funcionarios, y por tanto sin ingresos; y para algunos fue la pérdida de todo el sentido que habían dado a sus vidas. ¿Qué otra cosa había ahí afuera? ¿A qué habían entregado su existencia, su dinero, su ideal? En Turín, tres mujeres se arrojaron por el balcón. No hubo nada de ridículo o liberador en aquella lacerante y larguísima extinción.

El 22 de noviembre del 75, en Roma, Brandirali subió al estrado en la reunión en que se iba a disolver oficialmente al partido. No sé si L.B. estuvo presente, aunque lo dudo. El padre fundador enumeró con voz sombría los doscientos setenta y un errores que el partido había cometido. Y aunque hasta entonces no habían hecho más que fantasear con la perspectiva de una posible violencia futura, cerró el discurso diciendo que era mejor dejarlo ahí, antes de arriesgarse a ser engullidos por las sombras.

Y de hecho las sombras se multiplicaban en la densa bruma que los rodeaba; no se sabía bien qué eran, no quedaba claro hacia dónde se deslizaban; pero en la noche de las ciudades, cuando hasta los últimos borrachos se habían dormido en los zaguanes y la última reunión de un colectivo había terminado, si uno miraba con mucha atención y durante mucho tiempo, casi hasta marearse, al fondo de los callejones desiertos, durante unos instantes solo habría visto a la quimera, que arrastraba con lentitud en la oscuridad su largo, pesado y proteiforme cuerpo sobre sus cortas piernas escamosas. Y quizás podría haber vislumbrado bajo una farola el hocico de la bestia, los pequeños agujeros de las orejas y los ojos vidriosos y empañados que miraban a su alrededor como ciegos mientras olisqueaba el aire para avanzar, y su cuerpo formado por un extraño ensamblaje de trozos de criaturas diferentes pegados juntos, sobre los que vagaban, como llegados de un proyector, fragmentos de comunicados en una lengua incomprensible. Olía a metal, a sangre y gasolina, a adolescencia y putrefacción, y a acre adrenalina guerrera. La quimera sacudía la cabeza y los ojos se le llenaban continuamente de lágrimas: se sentía conmovida por ella misma, embriagada por su olor. Entonces, si el valeroso observador todavía estuviera allí, podría haberla visto desaparecer de nuevo en las tinieblas, y solo le quedaría la sensación de un sueño extraño.

En mayo de 2015 volví a la Apulia para la boda de una prima. Hacía seis años que no iba. La última vez fue un octubre triste, el octubre de la muerte de Celina, e íbamos a otra boda. Habíamos bajado en coche, mi padre, Dora y yo, pero ellos se quedaron algunos días más y yo volví al Norte sola, en un tren nocturno. En el compartimento conmigo solo había una mujer que había ocupado la litera de debajo de mí y que hablaba muchísimo, con un tono nervioso y urgente que yo no sabía explicarme. Luego se durmió. Yo no. Había acabado de leer *Los últimos días de la humanidad* de Kraus, que había comenzado en verano y había dejado a un cuarto del final, y recuerdo el ligero ronquido de la mujer mientras, esperando las rápidas líneas oblicuas de las luces artificiales al pasar por las estaciones, leía a rachas sobre el batallón de caballos fantasma ahogados que surgían de nuevo del río para maldecir al general que los había llevado a la muerte, y también todas las otras visiones que aparecían en escena en el acto final. El último tren nocturno que cogí.

Este tren, en cambio, salía al amanecer y era mucho más rápido que los de antaño. Miraba fuera de la ventanilla con una especie de fervor, a la espera de algo que me diera una sacudida de reconocimiento. Pasaron las horas, y luego ocurrió: cuando tras la estación de Pesaro apareció el mar justo al lado del tren, el mar de un verde-huevo-de-pato con manchas rosadas, ese profundo y liso mar de Las Marcas que para mí siempre había sido solo una vista de paso, pero lo reconocí. Era un día frío y ventoso, y las playas de arena pálida aún estaban desiertas; aquí y allá se veían, no obstante, figuras solitarias, las chaquetas agitadas por el viento, que miraban el agua con las manos en los bolsillos. En San Benedetto del Tronto el tren pasó cerca de un florido jardín donde la gente paseaba bajo las palmeras, algo de lo que no guardaba recuerdo. Y luego (¿o antes?) una especie de paso subterráneo que quizás corría bajo las montañas, desde donde el mar se vislumbraba a través de grandes arcos de piedra. En ese momento estaba en el coche restaurante para tomarme un café y el tren había reducido la velocidad. Me giré otra vez hacia la ventanilla y los vi; y también sabía que conocía aquellos arcos, los veía otra vez en el pozo profundo de las cosas a las que nunca hemos prestado realmente atención. Las estaciones pasaban a toda velocidad y tenían nombres que siempre había visto al principio de las mañanas de verano, cuando aún no había plena luz y bajaba de la litera a hurtadillas para asomarme por la ventana del pasillo. Los nombres del recuerdo. Senigallia, Pescara, Francavilla al Mare. Aquí y allá, carcasas prehistóricas de fábricas y hoteles abandonados. Y por fin, de repente, se desplegó ante mí el Tavoliere, la llanura con sus eternos campos amarillos y esmeraldinos, y vi los molinos de viento que se recortaban en el horizonte —aparecía lejanísimo, sin fin—, blancos gigantes melancólicos y solemnes que apenas movían sus brazos, porque el viento se había calmado.

Me percaté de que me había inclinado hacia delante y me recliné de nuevo en el respaldo, dejando que esa visión tranquila y majestuosa me inundara. Sería falso decir que no estaba emocionada, pero no era un sentimiento de «regreso a las raíces» o tonterías por el estilo. Era la plenitud del reconocimiento que esperaba desde que subí al tren. Aquella era la tierra del niño de la montaña, y yo venía en son de paz.

La estancia duró poco, solo tres días, el tiempo de los preparativos de la boda —yo estaba siempre montada en el coche con mi tía y mi prima mayor, que iban corriendo a algún sitio para comprar o recoger las últimas cosas—, luego las fotos con la novia vestida de blanco en el salón bueno de la casa donde tan a menudo había dormido yo cuando era pequeña y pasábamos a visitarlos, una casa completamente de mujeres, ahora, porque también allí faltaba el padre −el bonachón de Michele, el hermano favorito de mi padre, el más joven de los cinco y, por un destino aciago, el primero en morir, dos años antes que él−, y por fin la boda y el banquete, yo haciendo equilibrios en mi moderada inquietud, los otros primos a los que veía de nuevo después de tantos años, los hijos, los supervivientes, alterados, envejecidos, idénticos, y luego al día siguiente otra vez al tren, hasta Milán y la pequeña casa, donde volví a entrar cuando ya había oscurecido y las calles estaban llenas del perfume de los setos de jazmín.

Durante uno de los viajes en coche con mi prima pasamos por el paseo marítimo situado delante del centro histórico de Trani, cerca de la catedral. Casi nunca había visto esa parte de la ciudad. Conocía bien la Trani donde estaba su casa, en la parte nueva, toda ella de edificios recientes altos y anónimos, de cemento, pasos elevados empapelados con carteles descoloridos de los circos que pasaban en verano, donde se hallaba también la pequeña villa de sus abuelos maternos, que tenía un patio y un jardín alargado y estrecho rodeado por una cancela baja, con árboles de follaje espeso entre los que se filtraba la luz en diagonales líquidas, y algo de viejo y abandonado que me encantaba (*quizás* una mesita redonda de metal pintada de blanco y ya con desconchados, como en los jardines de las novelas inglesas, con las sillas alrededor cubiertas de hojas). De pequeña el jardín me parecía grande: cuando volví a verlo de paso en aquellos días −los padres de mi tía ya habían muerto, la casa se había vendido−, me quedé descolocada, porque era pequeño, apenas un pequeño lienzo de hierba alrededor de la casa. ¿Habían cortado los árboles? ¿Habían existido alguna vez? Dios, cómo odiaba esas grietas en mi memoria.

En el centro histórico, la vieja Trani arracimada cerca del mar, había estado solo dos o tres veces. Era bellísima, y deseé tener tiempo para caminar por aquellas callejuelas vislumbradas de refilón. Mi prima me señaló desde el coche la calle donde –más al fondo, más arriba, desde allí no se veía– había vivido durante años la familia de nuestros padres. También quise verla. Pero no podía pararme, había reservado ya el tren para el día después de la boda.

El deseo, sin embargo, permaneció y creció, como también, todavía más intenso, el de ver Monte Sant'Angelo. Me parecía un acto de justicia, un acto final: del final de qué, no sabría decirlo; podría ser la conclusión perfecta de lo que quería escribir y aún no había adquirido una forma propia. Reunificación-cumplimiento, cierre del círculo. Me gustaba la idea.

De manera que regresé en verano, con N., con la excusa de otra boda. Esta vez nos quedaríamos una semana. Bajamos en coche, otro viaje que quería volver a hacer. Cuando llegamos a la Apulia ya estaba muy avanzada la tarde y conducía yo. N. se había dormido y me encontraba sola ante el Tavoliere, sobre el que corrían veloces nubarrones cenicientos de tormenta. No había nadie en la autopista en ese momento. Experimenté una sensación de poder absoluto mientras cruzaba la llanura inmensa y vacía: esta vez era yo quien conducía, era yo la mujer en el tablero de ajedrez, y me apropiaría de cuanto pudiera, no iba a distraerme ni un momento siquiera.

Pero fue diferente de como me esperaba. Fue un viaje incierto, incierto como el tiempo: llovía y amainaba a rachas, dejando el cielo casi siempre oculto tras un denso manto gris y azulado que de vez en cuando se abría para luego volver a cerrarse casi de inmediato. Si nos aventurábamos a ir al mar cuando parecía que hacía buen tiempo, al cabo de una o dos horas volvían las nubes y se oían llegar desde lejos por los bramidos de los truenos. Durante la mayor parte del tiempo vagamos por las estrechas callejuelas adoquinadas sin rumbo fijo, a lo largo del puerto, por la judería que había prosperado bajo los suabos, por las fortificaciones medievales, por el jardín aterrazado de la villa municipal que se cernía sobre el mar, entre las hojas de palmeras, los pinos y las encinas hinchadas de humedad y los bancos inmersos en gigantescos charcos verde esmeralda. De día, la ciudad vieja se mostraba apacible y silenciosa. Bajo esa luz lívida los edificios de piedra bajos y cuadrados y las plazas se veían de color amarillo y gris descolorido, con reverberaciones rosadas y azuladas de nácar; con las farolas, al anochecer, se volvían de color oro viejo, y en los callejones sin iluminación adquirían una sombra de caverna. A esas horas, los clientes de los restaurantes y de los bares se agolpaban en el paseo marítimo y la calma se llenaba de alegres voceríos. Durante el día tan solo se veían, aquí y allá, una anciana con un vestido sin mangas sentada en una silla de plástico en la acera, dando la espalda a la carretera, y otros ancianos con gorras oscuras que confabulaban en un banco. Sorprendentemente, nunca vi niños solos. El segundo o tercer día visitamos la catedral. Cuando salimos, cerca del pórtico del campanario, una muchacha rubia, muy delgada y muy joven, lloraba entre grandes suspiros apenas contenidos, la cara sonrojada, los ojos –que me parecieron azules– hinchados como si hubiera estado llorando mucho tiempo. Llevaba un vestido claro de florecitas y zapatillas deportivas color blanco. No sé por qué a cuatro años de distancia recuerdo estos detalles y no, por ejemplo, los colores de la fachada de la que habría podido ser la casa de mi padre o las palabras que intercambiamos N. y yo, pero en aquel momento la muchacha fue una aparición misteriosa e incongruente, allí, en aquel lugar, sola, abrazada a sí misma, llorando inmóvil como una Níobe transformada en roca; finalmente algo desgarrado, algo *vivo*. Me giré un par de veces para mirarla mientras nos alejábamos hacia el muelle.

Caminábamos por las calles somnolientas, y yo escrutaba con gran atención los edificios mientras N. sacaba fotografías.

También pensé, como he dicho, que había identificado la casa donde vivió la familia de mi padre. Pero aquellas fachadas hermosas e inertes no me hablaban, no se abrían a mi feroz deseo. Cualquier huella que estuviera buscando no estaba allí. Examinaba mis sentimientos de forma escrupulosa, pero no lograba encontrar más que un frío desánimo. Me sentía como si estuviera en un hotel con la llave de la habitación rota en la cerradura y no hubiera nadie en recepción, y siguiera llamando, llamando, hasta que el gesto perdía su sentido.

El cuarto día fuimos a Monte Sant'Angelo, la verdadera meta. La carretera que ascendía por la montaña mostraba en cada curva cerrada el precipicio de abajo, y se me hizo eterna. Me pregunté lo complicado que sería para los vehículos de los años cuarenta bajar y subir por allí, sobre todo en invierno. En aquella época debía de ser un lugar muy aislado.

Nunca había estado allí. O eso creía: de hecho, me dijo luego mi madre, sí que había estado, pero era demasiado pequeña para recordarlo. Tenía cinco meses y mis padres fueron juntos por primera vez a la Apulia. De aquellas vacaciones quedan una veintena de fotos, que había visto muchas veces mientras hojeaba los álbumes de mi infancia: personas de las que ella ya no se acuerda, una joven sola con una niña pequeña, un hombre con bigote y el pelo rizado y oscuro, dos chiquillas de unos diez años en la playa, quizás en dos sitios diferentes; mi madre y mi padre sentados juntos sobre un murete y una cuerda con ropa tendida a sus espaldas, bronceados, ella con su habitual media sonrisa de gato, un vestido a flores lila sin mangas, el pelo corto rubio por el sol, el delgado brazo alrededor de los hombros de él; en la siguiente foto, le pone la barbilla sobre el hombro y sonríe, diciendo algo (una de las dos únicas fotografías que poseo en las que mis padres intercambian un gesto afectuoso). Todas las demás fotos habían sido hechas por mi madre: la niña en el cochecito que le sonríe entusiasmada y levanta las piernas, mi padre que sumerge a la niña en el mar, mi padre con la niña boca abajo sobre las rodillas mientras lee el periódico sentado en una tumbona, ambos provistos de un gorrito de algodón, y por último dos fotos donde él, sin ser consciente de que lo fotografían, abraza con fuerza a esa niña delicada y siempre enfermiza mirando al vacío con una expresión perdida, indefensa, como si fuera él quien busca refugio en ella, como si el cuerpo de la niña fuera un flotador al cual se ha aferrado. En la segunda apoya su mejilla en la de ella, bajando apenas los párpados. Esas fotos eran un enigma para mí.

En cambio, no hay ninguna foto de Monte Sant'Angelo, quizás se quedaron en algún rollo nunca revelado o no se hicieron nunca, o tal vez se perdieron. Mi madre recuerda que él no dijo mucho cuando fueron juntos. Habló de la historia del lugar, un sitio de peregrinación desde la Alta Edad Media gracias a la basílica de San Michele Arcangelo, construida sobre una cueva, parada obligada para los cruzados que se dirigían a la masacre; habló de la nieve en invierno, del paisaje, de la abrupta costa manchada de almendros y olivos, del Bosque Umbroso que toma su nombre de su propia sombra, por el follaje denso y oscuro de sus árboles, al nordeste del promontorio. Nociones incoloras, de guía turístico. Luego no me volvió a llevar más, en las ocasiones en que pasábamos por aquella zona solos o con Dora.

Así que llegaba desnuda y despojada, dispuesta a dejarme embestir por todas las impresiones posibles. Era el día después de Ferragosto y la localidad estaba llena de turistas. El pueblo era realmente de una blancura irreal, a pesar de la ruidosa realidad que, con bermudas variopintas, atestaba sus callejuelas. Descendía hacia abajo en amplios tramos de escaleras y las casas limítrofes encaladas eran tan idénticas y regulares, al margen de sus caprichosas chimeneas, que parecían hojas de papel planas. Pero a medida que nos alejábamos del centro, los barrios se volvían desiertos y silenciosos. Se diría que todos los habitantes habían desaparecido desde tiempos inmemoriales, si no fuera por algún paño tendido a secar en una ventana. Quizás por el cielo que se estaba volviendo de nuevo plomizo, las fachadas de las casas parecían cada vez más blancas, de una fluorescencia lechosa. Un viento frío comenzó a levantarse; yo solo llevaba un vestido ligero y N. me prestó su casaca de marinero, que me quedaba enorme.

—Está a punto de llover otra vez —comentó, echando un vistazo a las nubes oscuras que empezaban a compactarse sobre la montaña.

—Sí —dije, y él me miró, porque había notado el tono abatido de mi voz.

No hizo preguntas y se lo agradecí. Solo me apretó brevemente en el hombro.

—Caminemos un poco más —dijo con delicadeza.

Puse durante un instante mi mano sobre la suya, asentí y continuamos. Pero mientras vagábamos por aquella especie de platinotipia siguió sin pasar nada. Ningún embrujo brotaba de aquellas calles, ninguna revelación, ningún fantasma, ningún relámpago fatal de repentina comprensión. Me detuve en el mirador del lado que daba al golfo de Manfredonia, arrebujada en la casaca de N., y contemplé la tormenta que llegaba desde la llanura en turbulentas columnas turquesa, y el color metálico del mar, y las bandadas de oscuras aves que hendían las nubes más bajas. Estaba allí con el viento azotándome la cara y esperaba, preguntándome qué estaba buscando y por qué había fallado otra vez. No encontraba una respuesta. No obstante, me había esforzado en ver, en ver con *inteligencia*, con método, diría, me había esforzado más de lo que me he esforzado en toda mi vida. Era como si el gesto simbólico que había intentado realizar hubiera sido educadamente rechazado por una fuerza imprevisible y más grande que yo.

Comenzó a llover, primero grandes gotas dispersas y luego cada vez con más fuerza. Nos refugiamos en un bar para dejar paso al rugido más violento del temporal, y cuando disminuyó volvimos al coche deprisa, con los pies empapados, deseosos solo de marcharnos lo antes posible. Estábamos los dos muy cansados. Mientras viajábamos a través de la campiña en dirección a Trani y al hotel me sorprendió un pensamiento indescifrable: mi padre no estaba allí. Me parecía una verdad completamente evidente en sí misma, clara en mi cabeza como las casas luminiscentes antes del diluvio, pero no supe ni de dónde procedía ni qué significaba.

—No ha servido para nada —dije a N. con angustia.

—Tenías que ir —contestó él, rotundo—. Aunque no te haya servido. Tenías que liberarte.

—Ya.

Me abandoné contra el respaldo y contemplé los campos que se extendían afuera.

Casi no volví a pensar en aquel viaje —tendemos a borrar de nuestra mente las cosas que no van como deberían— hasta algunos años más tarde. Dora me había entregado un lápiz de memoria donde había guardado las copias de las felicitaciones de Navidad y de cumpleaños que le había escrito a mi padre, y unas cuantas fotografías de mi padre de los últimos años, en lugares y con personas que conocía poco o nada y que por eso no me interesaban gran cosa. Sobre todo, evitaba cuidadosamente las fotos de su último año de vida, porque me provocaba miedo y compasión ver a aquella criatura gris con la cara reseca y los ojos cada vez más enormes y amarillentos, envuelto en horribles chándales que ya le quedaban demasiado grandes dondequiera que se encontrara, ya fuera en un banco en la plaza o en los bosques alemanes de la última primavera, cuando fue a someterse a las «curas termales» como los tuberculosos de antaño, y me escribía enardecido que ya se sentía mejor, ya notaba los beneficios (qué pequeño y solo se le veía en aquellas fotos en el bosque, abrigado con el chaquetón azul, parecido al personaje perdido de un cuento en una ilustración antigua, qué desgarradora su sonrisa asustada).

Fue por esa razón por la que no las miré todas y guardé el lápiz de memoria; solo un par de años más tarde, cuando estaba buscando otra cosa, lo encontré de nuevo y llegué por casualidad a una carpeta del verano de 2010. Allí descubrí, con gran sorpresa por mi parte, una serie de fotos en Monte Sant'Angelo. Se veía a mi padre más delgado de lo habitual, pero bronceado y con un aspecto normal —el tumor del hígado se lo habían extirpado a finales de mayo después de una semana o tal vez dos de espera en el hospital, debido a los continuos trasplantes que le impedían al cirujano operarlo, una semana o tal vez dos que en mi memoria se dilatan como un mes asfixiante, y acababa de comenzar el ciclo de la quimio–, en las mismas escalinatas y en las mismas plazas donde yo había estado con N.; en dos o tres fotos, me fijé, posaba cerca del portal de una casa. Escribí a Dora para preguntarle si esa era su casa de infancia y si había vuelto a Monte porque pensaba que podría ser la última vez, para ajustar cuentas. Ella me contestó con un largo mensaje un tanto caótico en el que me hablaba de aquel verano, de cómo había querido ponerse a prueba haciendo los largos recorridos marinos a los que estaba habituado, no sé si te acuerdas, desde los escollos de Scalea hasta la bahía del Carpino (sí, lo recordaba), aunque con una camiseta para protegerse el torso, porque si lograba hacer las mismas cosas que el año anterior entonces aún podría permitirse tener esperanza; y sí, aquella era la casa donde había nacido. La encontró por casualidad, deambulando por el pueblo, y se puso contentísimo y se quedó estupefacto porque seguía teniendo el mismo aspecto sesenta años después. Incluso probó a llamar al timbre para volver a verla por dentro, pero no había nombres en la placa y nadie contestó; probablemente era una de esas casas que se usan solo para las vacaciones, en ese momento vacía. Dora me contó luego que la idea de ir a Monte Sant'Angelo se le había ocurrido porque el oncólogo que lo trataba, por una de esas extrañas coincidencias tan extrañas que superan a la ficción, también procedía de allí, y habían descubierto que eran casi coetáneos, que habían vivido en la misma calle y asistido al mismo colegio en años diferentes. Quizás le pareció una señal demasiado importante como para ignorarla. Y quizás en su decisión de volver se juntaban ambas cosas: la esperanza de pervivir y el sentimiento de que el futuro, en cambio, se iba acortando sin remedio.

Las últimas fotos se habían tomado en el mirador, y como un cineógrafo, esos libritos que al hojearlos dan la ilusión de figuras en movimiento, seguían materialmente el paso de un estado a otro: en la primera, posando en el lado que daba al pueblo, sonreía; luego, mientras se desplazaba a lo largo del muro hacia el otro lado, su cara poco a poco adquiría una expresión cada vez más inquieta y distraída, que culminaba en la última, cuando, parado en el mismo punto donde me pararía yo cinco años más tarde, tenía los ojos fijos en el panorama, ausentes, y los labios fruncidos en un pliegue grave. Era una imagen angustiosa, pero aquel pequeño sortilegio —haber estado plantados exactamente en el mismo, idéntico punto, a la misma altura del mirador, comprobé la foto que me había hecho N. a mis espaldas para verificarlo— hizo que el corazón se me parara: me había equivocado; una conexión invisible e inconsciente había existido, mi padre había estado vivo donde yo había estado viva durante algunos minutos, en el pueblo ajeno, en el pueblo perdido.

Solo entonces entendí lo que no había funcionado en mi expedición, y de hecho era muy simple: yo no tenía nada. No había ninguna historia que diera sentido a aquellos lugares y ya no quedaba nadie que pudiera contármelas, no había escenas que pudiera recrear ni detalles que resucitar, ninguna imagen que las palabras pudieran evocar para mí. Aquella infancia no relatada había dejado de existir con las personas que la habían poseído, y antes, cuando existían, a buen seguro ni siquiera habría sido capaz de preguntar. Estaba perdida.

Meses después de la muerte de mi tía Maria, la última de los hermanos que seguía con vida, aquejada por una misteriosa enfermedad, quizás neurológica, desde hacía casi diez años, encontré el valor para telefonear a mi prima Alida, una de sus dos hijos. Alida, a la que mi padre adoraba —la llamaba Alida la Fatua, porque siempre había sido alegre y etérea y llena de ingenio, incluso en sus momentos de tristeza—, aún recordaba algo de las historias que su madre le había contado. No era mucho, y algunas cosas ya las sabía, pero en cualquier caso ese poquísimo consiguió crear un difuso temblor que llegó a conmoverme.

L.B. nació a finales del último año de la guerra. Tenía una malformación en la cadera, una displasia, y por ello una pierna más corta que la otra: durante muchos años, al menos hasta los siete o los ocho, tuvo que arrastrar a todas partes un corrector de hierro que le aprisionaba completamente la pierna y la cadera, y un enyesado que había que cambiar cada mes. A menudo el peso era excesivo y eran sus hermanas ya adolescentes, que le habían hecho casi de madres vicarias, las que lo llevaban en brazos a las visitas médicas. Pero como uno de esos animales que pierden un miembro y se adaptan al mundo por instinto, y dando muestra de una tan precoz como inusitada terquedad, pronto adaptó su cuerpo a ese lastre y aprendió a moverse con relativa rapidez, a escaparse y a zafarse (una capacidad que, amable lector, a estas alturas podemos convenir en que supo mantener con éxito posteriormente), trepando incansable por las agotadoras callejuelas de su pueblo y por los caminos de las inmediaciones. Era literalmente imposible mantenerlo quieto.

Un día estalló, se arrancó el corrector y rompió el yeso por su cuenta, a saber con qué instrumento y a saber con qué rabiosa obstinación, los abandonó en el suelo de la cocina y salió a la calle en un bonito día soleado, dejando tras de sí una estela de blancas migas subversivas, y se fue a jugar a la pelota con sus amigos en una plazoleta. No quiso atender a razones y nunca más se los puso, a pesar de las broncas de los adultos y a pesar de que todavía fuera un poco cojo; le quedó para siempre un andar desigual, pero solo se le notaba mirándolo con atención. En parte, esto ya lo sabía: era lo único a lo que con desgana había hecho referencia, y también me lo había contado Dora.

Después de recibir la foto del chiquillo a la orilla del mar, me volví a encontrar examinando la pierna extendida y me pregunté si sería esa, si alguien le había quitado el corrector para que él pudiera darse un baño o bien si ya se había liberado. Aquella cara resplandeciente me enternecía. Por más que hubiera sido capaz de apañárselas, tuvo que ser horrible permanecer prisionero de su propio cuerpo a esa edad, durante tanto tiempo (y el tiempo de los niños es eterno, una larga tarde sin orillas). Me pregunté si alguna vez se sentiría humillado, inerme delante de los «normales», y tuvo que haber sido inevitable, de vez en cuando. Me pregunté cuánto daño podría hacer ese artefacto cuando presionaba sus delicados huesos en crecimiento. Me resultaba insoportable pensarlo. Sentía un impulso de protección hacia un niño desaparecido hacía más de sesenta años.

Pero sin el yeso era libre por fin, y ya no dejó de correr durante toda su vida. Cuando no había colegio, emprendía largas incursiones por los bosques de los alrededores, adonde los pastores llevaban a pastar el ganado, poblados de hayas y de gigantescos robles turcos, hiedras y gatos salvajes, y por las lomas de suaves curvas que en primavera aparecían salpicadas de campánulas, botones de oro y flores de cardo hasta donde alcanzaba la vista, los valles donde anidaban las rapaces y por donde siglos atrás transitaban los peregrinos, puntuados de restos de iglesias rupestres y de grutas; o, ya con el buen tiempo, bajaba con otros niños por lo que ellos llamaban en dialecto *passi riponte*, los senderos-atajo que llevaban al mar, hacia playas que ya no existen, erosionadas por el tiempo o por el hombre.

Le llamaban Nardino.

Al igual que con su padre, queda sin resolver qué sentía por su madre, a quien en cambio conocí. Mi abuela, «la otra abuela», aquella a la que no veía nunca. Al parecer, siempre estaba demasiado atareada para ocuparse de sus hijos y era estructuralmente incapaz de ser afectiva. L.B. estaba mucho más unido a sus hermanas que a ella. Había una oscuridad, en aquella relación siempre fría, práctica y apresurada, que él llevaba todavía consigo, creo. Pero nadie sabe gran cosa al respecto. Mi abuela era una mujercilla diminuta siempre vestida de oscuro, con unas enormes gafas gruesas que le hacían los ojos más grandes que la cabeza y un pelo corto y canoso siempre peinado y cardado con esmero. Llevaba medias hasta en agosto. Vivía en una residencia para ancianos donde sus hijos la ingresaron cuando cumplió los ochenta. Íbamos a verla cada verano y yo no sabía qué decirle porque no la conocía; pero también para mi padre representaba un esfuerzo. Mantenía los ojos bajos, deambulaba por ahí. Yo sentía su malestar. Ella hablaba con proverbios, máximas y frases de cancioncillas. Cuando cumplí dieciséis años cayó enferma y mi padre, Dora y yo bajamos a verla en tren. Se ocupó de ella. Se le veía solícito, preocupadísimo, torpemente afectuoso. A veces parecía capaz de estar con las personas únicamente cuando podía cuidar de ellas. Pero luego, cuando murió, no supe percibir si estaba triste. Creo que estaban tan distanciados que ya no sabía qué sentimientos tenía hacia ella.

Ya era un paladín de los oprimidos, me dijo Alida riéndose un poco: cuando la madre daba limosnas en la puerta de la iglesia, él siempre insistía para que les diera un poco más a los mendigos de turno; ella lo hacía callar bruscamente, recordándole que tenía cinco hijos y un solo sueldo en casa, pero él proseguía imperturbable, hasta que uno de los dos cedía por agotamiento. Una vez, era otoño, la tía Maria lo vio pasar por delante de un pobre diablo acurrucado contra una pared, vestido solo con harapos nada apropiados para la temperatura que hacía; tras titubear, volvió atrás, se quitó el jersey y se lo dio, sin pronunciar palabra. No se percató de que su hermana estaba en la calle de más arriba, medio escondida tras un murete. Cuando llegó a casa su madre le preguntó:

—¿Y el jersey?

—Lo he perdido.

—¿Cómo que lo has perdido?

Él se encogió de hombros, mientras Maria se giraba sonriendo a hurtadillas. Nunca le dijo que había presenciado la escena.

Pero todavía no era el hijo descarriado, o mejor dicho, esas peculiaridades bastante alarmantes no se tomaron como señales premonitorias de su futura perdición; y en las fotos de la boda de los padres de Alida que ella me envió después de nuestra conversación telefónica, el adolescente L.B., con su cara de granujilla, las mejillas rojas visibles también en el blanco y negro, con americana y corbata, el pelo peinado con brillantina, no tenía aspecto de estar fuera de lugar en medio de los otros, como me habría imaginado, sino que incluso se le veía alegre y a gusto. Tenía la postura, la risa, las expresiones de quien se encuentra con aquellos a los que pertenece, los que hablan su misma lengua. No como mi madre, que en todas las fotos familiares de su infancia parece llevar una irremediable marca de diferencia, de soledad, difícil de explicar pero reconocible como un antojo en la cara. Dora me contó que cuando estaban junto a la puerta de su vieja casa le dijo: «Estábamos bien». ¿Por qué iba a mentir, a esas alturas?

En el entierro de uno de mis tíos, el mayor, muerto dos años después de L.B., Dora se encontró con una señora de Monte Sant'Angelo que se acordaba perfectamente de él, el que «tenía cabeza», el que había logrado marcharse de allí. Cuando volvía de Roma en verano siempre pasaba por el pueblo, aunque su familia ya no viviera allí desde hacía muchos años, y su llegada era recibida con gran entusiasmo: llevaba las novedades en el terreno del baile, los cuarenta y cinco revoluciones con las últimas canciones que estaban de moda en el Piper Club. Entonces colocaban un tocadiscos en la plaza y celebraban fiestas al aire libre en las que los campesinos de dieciocho años bailaban durante horas el twist, el surf y el shake en un revoloteo de pelos y faldas largas y brazos levantados hasta bien entrada la noche, y L.B. estaba en el centro del círculo, como de costumbre, y pasaba de mano en mano, pirueteaba en su sitio agitando los pies y las manos, y poco a poco, de verano en verano, sin que los demás se dieran cuenta, se marchaba de ese centro mientras seguía bailando y comenzaba a eclipsarse, hasta que desaparecía por completo en el horizonte, como una fata morgana.

De lo demás nunca sabré nada. Nunca sabré cuándo descubrió los libros, si tenía un lugar secreto donde refugiarse para fantasear y leer a solas, qué sabía de lo que había más allá de la montaña y si soñaba con ver América o la jungla, quién fue su primer amor y su mejor amigo, con quién corría cuesta abajo por los *passi riponte*, si tuvo un profesor especial, de esos que cambian una existencia, de qué hablaba con sus hermanos y sus hermanas, cuáles eran de verdad las relaciones de fuerza en aquella familia, qué le producía dolor y qué alegría, qué leyendas y qué sirenas vivieron en su imaginación, qué tipo de cosas le provocaban esa violenta embriaguez infantil que solo se siente —tan intensa— hasta los doce o trece años, cómo se enamoró perdidamente del griego, por qué decidió olvidar, qué fue, en fin, lo que lo hizo diferente a todos los demás, aquellas personas resignadas y amablemente fatalistas desde hacía generaciones, los leales funcionarios, las implacables amas de casa. Quizás se volvió así, o tal vez ya lo era de nacimiento, como por una mutación de la sangre. ¿Qué le dio ese sentido perentorio e irrevocable de la injusticia? ¿Fue por una reacción, por accidente o vocación?

Cómo se genera en un hombre el destino de la compasión, esa piedad candente de la que habla Marguerite Yourcenar cuando escribe sobre su tío abuelo Octave Pirmez: ¿cómo es posible que alguien reciba «el terrible don de ver de cara el mundo tal y como es»?

III

CONCHA

En la gran polvareda de 1976, cuando los grupos se disolvían uno tras otro, las personas de la vieja guardia vagaban perdidas ya sin vínculos, exiliadas de lo que había sido toda su vida, y a menudo abandonaban el terreno de juego por cansancio y resignación; cuando las palabras, las caras y los gestos se hicieron más sombríos y ciertas protestas comenzaron a transformarse en salidas militares glacialmente planeadas, y sin hacer ruido la Fábrica ponía en marcha la «estructuración» y cualquier idea de proyecto político se desmoronaba; en ese polvillo de cosas aplastadas, finiquitadas, herméticas y no dichas, suspendida en una calma misteriosa, a veces sacudida por otros misteriosos, febriles fermentos, la figura de L.B. y la cronología de su existencia se hacen cada vez más evanescentes, como si se confundieran de una vez por todas con el fondo de la ciudad.

Cuando Agata y él volvieron a vivir en Turín, a finales del 75, L.B. decidió retomar su labor de médico y empezó a trabajar en el hospital, en las Molinette, con toda seguridad en el Instituto de Anatomía e Histología Patológica con el que había colaborado antes de la Carretera de las Cacce. Toda esa parte de su vida permanece completamente a oscuras. L.B. desapareció, o pareció desaparecer, de escena; pero de algún modo también desapareció de la vida con Agata, que cada vez sabía menos sobre él. En las horas libres del trabajo, ella participaba en los grupos feministas; él, antes o después de los turnos en el hospital, seguía dedicándose a actividades políticas, y se veían y se hablaban muy poco. Qué sentía aquella muchacha poco más que adolescente, si se sentía alguna vez atrapada, si la soledad la hacía sufrir o tenía resentimiento y celos, eso la mujer adulta nunca me lo dijo; y en absoluto por alguna residual sumisión conyugal, sino porque conservaba hacia L.B. una lealtad inalterable, esa lealtad fraterna que le había visto desde nuestro primero encuentro, el deseo –todavía– de protegerlo. Y quizás L.B. se sentía culpable respecto a ella y, como con todas sus relaciones, cuanto más culpable se sentía más huía.

Vivían pues dos vidas separadas que solo de tanto en tanto se rozaban, y quizás se enamoraban de otros y de otras, y cambiaban imperceptiblemente como se cambia a los veinte y los treinta años (una nueva sombra sobre la frente, un nuevo modo de fruncir los labios, una nueva arruga profunda y secreta en el carácter) sin que el otro se percatara, cada vez más hermanos y menos cónyuges. Agata era tan joven, él ya estaba tan distante de ella... Aquello no era un matrimonio, me dijo Agata en cierta ocasión, con una carcajada indulgente y la mirada embelesada que de tanto en tanto se le ponía. Era una chapuza organizada, una historia que quizás habría durado unos meses si no hubiera estado el partido de por medio. Su verdadero amor era otro, el que llegaría algunos años más tarde. Pero aunque su historia era tan extraña, al final siempre volvían juntos.

En cualquier caso, se registraron algunas apariciones de L.B. aquí y allá en el año de la polvareda; alguien lo recuerda, siempre animoso y con aquella sonrisa inconfundiblemente festiva, en las manifestaciones de los subsidiados, de los metalúrgicos, de los parados, de los sintecho que recorrían sin descanso las calles de la ciudad; alguien lo escuchó hablar en las ocupaciones de fábricas y en las asambleas universitarias, donde su nombre se pronunciaba con el respeto que se reserva a los *importantes* («Tenemos que ir sea como sea, hablará Barone», dijo en tono reverente un compañero de clase al futuro marido de Agata, que aún iba al instituto y nunca había oído hablar de él); y luego estaba Beniamino, Mino, un chico siciliano con rizos muy espesos, grandes gafas y mucha labia, llegado a Turín justo el año anterior, a los diecisiete años, y despedido ya sin subsidio alguno por un paisano suyo que lo había contratado muy amablemente. Mino se unió a los parados organizados («Parados lo éramos sin duda alguna, organizados no sabría decirte», me comentó más de cuarenta años después, en la terraza de su casa), y recuerda que L.B. aparecía con su gran barba y la cartera de cuero de médico en el comedor universitario y les pagaba el menú a los parados, discutía con alguien del PCI y luego se marchaba.

¿Todo esto era todavía en el 76? ¿O era ya en 1977, el año en que se cerró la breve y prometedora estación de los círculos del proletariado juvenil, el año en el que los destinos de Misa y Ester se cruzaron con el de L.B., y en el que muchos destinos ardieron en la desgracia, o alguna de estas imágenes es incluso de un año posterior? Mientras quien me hablaba trataba de recordar, como siempre las fechas exactas se superponían, los detalles se dispersaban en el recuerdo de acontecimientos demasiado lejanos. En la desigual colisión entre biografías individuales y la historia general, las fechas y los detalles pertenecen habitualmente solo a los muertos, los notables y los asesinos.

El 11 de marzo de 1977, en Bolonia, durante la protesta de una asamblea de Comunión y Liberación en el Instituto de Anatomía Humana, el rector llamó a la policía, que llegó con sus efectivos y cargó contra los manifestantes con gases lacrimógenos, forzándolos a retroceder. En medio del denso humo que invadía las calles y ascendía hacia los tejados, hubo algunos que lograron pasar hasta las calles donde estaban los agentes, y lanzaron adoquines de pórfido y dos cócteles molotov. Uno impactó contra la lona de un camión, y el pequeño incendio se apagó inmediatamente. Pero el carabinero de reemplazo que conducía se bajó del camión, sacó la Beretta, o tal vez un rifle Winchester, avanzó, disparó dos veces o quizás una docena, llegó a la esquina de otra calle y volvió a disparar directamente contra los manifestantes. Alcanzó a un estudiante en el pecho, que se arrastró durante algunos metros y luego murió. La ciudad ardió con furia lívida, cargas violentísimas y barricadas durante dos días, hasta que a la zona universitaria para entonces desierta llegaron los tanques enviados por el gobierno y cayó un silencio áspero y sepulcral.

El 12 de marzo, a las siete y cuarenta de la mañana, en via Gorizia, en la esquina con via Barletta, en el barrio de Santa Rita de Turín, un brigada treintañero peinado con la raya a un lado salió de casa para ir a buscar su coche amarillo canario. El brigada treintañero no tenía ningún rasgo relevante, ningún error concreto que expiar. Solo tenía la peculiaridad de ser conocido por quien lo esperaba; porque estaba destinado a la vigilancia externa de la facultad de arquitectura y de un par de escuelas superiores, entre ellas el Liceo de Ciencias Galileo Ferraris; y a menudo estaba allí parlamentando, seráfico, interponiéndose en medio de los choques entre estudiantes rojos y negros para calmar las aguas, y hacia él todos ellos sentían la indiferencia amistosa que se siente por un elemento conocido e inofensivo del paisaje, o incluso un vago respeto, porque sabían que los «medios» de los otros policías no le gustaban en absoluto y los había criticado en varias ocasiones. De manera que el brigada treintañero tal vez en esto fuera excepcional, pero eso carecía de importancia: porque lo único importante para su destino era que uno de los tres que fueron a matarlo, un buen mozo con la cara cuadrada, la nariz noble y las cejas trágicas, trabajaba de bibliotecario en el Liceo Galileo Ferraris, y el otro chico, que había robado el coche del que salieron, aún estudiaba allí. El brigada tenía un único objetivo: el equilibrio. Era el contrapeso de una balanza imaginaria. Mejor dicho, también tenía otra función, más sutil, como el otro hombre, el primero, que fue asesinado en Milán en el 76, después de esperar pacientemente la enésima agresión neofascista, y que naturalmente acabó llegando. Una noche, en Porta Vittoria, un escuadrón neofascista aguardó en la esquina entre dos calles a un estudiante obrero que había participado en las ocupaciones de las casas vacías de la plaza Risorgimento. Lo cosieron a puñaladas. El chico murió tres días después, y la elección para la represalia recayó en un consejero del Movimiento Social Italiano, quien, como el brigada sin rasgos relevantes, tenía hábitos y horarios muy regulares. Tanto el asesinato del consejero como el del brigada eran iniciativas personales de un hombre, Erno Bellaria, que estaba entre los fundadores de Primera Línea y que pretendía marcar un punto de inflexión, «pasar a los hechos», decía, mostrar a los indecisos la plenitud de la fantasía hecha realidad, aquí tenéis el cadáver del enemigo, ¿no sentís el olor, no veis su perfección ideológica? Informaría al Comité Nacional solo a toro pasado, como la vez anterior. Bellaria le pegó un tiro a la cabeza al brigada sin rasgos relevantes cuando este subió al coche.

Más tarde, la agencia de noticias ANSA recibió una llamada de reivindicación.

—Buenos días, la ejecución del carabinero de esta mañana es obra de las Brigadas Combatientes. Les rogamos que no se confundan con las Brigadas Rojas análogas.

—Pero no es un carabinero.

—Sí, es agente del SDS.

—No, no es del SDS. Es simplemente de la oficina política, no del servicio de seguridad.

—A nosotros no nos consta eso. Y, en cualquier caso, sigue siendo un enemigo de clase.

—Entendido.

—Seguirá un comunicado. Anótelo bien: Brigadas Combatientes.

—El comunicado, ¿para cuándo?

—Durante el día de hoy.

—Está bien. Escuche, déjenlo cerca de nuestras oficinas, así no nos arriesgamos a perderlo como ya ha sucedido en otras ocasiones.

—De acuerdo, gracias.

—Buenos días.

¡Ah, qué magnífico ejemplo de la inmensa imbecilidad transversal del burócrata, de su lengua sin vida! Y la monótona contabilidad de los cadáveres y de los *comunicados* cruzados no había hecho más que empezar.

El del brigada sin rasgos relevantes fue el primer asesinato en Turín. No habría otros durante mucho tiempo, y era un hecho tan insólito como el nombre del grupo desconocido que lo reivindicó, que muy pronto pasó a un segundo plano. Nadie se lo habría imaginado nunca.

Había preocupaciones más imperiosas: era necesario poner en marcha el proceso a los dirigentes de las Brigadas Rojas, que continuamente se posponía porque los imputados no reconocían la autoridad de la justicia del Estado y rechazaban a los defensores de oficio, y luego, en una lluviosa tarde de abril, el anciano abogado Croce, a quien se le había encomendado la defensa, fue asesinado en el portal de su casa, y de repente cientos de abogados defensores y de personas elegidas por sorteo para el jurado popular cayeron todos enfermos de «síndrome depresivo». La ciudad estaba electrizada, atónita, sombría. Unas semanas más tarde, en mayo, hubo algunas detenciones por una serie de atentados con explosivos, robos y violencia ocurridos en los meses precedentes. Entre los detenidos estaban Ernio Bellaria y otros militantes de Primera Línea, y la sede de Turín quedó decapitada. A toda prisa fue a sustituir a Bellaria, al principio viajando de ida y vuelta desde Milán, un hombre delgado, con el pelo oscuro y rizado, cejas negras y gafas metálicas redondas, un hombre de aspecto tímido y severo, de joven profesor de filosofía de secundaria. En realidad, era uno de los miembros más expertos desde el punto de vista militar, excabo instructor durante el servicio militar, y se encontró ante sí con escuadrones de estudiantes que no estaban preparados como los milaneses, y con un tejido roto de relaciones interrumpidas con el movimiento que había que reconstruir desde cero después de que la organización turinesa hubiera sido barrida casi por completo. La sucesión imparable de acontecimientos exigía urgencia: no valía la pena adiestrarlos.

Todas sus primeras acciones fueron desordenadas y desastrosas. En septiembre, pasada la oleada de detenciones, registros, fugas y encarcelamientos, el hombre decidió que había que estabilizar la situación y se trasladó a Turín, a un piso amueblado en el paseo Duca degli Abruzzi, junto a su compañera de hermoso nombre forestal, la cara pequeña y delicada bajo la masa de los rizos, que se encargaría en todo momento de la exploración logística para homicidios, atentados y tiros en las piernas. Ese hombre tenía solo veinticuatro años, era un obrero matriculado en la universidad y había participado ya como centinela en el crimen del consejero del Movimiento Social Italiano. Se llamaba Mure Galiani.

Llegó el día de Misa y Ester. Ya casi estábamos en verano, pero fueron los primeros a los que llamé, inmediatamente, tal vez la misma noche en que leí el informe de la defensa, en aquel final de diciembre que a estas alturas me parecía pertenecer a otra época: me lo sugirió mi madre, y tuve un instante de vacilación; me había quedado bloqueada y la miré parpadeando muy rápidamente como para aferrar un pensamiento, porque había olvidado que habían existido en la vida de mi padre.

—Ellos eran sus amigos en los años en que todo sucedió —dijo—. Eran sus amigos más queridos.

Fue Misa quien me contestó al teléfono; y ya he explicado que durante un instante se quedó sin palabras, cuando le planteé mi petición. Y que luego, con una voz que nunca le había oído, muy seria, compungida, casi grave, me dijo que sí.

Hacía ya muchos años que no vivían en el apartamento de Parella donde pasé decenas de noches de mi infancia y de mi adolescencia, la casa con un gran balcón que daba a un patio, el balcón donde en verano mi madre y ellos hablaban alrededor de una mesa larga y estrecha; una débil bombilla colgada en lo alto zumbaba, su luz oscilando sobre las grandes gafas de mi madre y su piel cremosa, los hermosos rasgos indios de Misa, el perfil noble de Ester, dulce y anguloso al mismo tiempo. Sus voces discurrían tranquilizadoras, y olía a espirales antimosquitos y al aroma a piedra húmeda que subía del patio, y yo me dormía en brazos de Misa, o entrelazada entre las largas piernas y los largos brazos de piel lisa como una manzana de Altea, su hija. Ahora se habían ido a vivir al campo, como también Altea, que se había casado y tenía dos niñas rubísimas, procedentes de quién sabe qué sueño hiperbóreo.

Por eso tuvimos que esperar tanto para poder reunirnos, para lograr que coincidieran una llegada mía desde Milán con su presencia en la ciudad; y ahí estábamos, como siempre, en la vieja mesa de nogal de mi vieja casa, Misa sentado a mi izquierda, Ester enfrente de mí. Habían venido, pese a todo. Habían venido, aunque su larga amistad con mi padre se terminó de forma brusca cuando yo tenía tres años y mis padres se separaron, podía intuir vagamente que por el modo en que él se había comportado con mi madre… y en parte conmigo. Eligieron a mi madre, aunque la conocieran solo desde que yo nací. Con mi padre se veían únicamente por Nochebuena, la única verdadera fiesta navideña que se celebraba en mi casa, que siempre ha reunido a diez amigos fijos y a alguna persona de paso que se encontraba sola por azar. Mi padre entonces preparaba para todos delicados e irrepetibles platos de pescado, con la sorprendente gracia que tenía para la cocina; y los invitados le hacían muchos cumplidos, pero la conversación con él no iba más allá de esos educados elogios.

Durante mucho tiempo no supe nada sobre el hecho de que entre Misa, Ester y mi padre hubiera existido una ruptura tan grave y una amistad tan grande, aunque a partir de cierto momento empecé a percibir la frialdad y el malestar entre ellos, y eso me provocaba una tristeza horrorosa. Me sentía zarandeada entre dos sentimientos igualmente fuertes; y experimentaba la sensación de ser desleal con mi padre, quien, por otro lado, no hacía nada para mostrarse más amable en su presencia. Solo de adolescente, creo, supe que había sido amigo de ellos, y durante más de una década. Me sorprendió, obvio; sobre todo porque eran increíblemente diferentes de sus amistades actuales, y también de él, por cómo se había vuelto; pero nunca pregunté. De vez en cuando mi padre me preguntaba en tono burlón cómo estaban, ellos nunca hablaban del tema. Pero el día en que murió, aquella tarde de bochorno, mientras me encontraba en la habitación del hospital sentada de cualquier manera en una silla y sin que nadie me mirara, de repente apareció Misa; irrumpió en la habitación y nos lanzamos el uno a los brazos del otro, y rompimos a llorar juntos. Por fin había llegado uno *de los míos.* Y luego, separándose de mí, con el rostro desencajado, Misa balbució: «Recordaré solo las cosas buenas de tu padre, las malas ya no existen», y yo asentí aturdida y me refugié de nuevo entre sus brazos.

Sí, ellos estaban decididamente entre los que ya no querían a mi padre. Pero habían venido: y de repente noté que estaban muy emocionados. No solo eso: eran *felices.* ¡Qué enigmática es la mente humana! L.B. −su L.B.− debería haber sido olvidado, borrado por el tiempo, por el resentimiento y por el desamor. Y en cambio estaba allí.

Así me lo contaron. Me contaron cómo ellos dos, Misa y Ester, se conocían ya desde niños, porque ambos procedían del mismo pueblecito de la Val de Susa, que habían empezado a salir cuando aún iban al instituto −un amor para toda la vida, un amor dibujado por el destino− y que más tarde, en Turín, mientras ella todavía estudiaba Magisterio y él se matriculaba en Pedagogía para luego trabajar de obrero y acabar entrando en la Enel, frecuentaron los ambientes de Lotta Continua y Vanguardia Obrera. Misa, antes de dejarse crecer la barba, tenía cara de niño; Ester llevaba el pelo liso como hilos de seda que le llegaban casi a la cintura, como lo tendría hasta mis cuatro o cinco años, cuando se lo cortó para siempre; todavía recuerdo aquella cortina color castaño que fluctuaba como un mar tranquilo cuando se inclinaba para fotografiar algo o para leer.

Después de la disolución de los grupos se acercaron como muchos otros a la autonomía, vagabundeando entre todas las cosas extrañas, informes y libres que estaban naciendo y que pronto se dispersarían; en via Plana, el Círculo Barabba acogía más o menos a cuantos pasaban por allí, «indios metropolitanos», jóvenes veteranos de los grupos, una mezcolanza de gente diversa que buscaba la posibilidad de algo nuevo y que necesitaba tener en cuenta otras cosas en la vida, al margen de la política. Por supuesto, la política permanecía por encima de todo; pero había tantas palabras y deseos que sobrevolaban: dar espacio a las relaciones humanas, a los cuerpos, a la heterodoxia, a todo aquel arte, aquel cine, aquella literatura «no marxistas» que habían ignorado durante años, mirar para otro lado, descubrir la forma de una montaña, de una catedral, de un detalle curioso en una bóveda de un portal de la ciudad, de un insecto, un ave, una avenida en otoño. No solo estar comprometidos, sino *vivos*. ¡Queremos poesías!, escribieron tres chicos en el periódico de Lotta Continua en junio de aquel año. Ya no soportamos ese lenguaje asfixiante de los panfletos, de las reuniones y de los charlatanes de profesión, queremos poesías, las queremos todas, por todas partes, en las paredes, mejor el llanto de una chiquilla adolescente abandonada que la confesión lacrimógena del enésimo líder del partido en el enésimo congreso de disolución, queremos poesías incluso en las puestas de sol contaminadas, las queremos incluso malas. Las queremos, aunque todo sea tan horrible, tan desalentador, o quizás precisamente por eso.

Porque fueron una primavera y un verano duros y terribles, sembrados de manifestantes y policías asesinados y de hombres a los que disparaban a las piernas triturando tibias cartílagos rótulas caderas, de manifestaciones prohibidas, de emboscadas fascistas, y el aparato se iba volviendo cada vez más inepto, cerrado y cruel.

¿Cuándo conocieron Misa y Ester a L.B.? No estaban seguros. Ese año convivían con un grupo de amigos, jovencísimos como ellos. Entre la mucha gente que iba y venía había una muchacha, excompañera de colegio de sus coinquilinos, una chica tranquila, encantadora e inteligente, con el pelo rubio largo y un fino flequillo que le caía hasta los ojos, siempre vestida con jerséis enormes y vaqueros informes. Se llamaba Petra y trabajaba en la Fábrica. Fue con ella, acompañados por un compañero suyo, con quien asistieron por primera vez a la coordinadora que tomaba el nombre del lugar en el que se encontraba —via Plava, en Mirafiori sur, un edificio de color rojo ladrillo con un tejado en punta propio de una casa escandinava— y que recogía buena parte de la autonomía obrera de Turín. Eran los que no militaban en ningún partido y no formaban parte de los sindicatos, los que querían seguir siendo independientes. Y allí en medio, llegado quién sabe por qué caminos, estaba L.B.

De manera que seguía apareciendo así, como por encanto, siempre escurridizo como un gato, siempre envuelto por una extraña distancia incluso en su poderosa presencia física, en su sonora voz. Y aún tenía esa incandescencia secreta que atraía a las personas, y esa peculiar dedicación hacia ellas.

—Si hablamos de líderes, él no lo era —dijo Ester, jugueteando con sus anillos—. Los que tenían mayor visibilidad dentro del grupo eran otros dos, un hombre y una mujer. Pero de una manera u otra era él quien lo dirigía todo. Era con mucho el más inteligente de todos nosotros. Era él quien comenzaba las discusiones presentando una determinada situación con un montón de datos, quien proponía los análisis, el que marcaba las directrices. Tenía una capacidad extraordinaria para centrar la cuestión más allá del argumento del día, la capacidad de *ver*... No sé cómo explicarme. Tenía perspectiva. La verdad es que no recuerdo casi nada de lo que se decía en las reuniones. Pero, por ejemplo, se hablaba de lo que pasaba en la Fábrica, y él era capaz de reconocer las señales de lo que iba a pasar, aunque luego en el 78 contrataron de golpe a miles de personas y pareció que se había equivocado por completo. Y, aun así, él tenía razón.

—¿Existe alguna transcripción de una intervención suya? —pregunté, ya derrotada.

Misa y Ester intercambiaron una sonrisa disgustada.

—Nunca se escribía: se hablaba y basta. Como mucho, después se recogían algunas notas de reflexión. Pero no sabríamos remontarnos a qué discurso era suyo, o de algún otro, o de todos juntos en colectivo.

Lograron contarme solo de manera genérica qué se hacía en la coordinadora obrera de via Plava; discutían, naturalmente, de lo que pasaba en esos momentos en la ciudad, sobre todo en las fábricas, y en el mundo; se habían creado grupos de lectura de textos no ortodoxos, como por ejemplo Vygotsky o McLuhan, o también escritos que llegaban desde las cárceles, de los presos políticos, que luego se explicaban al comité y se discutía sobre ellos; se analizaba el proceso de automatización del trabajo manual y qué podría significar, si solo pérdida o también posibilidad de una contrapartida; se hablaba de los barrios periféricos, de la escuela, de la represión creciente.

Misa y Ester me entregaron una bolsa llena de panfletos y libelos de aquellos años, que leí con desgana y de modo desordenado en los meses siguientes. No buscaba nada en particular, solo trataba de abrirme un camino en aquel lenguaje tortuoso y en aquellas referencias que a menudo no captaba, y a veces bajo los golpes del bastón las hojas secas se abrían en alguna página interesante o más comprensible, sobre todo cuando se trataba de investigaciones sobre las prisiones y sobre las celdas de castigo, los pabellones especiales de máxima seguridad donde se encerraba a los terroristas. Y luego, un día, como siempre por casualidad, me encontré con un texto mecanografiado con las páginas cuidadosamente numeradas. Desde las primeras líneas —y el fondo de los ojos comenzó a arderme— reconocí inmediatamente el estilo revoloteante de mi padre, la «brisa primaveral» que soplaba en la metrópoli «flagelada por los vientos helados de los códigos de la dominación». Al cabo de tantos años, y aquella sería la primera y única vez, me encontraba con palabras que pertenecían a L.B., solo a él, que me decían sin mediaciones ajenas algo de lo que pensaba en aquella época, de aquella fantasmagórica inteligencia, sus palabras vivas que por fin, por fin, tomaban cuerpo y realidad física en siete hojas descoloridas, unidas de forma apresurada con una grapadora.

Seguí leyendo. Sí, aquel era un texto inconfundiblemente

suyo, desde la primera a la última línea, aunque estuviera sin firmar. Hablaba de la necesidad de hacerse con la pluralidad de los lenguajes surgida de la crisis de los grupos de izquierda extraparlamentarios, liberándose de los viejos sistemas ideológicos para abrirse hacia nuevos conocimientos. Insistía en la importancia de la liberación de los cuerpos, de la aparición desde los «meandros sociales de las primeras respuestas extrañas de cuerpos cada vez menos educados». Citando otro texto que hablaba de la escisión entre cuerpo y psique provocada por la sociedad capitalista, de los monstruosos y enajenados cuerpos sin cabeza y cabezas sin cuerpo que se movían por el paisaje metropolitano, escribía: «La mente da un salto al pasado; revisita lugares secretos que están introyectados en la profundidad de cada militante comunista, y desde allí sale a flote el sistema de certezas absolutas del Partido-Verdad. Un escalofrío nos recorre la espalda, porque durante largo tiempo muchos de nosotros, sobre todo quienes se remitían al marxismo-leninismo, hemos sido una CABEZA SIN CUERPO».

Me detuve, con un respingo de compasión. Me pregunté quiénes, de entre los otros, en aquel grupo de personas que eran casi todos al menos cinco años más jóvenes que él, podían compartir aquellos «lugares secretos». Era suyo el dolor, suya la vergüenza. Después de tanto buscar, después de tanto tratar de imaginar, ahí estaba: ahora sabía qué había sido Servir al Pueblo para él. Había otras muchas frases profundamente significativas: «el nombre mágico de transición al comunismo»... «los trágicos hallazgos históricos de la petrificada osificación del marxismo»... «es necesario hacer una crítica desencantada de los amarillentos álbumes de familia»... El documento no llevaba fecha, pero debía de ser de principios de los años ochenta, antes de que lo detuvieran. Pensé que una especie de siglo separaba al joven de las asambleas de delante de la Sapienza del hombre que escribía aquellas cosas, que vislumbraba en las nuevas «respuestas extrañas» de cuerpos sin educar y libres una oportunidad de huir del solipsismo vacío de los cuerpos-sin-cabeza del post-todo («total, a estas alturas ya solo hay ruinas, ¿no?»), del diviértete y no pienses en nada, que en definitiva dejaban el poder intacto y sin discusión. Una oportunidad de apertura a los individuos, a la especificidad, a los experimentos, en oposición a aquel poder que en cambio volvía abstractas a las personas y suprimía la unicidad, transformando a todos en un único bloque (precisamente, comentaba sarcástico, como la gran ideología del partido-guía). Era necesario salvar a aquellos seres humanos, transformarlos en cuerpos-con-cabeza, diversificar la realidad, escuchar las voces, los «sonidos», las «microrrupturas», liberar a las personas de aquellos códigos de dominación que transformaban la individualidad según su versión: la gratificación, la emulación, la sumisión recompensada, la adhesión ciega al *objetivo de la compañía*, «el ser "protagonistas activos"», todo ello cosas que «penetran, por Dios, que funcionan», escribía con amargura. Quizás era imposible encontrar una brecha a través de la cual mantener un diálogo con esa dominación enemiga: pero, y esta era la esperanza con la que el documento se cerraba, el abandono del Gran Proyecto, de una única clave para descifrar la realidad, buscando en cambio claves diferentes, proyectos diferentes, una transmisión de lenguajes y de conocimientos múltiples, era el futuro más estimulante y más vivo. Ya no se trataba del sol del porvenir: sino, al menos, de un nuevo lenguaje para una nueva existencia.

Eso era todo. Pero ya había aceptado la absurdidad de que, de un hombre que se había dedicado a la política durante todos aquellos años y en un tiempo tan rabioso de acontecimientos y palabras, no hubieran quedado más que algunas líneas en un periódico en las ocasiones en que se le detenía. Cuántas veces había buscado su nombre en las listas al final de los ensayos de historia, al final de un artículo de periódico, entre los participantes en la escritura de un libelo revolucionario, sin encontrarlo nunca. Así pues: era poco, pero era *algo*. Ahora conocía al menos un fragmento de su mente política, y no tan solo el halo sumario de la memoria y la desmemoria ajenas. Lo releí muchas veces, estudiando las sutilezas, la ingenuidad, las intuiciones. Estaba allí, neto y nítido, para mí: probablemente él nunca imaginó que sería lo único que su hija un día recuperaría, que le quedaría como único documento tangible de su pensamiento, seguro que él no conservaba ningún recuerdo del mismo; pero era así, y era solo mío: porque había sabido reconocer en un fogonazo, en aquella larga y agotadora exploración, entre cientos de escrituras, que aquella era la suya.

Un día que fui a verlos, entre perros y gatos que rondaban a nuestro alrededor en la cocina de su casa de campo, Ester se colocó sus históricas gafas de mariposa y, sentada a la mesa, me enseñó un par de viejos álbumes de familia. Allí no estaban los cientos de fotos de nuestros viajes cuando yo era pequeña, sino la vida de antes. Estaban las vacaciones con L.B. y Agata, Grecia, la Apulia, los transbordadores, caras que no conocía, una fotografía de L.B. con pantalones cortos y gafas de sol empujando el cochecito de Altea y diciéndole algo entre risas a Misa, que estaba detrás de él; el fondo parecía una pequeña ciudad del Sur. Eran imágenes siempre alegres. Tampoco en sus álbumes había ninguna cronología real: las fotos se mezclaban, los tiempos saltaban adelante y atrás. Estaban las fotos de su boda, el 5 de enero de 1978. Misa tenía veintitrés años; Ester, veintiuno. Eran guapos. Una foto de Misa con un improbable peto rojo sosteniendo en brazos a una Altea radiante y rubicunda de unos dos años, vestida de carnaval. Una foto en blanco y negro de Ester adolescente en medio de sus primos; debía de tener doce o trece años, llevaba el pelo peinado con la raya al lado y una chaqueta de espiga, y, ya altísima, despuntaba sobre las cabezas de los otros niños, la cara muy seria.

Volví a pensar en esas fotografías unas noches más tarde, en Milán, mientras como hacía habitualmente alargaba el camino de regreso a casa tras una cena y vagaba por las calles oscuras entre la plaza Dateo y el paseo XXII de Marzo, mirando las enredaderas que se enroscaban en torno a algunos balcones de los que rebosaban plantas de todo tipo, como pequeñas junglas domésticas, y los recuadros color albaricoque de las ventanas con las luces encendidas. Aquellas figuritas del pasado que de golpe tomaban cuerpo, la muchacha demasiado alta que emergía de entre el grupo de primos, el chico con el pelo largo y la cara infantil que sostenía en brazos a su esplendorosa niña… Ellos, junto con muchos otros, mis «adultos», siempre habían formado parte plena de mi presente: nunca me había preguntado qué aspecto podrían haber tenido antes, qué deseos, cómo habían nacido sus historias de amor… o sus soledades actuales. Sabía, como se saben las cosas obvias, que habían sido jóvenes antaño, y además a algunos de ellos —Misa y Ester, Nina, Teresa, mi propia madre y otros— los había visto todavía jóvenes, con poco más de treinta años, la edad que yo estaba a punto de alcanzar; pero se me habían dado así, como yo misma me sentía dada desde siempre. Y ahora, en cambio, era como si se me re-aparecieran de repente.

No lograba establecer qué significaba ese pensamiento, y traté de derribarlo, de empujarlo hacia atrás hasta intentar alcanzar una respuesta, pero no lo logré. Y aun así tenía la sensación de que se había abierto algo, algo que extrañamente tenía que ver también con los balcones-junglas y las ventanas iluminadas. En cierta manera, si tuviera que definir el pensamiento, veía mejor. Pero seguía siendo solo una aproximación. El *mot de l'enigme* que resolvería la charada seguía estando lejos, inalcanzable.

En septiembre de 1977 se celebró en Bolonia el gran Convenio contra la Represión. Asistieron cien mil personas, un movimiento entero de subterráneos que querían mostrarse a plena luz del sol, hacerse ver por la gente corriente, demostrar que no todos los «autónomos» eran violentos como les decían. Había muchas cosas sobre la mesa: el objetivo era encontrar un proyecto común entre toda aquella gente con trayectorias tan distintas, renovarse, «hacerse preguntas y discrepar» y, a ser posible, construir una coordinación de las vanguardias organizadas. Un entusiasta obrero de Piombino escribía en *Lotta Continua* el día del inicio del Convenio: «Oigo incluso a la vieja locomotora obrera chirriar (¿no será el *rigor mortis*?)». Casi todos, hombres y mujeres, escribían en sentidas cartas que irían a Bolonia porque querían ver y entender.

Fue un desastre. Mientras por toda la ciudad se ofrecían espectáculos teatrales, fiestas y conciertos, en la enorme asamblea celebrada en el pequeño Palacio de los Deportes las diversas «almas» del movimiento se enfrentaban de manera brutal, y afloraba con crudeza a la superficie que para *hacer* algo no bastaba con definirse *contra* algo, que todas aquellas «almas» se sentían rabiosas, inseguras, perdidas y obligadas a girar sobre sí mismas en un presente circular, incapaces de proyectos, imaginaciones o propuestas, y se enzarzaban o se autocelebraban, mientras que en la inútil y ensordecedora cháchara los armados (así llamaban Misa y Ester a los terroristas: al hablar del movimiento, se decía los armados y los no armados, utilizando sin siquiera darse cuenta el argot de la época) se paseaban discretamente de debate en debate para ver hacia dónde soplaba el viento, y si acaso era a su favor. Hablaron,

hablaron, hablaron, hablaron durante tres días las almas, y al final no dijeron nada. Quien había ido para ver y entender no entendió nada, y solo vio fiestas, cantos y coloridas manifestaciones de danza: a menudo bebemos café con nata al borde del abismo, escribía Andréi Bely.

Y el abismo estaba justo a la vuelta de la esquina, tan cerca que nadie se lo habría imaginado jamás; fue como una tormenta de símbolos que descargó torrencialmente durante los días siguientes. A Bolonia, junto con L.B., Misa, Ester y muchos otros, también había ido Cecilia Longoni, la vieja amiga de L.B., quien, a pesar de que había dejado desde hacía un tiempo la política activa, quiso participar en el Convenio. Mientras regresaban, con la cabeza apoyada contra la ventanilla del tren, él, que se sentaba enfrente, le dijo: «Todo ha acabado».

Cecilia no preguntó qué era lo que había acabado. Él cerró los ojos y no dijo nada más.

El Convenio de Bolonia concluyó el 25 de septiembre. Muy poco tiempo después, en tan solo tres días, los Núcleos Armados Revolucionarios dispararon en Roma a dos chicos en un banco, y a una muchacha que murió después de años en coma, primero a ellos, luego a ella, regulares, implacables, paso de la oca; y el 30 de septiembre, para finalizar, Walter Rossi, que tenía veinte años, recibió un disparo mortal en la nuca mientras estaba en la manifestación por el atentado contra la chica.

Y luego, el primero de octubre, Roberto Crescenzio ardió en llamas.

Una vez, tendría yo diez u once años, mi padre y yo estábamos en la cola de un cine en via Po. Íbamos juntos al cine con frecuencia. De repente me dijo, señalando hacia un bar de allí al lado:

—¿Sabes?, antes ese bar se llamaba Angelo Azzurro.

Hizo una pausa.

—Ahí dentro murió quemado un chico —añadió—. Lanzaron cócteles molotov al interior... durante una manifestación. El chico se asustó y se encerró en los lavabos. Y entonces se quemó vivo.

Levanté la mirada hacia él, tratando de interpretar su expresión, pero estaba impasible. No sé si le pregunté por qué los habían lanzado. Estaba asombrada de que me lo contara, y además de aquella manera, de la nada. No continuó con el relato y nos encontramos frente a la sonriente taquillera, y eso fue todo; entonces entramos en el cine y yo me distraje. Pero aquella conversación la recordé siempre, por la sutil sensación de inquietud que me dejó, por la vibración de su voz, por la casualidad de la anécdota monstruosa. Nunca me había dicho nada de otros lugares donde habían matado a alguien, de otros episodios. Eso significaba que el Angelo Azzurro representaba para él algo tan repugnante, tan inconcebible, que hasta se le ocurrió contármelo a mí, que todavía no iba a la secundaria. Cuando pasaba por allí delante no podía no pensar en ello, aunque no volvimos a hablar del tema nunca más. Angelo Azzurro pasó a formar parte de esa categoría de palabras que permanecen unidas a una inquietud subterránea y sofocante, como la pata del mono de Jacobs, esos nombres que cuando los vuelves a oír tienen para ti el mismo sonido que el silbido de Peter Lorre en *M, el vampiro de Düsseldorf*. Pero no se trataba de imaginaciones, era verdad, y estaba *cerca*: quizás por eso me afectaba tanto.

Sobre los hechos del Angelo Azzurro tardé unos quince años en leer algo al respecto. La manifestación convocada el primero de octubre por la muerte de Walter Rossi, la furiosa marcha que buscaba objetivos que atacar, la tensión tan fuerte que casi no se podía respirar. Al no conseguir asaltar la sede del MSI, custodiada por la policía, la marcha se desvió hacia via Po. Allí al fondo, en un bloque de la plaza Vittorio, estaba aquel bar, el Angelo Azzurro, del que se decía que solía estar frecuentado por traficantes de heroína y fascistas. Como premio de consolación, la heroína ya iba bien. Aquella mañana en el bar también estaba Roberto Crescenzio, un estudiante trabajador (¡un proletario!, gritarían con desesperación los editoriales de *Lotta Continua* y de otros periódicos comunistas de los días siguientes, ¡hemos matado a un proletario, un proletario!), que tomaba un aperitivo con un amigo. Cuando llegaron los encapuchados, les gritaron al camarero y a los clientes que se largaran, como era habitual. Quizás Roberto Crescenzio estaba ya en el lavabo, quizás el miedo lo hizo moverse de modo irracional y se fue hacia el lado opuesto, cerró la puerta con llave. Se lanzaron los cócteles molotov, el Angelo Azzurro ardió en llamas.

La gente que estaba fuera se quedó a mirar el crepitar del fuego. Entonces sucedió. En un momento dado, como de una puerta del infierno, surgió una figura. Era una criatura procedente del fondo de las pesadillas. Era completamente negra. Ya no vestía ropa alguna, solo jirones que colgaban de él. Ya no tenía pelo. Ya no tenía cara. Era solo un cuerpo carbonizado que caminaba tambaleándose, y con los ojos abiertos de par en par. Todo el mundo se quedó en silencio. ¿De dónde salía? ¿Qué era aquella criatura? La observaban, aterrados. Alguien tuvo la capacidad de razonar por un momento y trajo una silla a saber de dónde. El cuerpo se sentó. Existen fotografías de la criatura en la silla, rodeada por personas con los brazos colgando. Luego se llevaron el cuerpo al hospital. La silla permaneció allí durante horas, cerca de los soportales, demasiado terrible para que la tocaran, con los restos quemados de ropa y encima la huella negra del cuerpo sentado.

Durante la noche entre el 2 y el 3 de octubre, alguien escribió sobre una pared del paseo Valdocco ES UN MAL MOMENTO con pintura roja. El silencio pesaba sobre la ciudad.

Crescenzio sobrevivió, casi siempre lúcido, durante demasiados días —dos—, y luego sucumbió a una muerte caritativa.

El Angelo Azzurro supuso un desgarro irreparable en la historia de Turín. Todos los que lo recuerdan hablan del tema con vergüenza, aunque no hubieran estado presentes. Todos, de una manera u otra, somos responsables, escribieron tras el fallecimiento de Roberto Crescenzio. Se había cruzado un umbral del que ya no era posible regresar inocentes, puros, libres con la libertad de la infancia. El Angelo Azzurro significaba literalmente lo indecible que se cernía sobre todos ellos, que se clavaba para siempre en sus carnes. Aquel día marcó la ruptura definitiva entre quienes decidieron dejar la política porque no podían soportar la idea que su propio mundo hubiera engendrado la criatura de los infiernos, quienes se quedaron tratando de recoger los añicos con desesperación creciente, y quienes al final eligieron la lucha armada, y en el caso que nos atañe Primera Línea, porque ya no quedaba nada más, se habían cortado todos los circuitos, los grupos habían desaparecido, los brigadistas quedaban lejanísimos, seres casi lunares, el Estado aplastaba sin demasiadas distinciones. Al menos allí, en PL, estaban los escuadrones, tenía la apariencia de una organización (Mure Galiani pensaba en construir una milicia proletaria), el brillo seductor de la acción. Roberto Crescenzio se convirtió en un símbolo: y pienso en lo atroz que es que a una persona, a cualquier ser humano, le caiga en suerte ser un símbolo, y pienso en que Roberto Crescenzio tenía un cuerpo suyo, y un cerebro, y una vida oscura y normal, y en cambio tuvo que convertirse en el cadáver martirizado en la encrucijada de los otros, un pobre mártir sin voluntad alguna de serlo, el monstruo de las fotos, la culpa de una ciudad. A menudo se dice que la tragedia de un individuo, o de muchos, puede servir para mostrar a los demás el escándalo intolerable de un gesto o de una praxis: siempre me pregunto qué pensarían al respecto ese individuo, esos muchos; y pienso en el horror implícito que radica en una afirmación semejante, pese a ser de buena fe. No, la quema de Roberto Crescenzio no sirvió para nada, no fue un símbolo de nada: me niego.

El Círculo Barabba, al que ya habían desalojado de su sede de via Plana porque el Ayuntamiento tenía que construir una guardería —la misma a la que poco más de diez años después asistiría yo, por esos extraños caprichos del destino—, se diluyó en las olas de aquel octubre; uno de sus animadores más importantes, apodado Kim como un personaje de novela de Salgari, entró poco después a formar parte de los escuadrones de PL, para luego convertirse en prófugo, líder de la primera patrulla Centro y miembro de la dirección turinesa de Primera Línea. En contra de aquella opción, y en general en contra de la idea de la lucha armada, otro de los miembros del círculo, Albertino, un muchacho misterioso, encantador y socarrón, el flequillo desgreñado de finos cabellos que se abría sobre su hermoso rostro, escribió un durísimo manifiesto, de cuya conclusión, décadas después, aún se acuerda mucha gente: «A partir de este momento, escribid la historia sin mí».

A última hora de la tarde de un día de diciembre de 1977 llamaron a la puerta de la consulta de un médico de unos cincuenta años que ejercía su actividad privada en Cit Turin, el barrio modernista de los dragones y los leones en los capiteles, y luego una voz masculina ordenó: «¡Abran, policía!».

La secretaria abrió. Cuatro personas a cara descubierta la encerraron en el lavabo, entraron en la consulta del doctor, echaron de allí al paciente y se centraron en el hombre que tenían enfrente, quien trató de defenderse débilmente, pero lo molieron a patadas y puñetazos y cayó al suelo. Los cuatro, tres hombres y una mujer, aplicaron una curiosa técnica a su objetivo. Lo ataron al radiador por las muñecas y le hicieron un breve juicio «proletario». Luego le dispararon con una 7.65 destrozándole un hombro y una rodilla (la otra rodilla logró librarse porque la pistola se encasquilló). Al final le colgaron un cartel en el cuello: «El proletariado no perdona a sus torturadores».

Luego desaparecieron. El panfleto de reivindicación lo firmarían los «Escuadrones Armados y Obreros de Combate». La secretaria pidió ayuda, llevaron al doctor al hospital más cercano y un periodista (la *Gazzetta del Popolo* tenía su sede allí al lado y llegó junto con el herido) constató que, cuando le abrieron la ropa y vieron los disparos, un médico murmuró: «¡Por Dios, lo han crucificado!».

Le preguntaron al doctor quién era. No contestó, giró la cara. Se lo preguntaron otra vez, y otra, y al final siseó:

—Me llamo Coda.

En el cuarto, por un instante, todo el mundo se quedó paralizado.

Villa Azzurra tenía un nombre encantador. Era el manicomio donde ingresaban a los niños. Los diagnósticos eran bastante discutibles y no se los volvía a evaluar durante años, pero poco importaba: los pacientes procedían de familias analfabetas o paupérrimas que no habían logrado desarrollar el uso de la palabra; o bien eran hijos de mujeres solas y no sabían dónde meterlos; o bien eran muy «movidos». Pero siempre se encontraba el grado de oligofrenia adecuado para el caso. Los ataban a las camas la mayor parte del tiempo y los lavaban las monjas con los cepillos que utilizaban para fregar el suelo. Cuando algunas niñas se hacían mayores, los enfermeros se las llevaban consigo durante unas horas. Comenzaban a engordar. Comían demasiados caramelos, decían las monjas. Luego desaparecían.

Una Navidad se proyectó una película titulada *El zoo, una elección de libertad.*

La mayor parte del tiempo los chiquillos estaban tan atiborrados de psicofármacos que ni siquiera sabían si era de día o de noche. Uno de ellos caminaba habitualmente hacia atrás. Los más molestos eran azotados o atados a los radiadores.

El médico jefe se llamaba Giorgio Coda. Tenía métodos interesantes. Para hacer que se desahogaran los críos más revoltosos, los hacía luchar entre ellos, igual que en las peleas de perros, hasta que caían, heridos y agotados; pero su especialidad, la que le valió la dirección de Villa Azzurra, era el electroshock. Por eso se le conocería por siempre como el Electricista. Él los llamaba electromasajes: castigaban en particular la masturbación, aplicando electrodos por encima y por dentro de las partes en cuestión; pero podían utilizarse para castigar cualquier cosa, o por puro capricho personal. Hubo un niño, hijo de una prostituta, quizás, pero con toda seguridad de una mujer pobre, que acabó en el manicomio de los adultos después de haberse tragado una canica por despecho; y luego, como era *inconcebible* que estuviera en medio de los adultos locos, pasó al manicomio infantil. Se llamaba Albertino. Trataba de escaparse por los tejados, y cuando lo atrapaban sus diligentes carceleros —porque eran muchos allí dentro, no solo el Electricista, los que aplicaban los «métodos de contención» y todo lo demás— decía que en realidad no podía prescindir de todo aquello. Lo ataron, le aplicaron electromasajes, pero nada, no se adaptaba, no se apagaba como los otros. Siendo todavía un crío, fue uno de los testigos clave en el juicio contra el Electricista. Más tarde, a los trece años, lo adoptó una familia rica de izquierdas que decidió encargarse de aquella criatura sufridora, sarcástica y siempre en fuga.

En julio de 1970 un fotógrafo del *Espresso* logró entrar en Villa Azzurra. Deambuló por las secciones sin que nadie se percatara. Fotografió a los niños atados, cubiertos de moscas, sin expresión, que a veces dirigían una sonrisa desdentada, indescriptible, al objetivo. Fotografió a una cría que se llamaba Maria y su retrato se convirtió en la foto principal del reportaje. Tenía el pelo corto, la cara dulce, el cuerpo completamente desnudo, y las muñecas y los tobillos atados como en una crucifixión. Estalló el escándalo, «liberaron» a los niños de forma arbitraria e insensata, sin prestar demasiada atención a dónde iban a parar; Maria, deficiente mental grave, murió unos años más tarde ahogada en una bañera, al dejarla sin vigilancia quien tenía que ocuparse de ella.

Escribieron un libro sobre el Electricista. Fue un caso límite para denunciar lo que pasaba en el fétido secreto de los manicomios; pero a pesar de ser condenado a cinco años, gracias a una amnistía y a un tecnicismo jurídico quedó en libertad. Primera Línea atentó contra él sabiendo perfectamente de quién se trataba; y todos en el movimiento conocían a Albertino, el extraño y bueno de Albertino y su atormentada historia, aunque él hubiera rechazado la lucha armada con furiosa vehemencia. La represalia fue un éxito. Mure Galiani estaba entusiasmado: la destrucción física, sin homicidio, del Electricista era una operación de propaganda bien pensada, con atención a los detalles (era realmente difícil sentir compasión hacia un monstruo), y recibió un consenso casi unánime. Habían atentado contra el objetivo ideal: eran en verdad unos justicieros, terminaban el trabajo que la justicia del Estado no había logrado llevar a cabo.

Más de cuarenta años después de la «venganza» contra el Electricista, estaba leyendo un libro sobre el manicomio infantil. De repente, di con un nombre demasiado singular como para que no captara mi atención. Era un niño que había estado en Villa Azzurra. Ese nombre comenzó a martillearme en la cabeza. Era un nombre de libertador de esclavos: qué atroz paradoja. El libro señalaba que de muchos de los veteranos de Villa Azzurra, incapaces de sobreponerse a lo que les había hecho la institución, se había ocupado a partir de los años ochenta una cooperativa que yo conocía. Era la misma en la que había trabajado mi padre cuando se licenció en psicología. Y recordaba perfectamente al hombre grande y gordo en que se había convertido el niño con nombre de libertador de esclavos. Me daba miedo: porque era muy alto, y porque siempre mantenía la cabeza encajada entre los hombros, y sus ojos azul pálido estaban vacíos, como su cara, y hablaba a ráfagas. Mi padre sentía predilección por él: pronunciaba aquel nombre exigente con gran dulzura, lo repetía como una cantilena, a veces, como si tuviera que dormirlo. Entonces, de tanto en tanto, los hombros de S. se relajaban.

—Fumas demasiado —le decía mi padre con una delicadeza casi amorosa.

Él se balanceaba un poco, le dirigía una vaga sonrisa, que a mí también me parecía amorosa.

Descubrí que S. aún vivía. Vi un pequeño documental rodado el año anterior donde se explicaba que, tras la quiebra de la cooperativa, lo adoptó una familia que se ocupaba de él. Estaba como siempre, salvo por el pelo algo canoso. En el documental hablaba de Villa Azzurra. Lo recordaba todo, los cepillos, las sábanas con que los envolvían y comprimían la cabeza hasta casi asfixiarlos cuando sufrían una crisis. Un muchacho había muerto en una cama al lado de él: estaba mal desde hacía horas, pero nadie acudió en su ayuda. Aunque él lo había tranquilizado, pronto vendrían a curarlo, vendrán pronto, ya verás.

Fue uno de los testimonios más demoledores. No me lo esperaba. Lloré largo rato pensando en S. y en los demás, en aquellos a los que habían acogido, en la inesperada imbricación de aquellas historias. Albertino murió de sida mucho tiempo atrás, todavía muy joven, tras dos años y medio de cárcel en los primeros años ochenta y después de otras vidas. Pero los otros, los locos de verdad o los locos inducidos a base de lo que fuera, siguieron yendo y viniendo por las periferias, cerca del edificio desierto del manicomio, a veces llegando hasta el centro de la ciudad, hasta que alguien les abrió una puerta cubierta de ramas de glicina. Y al final, bajo aquella glicina, pasó también L.B.

Una vez, hablando con dos viejos compañeros de L.B., uno de ellos, que había sido obrero en la Fábrica y lo conocía bien, y que luego llegó a ser profesor y también conocía bien a mi madre, me preguntó:

—Pero ¿cómo piensas construir esta historia? ¿Llegarás hasta su muerte?

Trazó en el aire el movimiento de un arco.

—No, no es una biografía. No cuento la vida de después, hablo solo de aquellos quince años, digamos. Es la historia de una caída.

Él entornó los ojos.

—No, no. No fue una caída.

—Pero es solo un arco narrativo, no es un juicio —le expliqué, paciente y razonable.

—No, porque si falta la parte de después... la parte en que tu padre fue a ocuparse de los locos... es como si faltara una pieza, ¿entiendes? Si hubiera caído, si hubiera caído *de verdad*, ¡se habría puesto a ganar dinero!

El otro interlocutor asentía.

—Debes entender que él no cayó, Marta. Estuvo hasta el final, exactamente hasta el final, con aquellos con los que debía estar.

No respondí nada. No estaba equivocado, pero aquello no formaba parte de mi historia.

Y aun así, de repente, vi que tenía razón. Todo discurría en un diseño perfectamente coherente. Albertino, Maria, el Electricista, S., el antiguo niño de Villa Azzurra, la sombra escalofriante de Villa Azzurra que volvía, volvía, como un crujido de trasfondo, en casi todos los libros sobre aquellos años, los libros que leía para documentarme. Esa noche pensé muchísimo en ellos, en el niño que se había tragado una canica y había escupido sobre la lucha armada, en Maria crucificada y ahogada, en el crío que andaba hacia atrás, en el que había conocido ya de adulto sin saber nada, y en esa conexión inesperada con mi padre. De manera que el L.B. que nunca había contemplado, el de *después*, el que había formado parte de mi vida y al que en cierto sentido consideraba desordenado y derrotado, había seguido con su acción anónima y serena, cada vez más en contraposición metafórica a la para entonces ya difunta Primera Línea y a su «praxis revolucionaria», a las venganzas *prêt-à-porter* que no salvaban a nadie, no ayudaban a nadie, mucho menos a quien, después de las torturas del Electricista y del sistema que lo había originado, tuvo que continuar existiendo. La ciudad de los parias, la ciudad escondida, incómoda y herida que no suscitaba ningún clamor ni ningún geométrico poderío. Aquel fragmento de su existencia no era por tanto una parte sobrante; era el retorno y la evolución de un tema, uno de los más importantes, si no el principal, de su excéntrica biografía. A veces la vida de los seres humanos revela un tan insospechado como admirable estro contrapuntístico.

Cuando finalmente ocurrió lo de via Fani, cogió a todo el mundo por sorpresa. Todos se quedaron descolocados, desde Primera Línea hasta el movimiento autónomo no armado; y una primera, pálida exaltación ante semejante ataque al centro del poder democratacristiano dio paso rápidamente a la confusión más absoluta. Una amiga de L.B. recuerda que el mismo día en que secuestraron al presidente democratacristiano y masacraron a su escolta, o quizás al día siguiente, él fue a verla a su casa y se puso a dar vueltas por la cocina tocando objetos al azar y dejándolos de nuevo en su sitio con visible nerviosismo.

−Estaba de un humor de perros −me dijo−. Yo aún me sentía electrizada, le dije: «Leo, pero ¿tú has visto lo que han hecho?». Y él me contestó en tono grave: «Ríe, ríe ahora, que mañana llorarás».

Y, en efecto, pronto empezaría un torbellino que arrastraría a todo el mundo y que los destruiría a todos. De entrada, el PCI y los sindicatos rompieron toda relación con cuanto estaba a su izquierda, para no arriesgarse a que los identificaran como «alineados con los brigadistas». Y, como consecuencia obvia, todo lo que estaba a su izquierda se volvió automáticamente sospechoso de «alineamiento». Comenzaron las detenciones y los registros exhaustivos que afectaron de modo indiscriminado al área entera de la autonomía, aunque la mayor parte de los grupos autónomos habían tomado distancias con editoriales y comunicados llenos incluso de irritación ante una parábola que a esas alturas consideraban completamente descarriada.

En Primera Línea nadie tenía la más mínima idea de qué hacer. Por otra parte, después de un gesto tan inesperado y desproporcionado por parte de las BR, era necesario por fuerza elevar la apuesta. Aunque uno de sus puntos inamovibles desde el principio era que quien entraba en la organización podía salir de la misma cuando quisiera, ahora ya no era posible. Tenían que acelerar el adiestramiento militar de los miembros, y sobre todo decantarse forzosamente, todos, por la clandestinidad. Hasta entonces, de hecho, la mayor parte de ellos había seguido desempeñando un trabajo normal, fichando con su tarjeta y participando en las acciones armadas en su tiempo libre –funcionarios de la lucha armada, los llamaba alguien– para poder seguir en contacto con el movimiento, con la realidad social y con el «territorio». Todo esto se rompió bruscamente, con el cuerpo del presidente doblado en el maletero del coche que cayó como una losa sobre las débiles y ambiguas vértebras teóricas de las organizaciones armadas; y tan solo quedó la llanura, abierta y terrible, ya sin las masas a sus espaldas, donde solo se podía disparar, y disparar cada vez más, cada vez más fuerte, abrir el campo de batalla a los jóvenes de dieciocho años que ansiaban su propia via Fani y a erráticos de diversa condición con tal de que engrosaran las filas, dejar entrar torrentes de armas. Si al principio solo se trataba de venganza o de castigo del réprobo, ahora era necesario alinearse con los otros, era necesario hacer que todo saltara por los aires, ideología incluida. Hasta ese momento las BR no sabían muy bien qué era Primera Línea: ahora lo sabrían.

Armamento difuso. Esta era la idea de Mure Galiani. «Extender la lucha armada y el combate difuso a todos los sujetos sociales», desde los obreros a los estudiantes, que podrían rebelarse contra sus patronos particulares. Así comenzó su nueva fase de reclutamiento en Turín. Otros cuadros del mando consideraban que, de entrada, poner armas en manos de chavales era una idea descabellada, pero no lograron pararlo. Primera Línea había comenzado una carrera vertiginosa hacia la perdición, y a sus espaldas dejaría una larga y sanguinolenta estela de trozos de carne humana.

«Dans les rues de Turin-la-Terreur.» Titular de *France Soir*, el 13 de abril de 1978, sobre la foto en primera página del cadáver del guardia penitenciario Lorenzo Cutugno tendido en una acera, asesinado por las BR. En las calles de Turín-el-Terror. Villefranche-sur-Mer, Chalon-sur-Saône, Turin-la-Terreur. Como si se hubiera convertido en el nombre mismo de la ciudad, en la lívida esencia de sus fachadas amarillo pálido cubiertas de hollín, de sus patios enrejados, de sus melancólicas callejuelas adoquinadas que por la noche brillaban bajo las manchas de luz de las escasas farolas, del río lento, de los bloques de la periferia, de las estatuas remotas y de los grandes jardines, como si un agua de muerte se hubiera infiltrado a través de todo aquello y lo hubiera permeado hasta alterar irremediablemente su naturaleza.

Podemos matarlos a todos, y los mataremos a todos. A partir de un cierto momento, la historia parecía ser así.

Mientras tanto, en la pequeña nave del comité que flotaba trabajosamente en la turbia tempestad circundante, L.B. y los otros seguían imperturbables tratando de encontrar un camino que llevara al cambio a través de la práctica cotidiana, sin llegar a los métodos extremos que él no solo aborrecía, sino que encontraba inútiles. Había nacido una niña, la hija de la jovencísima Petra, en aquella primavera de lobos. L.B. la adoraba y ella le correspondía. Cuando lo veía, daba palmadas llena de felicidad. Un día, cuando pronunció sus primeras palabras, lo apodó incluso «papo». Pero los lobos acechaban.

Detuvieron a L.B. por asociación subversiva en cuanto que era «uno de los líderes de la autonomía obrera turinesa», como lo definió el artículo de la *Stampa* del 16 de mayo de 1978, pocos días después del hallazgo del cadáver de Moro.

Un amigo mío que trabajaba en un archivo me envió un breve artículo que encontró por casualidad, sin saber en qué andaba yo trabajando, que apareció en el periódico de Lotta Continua del 17 de mayo y que hablaba precisamente de mi padre. «También en Turín se han llegado a practicar redadas contra los "alineados", categoría esta que parece servir cada vez más para señalar a los camaradas del movimiento más conocidos y combativos. Tal es el caso, en efecto, de Leonardo Barone, un compañero del PCI m-l y del comité permanente contra la represión, conocido por todos los camaradas de Turín por su militancia perseverante y a plena luz del día, detenido ayer por la mañana en el transcurso de una treintena de registros realizados por el [*sic*] Digos y los carabineros. Además de Leonardo, se ha detenido a [...]. El jefe de la Digos, F.F., ha declarado que sobre los compañeros pesan acusaciones "de ser responsables de episodios de violencia durante las manifestaciones, aunque ninguno de ellos esté implicado, no obstante, en atentados contra personas". Es una confirmación indirecta del carácter hostigador de estas detenciones, seguidas de registros que han puesto en el mismo cajón a compañeros del 68, militantes de Lotta Continua, delegados sindicales. Leonardo Barone, que solo es culpable de comunismo, debe ser puesto inmediatamente en libertad con sus otros compañeros para luchar junto a nosotros».

Puede que su detención fuera una forma de hostigamiento o no, pero a L.B. lo liberaron al cabo de pocas semanas, entre otras cosas porque no existía ni una sola prueba de que hubiera perpetrado nunca un acto violento en ninguna circunstancia ni de que formara parte de ninguna asociación subversiva. Agata me explicó que querían enviarlo lo más lejos posible: el lugar elegido, colmo del absurdo, era Monte Sant'Angelo, su pequeño pueblo natal en la cumbre de la montaña. Esta, entre las muchas detenciones de la colección de L.B., no sería particularmente significativa si no fuera porque, al menos según lo que me costó mucho trabajo reconstruir, fue la segunda encrucijada nodular de su existencia; es decir, la razón, según parece, por la que dejó su trabajo en el hospital. La historia brumosa que me había referido, las fechas que no coincidían, el hecho de que un día le dijo a Dora, a quien nunca le hablaba de ese período, que poco antes de ser arrestado lo habían seleccionado para un trabajo de investigación en una clínica en Alemania, y tal vez fuera este el motivo por el que sus compañeros lo habían, si no boicoteado, abandonado ante las acusaciones sin levantar ni un dedo en su defensa; ¿es aquí, por tanto, cuando L.B. fue a la fábrica, sin decírselo a nadie, ni siquiera a su esposa o a sus amigos más queridos? ¿Es este el punto? Es posible que después de una acusación de asociación subversiva no pudiera ejercer como médico: pero si más tarde se retiró la acusación, ¿no habría podido volver a su puesto? ¿O quizás fue entonces cuando se replegó otra vez sobre sí mismo, incapaz de gobernar sus demasiadas vidas? No lo sabré nunca. Formará parte para siempre de esos espacios vacíos de su existencia a los que nadie ha tenido nunca acceso y de las derrotas que ese hombre imprevisible se autoinfligía con tozudez.

Fue por tanto en ese momento, o quién sabe, quizás antes, cuando L.B. entró a trabajar en la Materferro, aprovechando la oleada de contrataciones por parte de la Fábrica que en aquellos meses estaba incorporando a decenas de miles de personas. La Materferro era la sección de la fábrica que se ocupaba del material ferroviario. Ahora ya no existe: solo queda un área abandonada cerrada con rejas arrancadas en parte, invadida por la hierba, por los vagabundos y por los conejos.

El período como obrero de L.B. es otro agujero de oscuridad total. No encontré testigos que trabajaran en su misma sección. Pero mientras tanto, fuera de la fábrica, el comité de via Plava se había transformado progresivamente en comité contra la represión; una noche, recordaba Ester, llegó una pareja muy tímida que tenía una floristería. Habían detenido a su hijo por pertenencia a banda armada y estaba en una supercárcel, aquellas entidades anómalas y todavía incomprensibles, y hablaron de las presuntas torturas que estaba sufriendo o, en cualquier caso, de cosas terribles. Una de esas supercárceles, de nuevo por azar o por las delgadas líneas temáticas de la vida, se encontraba en Trani. Misa, Ester y otros comenzaron a ir con regularidad a Milán, al Leoncavallo, donde se recogía la documentación que llegaba desde los pabellones acerca de los detalles más oscuros de las detenciones y también sobre las torturas, que después del secuestro de Moro –la «Operación Fritz», en el lenguaje de las BR– habían comenzado a practicarse más a menudo, aunque nunca haya quedado claro en qué medida. Para entonces ya solo se ocupaban de aquello. En el comité habían entrado los familiares de los compañeros encarcelados; se pasaba por alto *qué* habían hecho; se pensaba que en cualquier caso un preso es un preso, sobre todo si es un compañero, y era necesario luchar para que tuviera una vida digna en el lugar donde estaba recluido. Se recogían testimonios, se escribían panfletos para difundir las noticias, todas las discusiones se centraban sobre la cuestión carcelaria. No quedaba mucho más, evidentemente.

Eran muchos, a esas alturas, muchísimos. Cuando fui a cenar por primera vez con Sara y Mino, que estaban juntos desde que se conocieron durante los treinta y cinco días en la Fábrica, en su casa con la gran terraza desde donde se veía casi toda la ciudad y por donde correteaba una niña delgada de unos diez años, una hija tardía de cara puntiaguda e inteligente, Mino me dijo, en el río de su conversación interrumpida de vez en cuando por un comentario plácido de Sara, que hubo un momento en que por la calle no encontrabas a nadie, los habían detenido a todos. Él era aquel muchacho siciliano al que L.B. había conocido cuando formaba parte de los desempleados organizados; ella, Sara, algo mayor que él, una mujer de formas generosas y rostro expresivo, vivaz, lleno de alegre malicia, se había cruzado con él las primeras veces en alguna asamblea de fábrica a finales de los años setenta. Me enseñaron fotos de L.B. y de sus vacaciones juntos. A Mino le apasionaba la fotografía y las hacía muy hermosas, sus fotos de Berlín y de otras ciudades en blanco y negro tenían realmente cierta calidad artística. Una de las fotos que me había regalado Agata, descubrí mientras mi anfitrión examinaba un rollo en busca del rostro de mi padre, la había hecho él: un primer plano de L.B., recostado en un banco durante unas vacaciones, la cara barbuda apoyada en una mano, los ojos entrecerrados, los rasgos relajados, una sonrisa tranquila. Mino había tenido la capacidad de captar algo que en otros retratos suyos no se veía nunca.

Una foto me turbó en particular. Era la foto de un picnic, una barbacoa. A L.B. se le reconocía a la izquierda, tumbado boca abajo junto a una chica, y hablaba sonriendo con una niña que tendría más o menos un año, vestida con camiseta y pañal, y que estaba frente a él, de pie. Él tenía los codos apoyados en el suelo, las manos unidas en pirámide y las cejas enarcadas como si lo que escuchaba fuera muy interesante; Mino y Sara no recordaban quién era la niña, ni tampoco quiénes eran muchos de los presentes. Había bastante gente, sentada, tumbada, de pie junto a la barbacoa. En la parte derecha de la foto la gente que estaba de pie ya no se veía: el tiempo, o quizás el roce de las cajas o los objetos bajo los que por descuido había ido a parar al fondo de algún cajón, había ido descoloriendo sus caras hasta casi borrarlas. Tan solo quedaban sus camisas arremangadas y las piernas, alguna mano que sostenía un cigarrillo, los zapatos sobre la hierba.

—Estos —dijo Mino, pasando el índice por la parte de la foto donde las caras se habían desvanecido— terminaron todos en la lucha armada.

Lo miré a él y luego de nuevo la foto. Estaba estupefacta. Nunca había visto un objeto real tan inverosímilmente simbólico; eran cosas, estas, que pertenecían a la literatura. La división nítida entre los salvados y los no salvados, entre los que se habían malogrado y los que no, por muy increíble que fuera, era producto del azar: y así, por un mero accidente, aquella pequeña foto estropeada se convertía en la efigie trágica de una época.

Sara me llevó de vuelta a casa de mi madre en coche. Pasaba ya de medianoche. Cuando nos paramos en medio de la calle desierta delante del portal, se giró para mirarme y dijo:

—Escucha. Tengo que decirte algo.

—Sí.

—Si tu padre no llegó a ser una persona importante, si no se convirtió en un líder de partido, es porque él lo eligió. Tenía todas las papeletas para convertirse en un gran hombre de la política. Pero no quiso. Siempre prefirió permanecer en la retaguardia. No quería ser un jefe. ¿Lo entiendes?

Asentí.

Miró de reojo por el parabrisas hacia las ventanas iluminadas del edificio.

—Una vez vine a buscaros aquí. Tú eras muy pequeña. Nevaba muchísimo, tardamos un siglo en llegar. Pero me acuerdo de la casa, y de tu madre. Me gustaría volver a verla algún día. Margherita.

Me sonrió. Había como una sensación de secreto compartido en la calle oscura por donde no pasaba nadie, en las palabras que había esperado a decirme hasta el final, en la ciudad nocturna y tranquila donde parecía que estábamos solo nosotras dos. Yo también le sonreí.

Es interesante seguir el recorrido que llevó a L.B. a contactar con Mure Galiani, entre otras cosas porque se ven en acción casi todas las variables que pueden decidir el destino de una serie de seres humanos: el azar, la soledad, la venganza, la estupidez, la arrogancia, la confusión de identidad, la ceguera obstinada.

Era febrero de 1979. La ciudad había sufrido treinta y seis atentados en menos de sesenta días. Mientras tanto, Primera Línea había asesinado en Milán al juez Alessandrini; y en otoño PL también había matado en Nápoles, dentro de la «campaña de las cárceles» contra las leyes de emergencia y contra las condiciones de degradación de las prisiones, al profesor Paolella, un antropólogo criminal que trabajaba en la reforma penitenciaria y en una serie de mejoras para la reinserción de los presidiarios, sobre todo los toxicómanos. ¿Por qué «los justos», como era el caso de Alessandrini? Porque era necesario huir del terrible peligro de que esos justos hicieran aceptable la institución estatal, que pudieran transformarla a mejor y, por tanto, eliminar la presunta necesidad de organismos que querían hacerla desaparecer a tiros. En enero mataron a un guardia de prisiones en Turín. Era innegable que habían elevado el listón, entre otras cosas por la frenética competición con otras formaciones armadas. El PCI decidió repartir un cuestionario entre los turineses que recibió muchas críticas, en particular por la pregunta 5: «¿Podría indicar hechos concretos que puedan ayudar a los órganos de la magistratura y de las fuerzas del orden a identificar a quienes cometen atentados, robos, agresiones?». Se trataba de delación, decía más de uno. ¿Y si luego alguien denunciaba a otro solo por venganza personal? Pero, mientras tanto, los comités de barrio distribuían el cuestionario. El joven presidente del comité de Borgo San Paolo y Madonna di Campagna se percató de que lo seguían: durante muchos días vio a una persona que se paseaba por la acera de enfrente de su casa. Luego vio un coche con cuatro personas esperando hasta que se montó en el autobús, y en la siguiente parada se subió una chica que se sentó a su lado y se bajó en la misma parada que él. Quizás se tratara de una coincidencia, pero él comenzó a preocuparse de verdad.

Primera escena. La mañana del 28 de febrero, en un estanco, tres chicos pidieron probarse unas máscaras de carnaval. Dado que ya hacía bastante tiempo que había pasado el carnaval y era la tercera vez que venían en tres días, el estanquero sospechó, pensó que querían utilizarlas para un atraco y, en cuanto salieron, llamó a la policía por tercera vez. Aquella mañana la policía acudió. Los tres —dos hombres y una mujer— entraron a tomar un café en un bar cercano. No llevaban allí ni cinco minutos cuando una patrulla de la policía entró y les pidió la documentación. No abrieron la boca: sacaron las armas y comenzaron a disparar. Los policías respondieron al fuego. Nadie sabe muy bien lo que ocurrió aquel día. Pero cuando por fin cesaron los disparos, dos de los jóvenes estaban muertos en el suelo: ella llevaba un chaleco antibalas ya inútil bajo el loden de color arena, las cejas finas y una gorra sobre el cabello corto, pelirrojo y rizado; él tenía un aspecto jovencísimo. En los periódicos aparecieron las fotos de sus cadáveres, de sus caras no sorprendidas ante la muerte, sino serias, concentradas. Los habían despojado de sus ropas sin motivo alguno, salvo tal vez el de enviar un mensaje tribal a los terroristas, sus cuerpos desnudos abandonados en el suelo. «Saludos desde Turín», tituló la revista satírica *Male* aquella foto atroz. Pese a llevar consigo un armamento que los señalaba indudablemente como terroristas, los policías tardaron un tiempo en averiguar quiénes eran. Entonces Primera Línea envió un comunicado en el que honraban la memoria de

«Charlie y Carla». Él se llamaba Matteo y era un obrero de la Fábrica de Rivalta, veinte años, matriculado en cuarto curso del liceo científico. Procedía de una familia destrozada, el padre condenado por mafioso y asesino, dos hermanos mayores que ya habían pasado por la cárcel, y cuando fueron a casa de su madre, ella comenzó a gritar que no era posible, también él no, que sobre ellos había caído una maldición. Matteo era uno de los chicos de los nuevos reclutamientos. A sus amigos les dijo una vez que mejor la muerte que la cárcel. Barbara, la mujer, tenía veintinueve años, era madre de una niña y había sido una militante comunista importante en Bolonia. Había participado en todas las luchas más significativas de aquellos años. Antes de entrar en la clandestinidad en Primera Línea con su compañero Bastien Vivaldi, el tercer hombre de la escena que logró huir, con quien mantenía una relación desde hacía varios años, trabajaba de maestra de guardería.

Segunda escena. En PL todos estaban conmocionados: era la primera vez que dos de los suyos morían. No hubo ninguna discusión, se comenzó a pensar de inmediato en la represalia, a igualar las pérdidas. Sobre todo Bastien Vivaldi, que había perdido a la mujer que amaba, quería venganza, y pronto. A medida que pasaban los días, la cólera y el odio crecían y se retroalimentaban. Cada vez más, también por la confusa reconstrucción de un cuarto miembro del comando que había asistido a la escena desde fuera, la idea que iba tomando cuerpo era la de una auténtica ejecución a sangre fría. Nadie se preocupó de verificar los hechos, «arrastrados por el deseo de acción», como diría más tarde Mure Galiani. Después de haber renunciado a los atentados contra objetivos más llamativos por imposibilidades técnicas, un muchacho de los escuadrones y un miembro de PL se encargaron de buscar el lugar apropiado: eligieron al final una bodega en via Millio, en Borgo San Paolo. A la una de la tarde del 9 de marzo de 1979, un viernes de sol mortecino, velado, un Fiat 131 robado aparcó en las inmediaciones del bar. Bajaron cinco personas, entre ellas Vivaldi, Mure Galiani y su compañera, cuyo nombre de guerra era Laura. Sostenían bandejas de pastelería cubiertas con papel brillante; y bajo el papel estaban los kalashnikov. Entraron, ataron a los dueños en la trastienda, y Bastien Vivaldi se dirigió a la barra, dominada por un gran espejo con la inscripción «Campari». Telefoneó a la policía y dijo que había sorprendido a un ladronzuelo con las manos en la masa mientras le robaba la radio del coche. Dijo que lo tenía inmovilizado y que los esperaba allí, en la bodega de via Millio, via Millio 64/A, aquí mismo en la bodega, repitió de nuevo, persuasivo. Pasó más de media hora y al fin un coche patrulla llegó al bar. El primer policía no tuvo ni tiempo de entrar cuando acabó acribillado por cinco balas. Logró responder al fuego para luego arrastrarse por la acera y pedir ayuda a los transeúntes, y los otros dos policías que se habían quedado fuera también comenzaron a disparar, pero a sus espaldas llegaron los disparos de Laura y del otro, apostados detrás de un coche. En la lluvia letal de proyectiles que siguió, Laura hirió por error a Galiani en el brazo derecho, quien dejó caer la pistola; recogió un kalashnikov y comenzó otra vez a disparar con la mano izquierda, a pesar de que otro tiro le había alcanzado justo por debajo de la rodilla. Ahora ya se encontraba en la calle, apoyado contra el techo de un coche, y disparaba contra un policía que había vaciado el cargador de su pistola y que se había refugiado dentro de la bodega. Una de aquellas balas rebotó e hizo un viaje, un viaje que había comenzado cuarenta minutos antes, cuando Vivaldi había hecho su llamada y un autobús había salido de un instituto superior para cruzar la ciudad, y de aquel autobús se bajó un chico de casi diecinueve años que ya llegaba tarde para comer porque se había quedado hablando sobre el hecho de que le gustaría hacer la tesina de final de secundaria sobre Fenoglio con un profesor que era un apasionado de Fenoglio (los minutos, los minutos, los segundos, el azar), un chico que se llamaba Emanuele Iurilli y que se encontró en medio del tiroteo, y aunque le gritaron que se pusiera a salvo, el viaje del proyectil terminó en el pulmón derecho y luego en el hígado, que estalló, y el muchacho se desplomó. El grupo armado huyó, con Mure Galiani cojeando, y al cabo de unas horas lograron encontrar un piso franco donde un médico fue a visitarlo y le cortó la hemorragia, pero dijo que no podía hacer nada con una herida semejante. El médico probablemente era L.B., y según la acusación el hecho de que Kim, el ex del Barabba, el jefe de los comandos, hubiera ido a buscarlo precisamente a él significaba que ya había mostrado su disponibilidad a curar a los miembros de PL. Sin embargo, él mantuvo hasta el final que no sabía a casa de quién lo estaban llevando. Me pregunto qué hizo cuando salió de aquel apartamento, cuando Kim se lo llevó luego a otra parte y lo dejó allí solo, cómo se sentía, si tenía un gusto rancio en la boca, si anduvo solo por la ciudad ahora muda en busca de aliento, de comprensión, tratando de descomponer sus propios sentimientos en divisiones inteligibles, y qué sintió cuando se enteró de lo del chico. Llevaron a Mure Galiani a Milán, donde lo curaron, y la muerte de Emanuele Iurilli cayó como un puente de hormigón armado sobre Primera Línea.

Pero hay, por muy increíble que pueda parecer, una tercera y última escena. Vivaldi no se sentía vengado, la emboscada había fallado, ningún policía había muerto e incluso habían matado a un muchacho inocente. Ni siquiera aquella muerte fortuita había apagado su odio inextinguible; la organización se parecía cada vez más a una banda criminal que tenía que castigar a los delatores, los infames, los chivatos; y el primer infame, el responsable original de todo aquello, debía ser por fuerza el dueño del bar donde Vivaldi, Barbara y Matteo se habían tomado un café aquel día de febrero en que llegó la policía; tenía que haber sido él quien llamó, era obvio. Ni siquiera pensaron en el estanquero. Tampoco hicieron los habituales controles de rutinas. La acción se llamaría «Operación Judas». Por otro lado, cuando se había producido el tiroteo, estaban en trámites para vender el bar y el propietario ya ni siquiera era el mismo. El nuevo gerente se llamaba Carmine Civitate. El 18 de julio cuatro hombres con mono de mecánico entraron en el bar. Solo estaba la esposa de Civitate detrás de la barra. Pidieron un amaro, esperaron. Entonces entró Civitate con una bandeja, la depositó sobre la barra, y un instante después Bastien Vivaldi le disparó siete tiros, todo el tambor de una 357, que le destrozaron la cabeza y le perforaron el tórax. La esposa se refugió en la trastienda y los terroristas huyeron. Hasta el último momento se negaron a creer que de nuevo habían matado a alguien que no tenía nada que ver en absoluto. Decían que era propaganda para enfangar a la organización, escribían panfletos febriles en los que amenazaban con identificar y castigar a quien se atrevía a tanto (podemos matarlos a todos, y los mataremos a todos...). Durante el juicio, en 1983, el estanquero acudió para declarar que había sido él quien telefoneó a la policía aquel lejano día. Sobre las jaulas de los acusados cayó un silencio de piedra.

Después de muchas vacilaciones decidí buscar también a Mure Galiani. Agata sostenía que L.B. nunca había ido a visitarlo; según el informe de la defensa, resultaba que sí. Mure Galiani, responsable del comando militar de Primera Línea, miembro de la estructura dirigente nacional, ejecutor material de cuatro delitos, condenado a cadena perpetua y luego a veintinueve años en Casación, disociado en los años ochenta. Encontrar su contacto fue sorprendentemente fácil. Cuando le dije a mi madre que tenía la intención de escribirle, ella, por lo general tan flemática, perdió los estribos.

—*Esos* no son tus interlocutores —gritó al teléfono—. No tienes necesidad de preguntárselo a *él*. Y además, ¿de qué te sirve saber si sucedió o no? ¿Qué cambiaría?

Era una buena pregunta. ¿Por qué necesitaba saberlo? El informe de la defensa lo presentaba como un dato fehaciente. Por tanto, había ocurrido. Era algo de lo que evidentemente

L.B. había asumido la responsabilidad, rechazando no obstante que se considerara un acto de connivencia o incluso de participación activa. ¿Quería una certeza absoluta? Quizás. O quizás era algo más retorcido; por una parte, el deseo violentísimo de recuperar otro fragmento de mi padre, también dentro de aquel mundo infernal, ajeno, al que no tendría otra forma de acceso; y una vez más, me daba cuenta de ello, el deseo irrealizable de saber lo que había pensado, lo que había visto, qué palabras había pronunciado o se había guardado para sí mismo... la angustia cada vez más fuerte ante la serie de lugares en los que nunca me sería dado alcanzarlo; y por otra parte, un sentimiento más extraño: estaba también el deseo de cerciorarme de la realidad misma de Mure Galiani. ¿De verdad había ocurrido todo aquello? ¿Existía realmente? ¿Era una criatura viva, una persona de carne y hueso, no solo un personaje abstracto de crónica luctuosa?

—Solo quiero saber cómo sucedió todo —le dije. Y era verdad.

—Haz lo que quieras —dijo mi madre después de un breve silencio gélido.

Pero no supe mucho más de lo que ya sabía. Y ni siquiera fue un momento crucial o significativo. Fue todo de una banalidad enajenante, como si hubiera enviado una tarjeta a un pariente lejano para felicitarle por Navidad; y todo se desarrolló con la más perfecta y recíproca educación. Le escribí un correo electrónico; le dije quién era y qué quería de él, disculpándome por la molestia y por si mi pregunta podía despertar en él recuerdos dolorosos. Mure Galiani me contestó de un modo muy cortés, explicándome que, dadas las condiciones en que se encontraba en el momento de su presunto encuentro con L.B., había tenido algunas dificultades para mostrarse lo bastante lúcido como para poder recordar algo. También dijo, seráfico, que no experimentaba ningún sufrimiento al hablar de esas cosas, que ya había entrado «en la edad de la memoria» (la puntualización «ningún» me irritó). Después de nuestro intercambio habló con otro exmilitante del PL; se trataba de Kim, quien sí se acordaba bien de L.B. y de aquel día, y a la semana siguiente me escribió otro correo electrónico, diciendo que tenía una «deuda de honor» hacia mi padre y, por tanto, también conmigo. Me chocó la elección de la expresión (tan ajena a mí, a cualquier código mío, a cualquier pensamiento mío) y el hecho de que ahora escribiese sobre mi padre refiriéndose a Él, con E mayúscula. Decididamente nunca hablaríamos la misma lengua.

Fue Kim, como yo ya sabía por el material de la acusación, quien fue a buscar a L.B. para que le prestara a Galiani los primeros auxilios. L.B. lo hizo por él, escribió Mure Galiani, como lo había hecho por otros heridos en los enfrentamientos después de las manifestaciones en la calle. Sin hacer preguntas y sin saber a quién asistía. Por «deontología profesional y solidaridad». Luego añadió cosas que ya sabía: que L.B. no formaba parte en modo alguno de Primera Línea, que en prisión se había comportado de manera egregia (no sé qué pretendía decir), que, le habían dicho, se había licenciado en Derecho estudiando en la cárcel, y que delante de los jueces siempre había negado su pertenencia a Primera Línea, como en verdad era, pero que lo habían condenado igualmente. «En los años de la emergencia antiterrorista no se andaban con sutilezas», concluyó.

Me pidió que le llevara una flor a mi padre en su nombre. No le dije que las cenizas de mi padre se habían esparcido en el mar y no podría llevarle ninguna flor. Y que quizás no lo habría hecho en ningún caso. Al fin y al cabo, se había mostrado muy cortés.

Esto fue todo. Había obtenido algo: pero, no sabía por qué, me sentía igual, sin nada en las manos, desorientada en una tierra vacía.

De 1979 queda al menos una imagen más agradable. Me la contaron Alberto y Lucilla, y también me trajeron fotografías. Habían ido, me dijeron, al festival de Venecia, y habían acampado con tiendas frente al Palazzo del Cinema, en el paseo marítimo. En las fotos L.B. llevaba un chaleco azul, los ojos siempre entornados debido al sol y parecía no lograr estarse quieto nunca, ni siquiera cuando los demás se sentaban en las escaleras para tomar el sol. Estaba de pie, con las manos en las caderas, o dando vueltas por los alrededores.

No tenían credenciales e iban a ver las películas a las dos o a las tres de la madrugada. Vieron por casualidad *El Imperio contraataca* en inglés con subtítulos en francés. Me reí.

—No nos interesaba gran cosa —sonrió Alberto—, pero nos divertimos.

Mientras tanto, en el mes de octubre pasó algo extraño en la Fábrica. Sesenta y un trabajadores recibieron inesperadamente una carta de despido muy genérica, e igual para todos: se les acusaba de no haber ofrecido prestaciones adecuadas y de haber adoptado actitudes impropias en el lugar de trabajo. Los otros obreros se pusieron inmediatamente en huelga; el jefe del sindicato CGIL declaró que, antes de actuar en consecuencia, esperaría a saber los motivos de aquellos despidos. En resumen, se acusaba a los sesenta y uno de aumentar la conflictividad en la Fábrica y de provocar graves consecuencias en la productividad; pero sobre todo se insinuaba que existía alguna afinidad con el terrorismo. La discusión sobre la violencia en el trabajo y en las manifestaciones, sobre las formas ilícitas y lícitas de lucha, y los recursos de los despedidos, ocuparon todo el espacio. Nadie se dio cuenta de que con aquella jugada imprevista la Fábrica había abierto las hostilidades, porque todos se empeñaban en demostrar que también para ellos la productividad era fundamental, que también para ellos era necesario alejarse de los facinerosos... aunque finalmente casi todos los despedidos ganaron la causa y solo cuatro resultaron relacionados de una manera u otra con las Brigadas Rojas. La Fábrica había hecho un experimento, siempre con vistas a la «reestructuración» de la que se hablaba desde hacía tiempo pero de la que nadie había entendido la esencia: había dividido y había vencido. Alguien, observando con más atención, podría haber interpretado aquel extraño caso como un presagio; una pequeña mancha negra de alquitrán en el suelo que indicaba algo para el futuro.

El 11 de diciembre Primera Línea irrumpió en la SAA, la Escuela de Administración de Empresas que realizaba cursos para poner en contacto a los estudiantes con las empresas. El año anterior la escuela también había puesto en marcha un máster en dirección empresarial, que representaba no solo simbólicamente algo que había que destruir cuanto antes, y con una acción que resultara lo más clamorosa posible. El ataque se planeó hasta el más mínimo detalle. Hacia las tres y cuarto de la tarde, justo después del inicio de las clases, llegaron de repente cinco chicos bien vestidos, cada uno con un maletín. Entraron en el aula magna, donde se desarrollaba una clase. Uno de ellos, joven, moreno, responsable, dijo a los estudiantes y a la profesora sentada en la cátedra: «Soy de Primera Línea. Permaneced tranquilos, no os va a pasar nada. Hemos ocupado el edificio». Entonces él y los otros abrieron los maletines y sacaron las armas. Entró otro hombre, con una bolsa de gimnasia; extrajo una ametralladora.

Fuera, a la entrada y en el aparcamiento, había otros siete de cobertura, todos con chaleco antibalas debajo del loden y los chaquetones. Pero debía de haber otros, que se ocuparon de inspeccionar las aulas, el bar y la biblioteca, y reunieron a todos, estudiantes, profesores y empleados, aproximadamente unas doscientas personas, en el aula magna. Hubo el mitin de rigor: una mujer joven, que parecía menos tranquila que los otros y tenía un tono afanoso e inquieto, dijo a los estudiantes que allí se formaban los cuadros dirigentes de las multinacionales, y que tenían que abandonar aquellos estudios o sería peor para ellos. Alguien protestó y lo hicieron callar. Las explicaciones, dijeron los de PL, las encontrarían en el panfleto.

R.R., el intelectual de Primera Línea, se encargó de seleccionar a los profesores apropiados consultando la lista de los docentes: cuatro eran directivos de la Fábrica, uno de Olivetti. Les pidieron la documentación para asegurarse y les hicieron algunas preguntas. Uno de los directivos trabajaba en la planificación de la Fábrica con el ingeniero que Primera Línea había asesinado en septiembre, y acabó inmediatamente entre los cinco seleccionados. Los cinco estudiantes, en cambio, se eligieron al azar. Diez… y a nadie se le escaparon las implicaciones de ese número, que reproducía las represalias fascistas y nazis. En el aula magna obligaron a todo el mundo a acurrucarse con la cabeza entre las piernas y los ojos clavados en el suelo, pese a que todos los terroristas iban con la cara destapada. Pero, a partir de este punto, los testimonios difieren: algunos contaron que los obligaron a tumbarse boca abajo en el suelo. Cada uno, como ocurre siempre, tenía su variante personal del terror experimentado.

Condujeron a los diez elegidos en parte a los lavabos y en parte al pasillo de los lavabos. Y también aquí, más que nunca, los testimonios divergen. Cinco a un lado y cinco a otro, o tal vez en dos puntos distintos. Ataron a algunos y los amordazaron con tiras de cinta de embalar en la boca; pero no a todos. En cualquier caso, hubo una especie de ritual. En una de las versiones, después de haber hablado de «Carla y Charlie» y de las multinacionales, cuatro de ellos apuntaron con sus armas a las víctimas; entonces, con lentitud estudiada, los miraron uno a uno, con ojos amenazadores, como para imprimir indeleblemente odio y desprecio. Al final les dispararon en las piernas, uno tras otro. Un profesor recuerda la pistola apuntándole a la cara. Según otra versión los hicieron ponerse de cara a la pared, hablaron de sus compañeros muertos y de todo lo demás, y las víctimas, que no tenían forma de ver nada, oyeron el silbido del espray con que escribían sobre las paredes su firma y los nombres de guerra de Barbara y Matteo. Luego los dos tiros en las piernas, siguiendo la fila. A un profesor le reservaron una bala de más porque descubrieron que tenía permiso de armas, y no se admitía la defensa por parte de los patronos. El último que esperaba su turno, un estudiante que unos minutos antes estaba escribiendo postales de Navidad mientras esperaba que empezara su clase, perdió el sentido del tiempo mientras escuchaba los tiros que se acercaban y oía cómo caían los cuerpos sin una queja, porque tenían las bocas tapadas, y también perdió, en aquellos pocos instantes, el más animal de los instintos, la voluntad de supervivencia: solo quería que terminara, que terminara, no importaba cómo; y descubrió con alivio que si te disparan de muy cerca el dolor es menos fuerte. Fue el herido más grave, inválido para siempre a los treinta y tres años.

No existe una versión oficial de cómo ocurrieron los hechos el día 11 de diciembre de 1979 en la SAA. Todas difieren, aunque solo sea en un pequeño detalle. Si se leen de corrido, se tiene la sensación de estar delante de una especie de compendio de la memoria del trauma, la más falaz de todas. Pero resulta interesante señalar que todos los heridos, entrevistados solo un día después, pese a recordar la incongruente amabilidad de los terroristas, dijeron que ya no recordaban sus caras, y muchos de ellos habían olvidado ya entonces la secuencia exacta de gestos y de palabras. Y todos ellos insistieron en aquellas caras borradas, que con mucha probabilidad habían visto bien y de cerca, pero cuyos rasgos se descompusieron y disolvieron rápidamente, como engullidos por las ondas de su cerebro. De las personas que les habían disparado no había quedado nada más que una reverberación.

Un profesor que estaba en el aula magna con los otros contó al *Espresso*: «Hace unos treinta y cinco años, mientras estaba acuclillado, con la cabeza entre las piernas, alguien me apuntó con la metralleta en la espalda: los nazis. Entonces era un muchacho, hoy un hombre, pero la situación es la misma. Los mismos métodos nazis, la misma cortesía formal del prusiano, los mismos ojos gélidos, de asesinos».

(Muchos de los supervivientes de las acciones del PL y de los otros grupos se han referido a los ojos. Una testigo, no recuerdo quién, dijo que uno de ellos, mientras se dirigía hacia ella o hacia el hombre al que tenía que disparar, sonreía, pero solo «con la parte inferior de la cara». Los ojos no sonreían.)

Los terroristas huyeron de la escuela para emitir el comunicado habitual. La matanza había terminado. Todo había durado media hora. Por los pasillos se extendía un lago de sangre, junto con los gritos y los gemidos. Pero ¿existieron aquellos gritos, aquellos gemidos? Otros recuerdan el silencio, porque estaban amordazados con la cinta. Cuando por fin alguien logró levantarse y salir del aula magna para ir en busca de ayuda, patinó, resbaló, avanzó a cuatro patas por la sangre. Los primeros sanitarios de emergencia que llegaron caminaban levantando salpicaduras de sangre, como si metieran los pies en charcos profundos de un día de lluvia. Si había habido silencio, se terminó. Los gritos, que ni siquiera se sabía de dónde venían, seguían y seguían y seguían, y parecían extenderse por toda la ciudad.

Cuanto más se acercaba el tiempo de mi padre al mío, más parecía escapárseme, más aumentaban las lagunas. Pero en ese momento el hecho de ser *aún* más joven que él, de tener que alcanzar *aún* la edad que tenía mientras le pasaban ciertas cosas, lo volvía extraordinariamente vivo para mí; me protegía del futuro y hacía que su pasado quedara cristalizado: las cosas aún tenían que pasarle. Su juventud se multiplicaba, y así también la mía.

Habían pasado ya años desde que todo comenzó, pero sentía que me seguía faltando la Roma fantasma, el agujero quizás más amplio de toda la historia porque no había encontrado aún a nadie que hubiera estado allí con él. Luego sucedió algo hermosísimo. Alberto, el amigo del PCI m-l de L.B. que nunca había dejado de ayudarme y de buscar contactos (fue él, por ejemplo, quien consiguió que me reuniera con Druina), me escribió un día que una conocida suya tenía una amiga de Roma que quizás había conocido a L.B.

«Clara —me escribió—. ¿Te dice algo?»

Pues claro que me decía algo, y de qué manera. Me cubrí la cara con las manos y lloré a lágrima viva. Ahí estaba ella: por fin me era restituida la Clara *disparue*, la amada lejana, la muchacha burguesa por cuyo amor L.B. improvisó una manifestación en el patio de su casa, la única testigo de Roma. Hablamos por teléfono en un día de lluvia, y la línea no hacía más que caerse, y también ella era una de esas personas que nunca recuerdan nada, pero sí se acordaba de que era un chico divertido, y de cuando iban juntos a impartir actividades extraescolares por los barrios, de que sentían que era muy importante estar allí con aquellos niños, de que se veían muy poco porque siempre iban de un lado para otro, apenas tenían tiempo de besarse de lo ocupados que estaban, de que a menudo se enfadaba con L.B. porque le contaba sus habituales mentiras inútiles, le decía que iba a un sitio y luego lo encontraba en otro, pero sin ningún motivo, sin malicia, como por costumbre, como si ya entonces no pudiera prescindir de ellas. Clara también me envió una foto preciosa: L.B. en 1968, jovencísimo, sin barba, con un abrigo, lleno de ímpetu en plena asamblea sobre una tarima delante de la Sapienza, rodeado por otros muchachos subidos en la misma, ante un numeroso público de estudiantes.

Solo había experimentado esa misma emoción cuando, una noche, mientras cenaba mirando distraídamente un documental, pasaron por televisión las imágenes del 16 de marzo, el día en que los fascistas lanzaron por las ventanas los pupitres y las sillas en la Sapienza, las imágenes que había visto ya decenas de veces intentando identificar un rostro conocido, y de pronto —a saber por qué nunca lo había visto antes, cómo era posible, aunque tal vez era porque ahora tenía el retrato de joven que Agata me había regalado—, de pronto, decía, me puse en pie de un brinco y casi tiré el plato, porque *lo vi*. La imagen se veía granulosa, distante, duraba pocas milésimas de segundo, pero era *él*. Algo lo golpeaba, se desplomaba fuera de plano, dos compañeros lo ponían en pie asiéndolo por los brazos y lo llevaban corriendo escaleras abajo, mientras él, con cara de sufrimiento, se sujetaba la cabeza. Dejé la cena, busqué en internet las imágenes, las miré, las volví a mirar, aislé la cara, y era él, no había sido una alucinación.

No sé explicar por qué aquel breve fotograma me conmovió tanto. Creo que fue porque, más allá de las palabras y los recuerdos ajenos, era la primera prueba física que tenía de algo que le había pasado; un testimonio de la historia. Ahora sabía con certeza absoluta que L.B. había existido de verdad.

De 1980 solo tengo dos visiones. La primera corresponde al último de los treinta y cinco días que siguieron al 10 de septiembre, fecha en que la Fábrica anunció el despido de catorce mil cuatrocientas sesenta y nueve personas y los obreros entendieron que aquello ya no iba a ser una batalla, sino la guerra; y durante treinta y cinco días hicieron huelga en todas las fábricas, se manifestaron y se reunieron para llorar y discutir en asambleas infinitas, y acamparon delante de las puertas de la Fábrica principal, y por la noche se veían los fuegos de los acampados ardiendo en la oscuridad como tristes velas de una última trinchera; y al final, después de un insólito desfile de cuadros de la compañía y de cuellos blancos que les pedían que abrieran la Fábrica y volvieran al trabajo, desfile que los malpensados sospecharon que había sido orquestado desde arriba, se llegó a un acuerdo entre la empresa y los sindicatos que preveía readmitir al menos a un cierto número de los despedidos, pero ese acuerdo nunca se respetó; y el último de aquellos treinta y cinco días, un grupo de obreros, los últimos que quedaban, marcharon de todas formas desde Mirafiori hasta el centro, en silencio, completamente conscientes de haber sido derrotados por la historia; pero aun así marcharon, como si contaran algo sin abrir la boca, y allí en medio, caminando en silencio, calados por la lluvia, estaban L.B. y Sebastiano, su viejo compañero, el amigo de Roberto, el que había estado con él en la Carretera de las Cacce. No se dijeron nada y al final se separaron con un abrazo rápido, doloroso.

La segunda visión me la proporcionó Emanuele Pariante cuando fui a hablar con él. El excompañero de L.B. en el PCI m–l, el que luego se marchó a América, vivía y trabajaba ahora en una elegante casita con altillo en una de las zonas más curiosas de Turín, Borgo Campidoglio, una especie de pequeño pueblo campestre en la ciudad, antiguo barrio obrero de casas bajas y calles estrechas. La suya tenía un huerto y un jardín, y él me esperaba fuera, delgadísimo bajo la camisa y los pantalones que le quedaban anchos, de muy buen humor, junto a su compañera, que tenía una maravillosa cara de duendecillo, el pelo azabache vaporoso y ojos azul ,celeste. Ella se sentó a trabajar en una mesa cercana e intervino solo una vez para decirme que había conocido a L.B. independientemente de Pariante, mucho antes de que ellos dos se convirtieran en pareja a finales de los años setenta, y que lo recordaba con mucho cariño; me contó que durante un tiempo se ocupó de una muchacha que tenía problemas psíquicos. Un día, quizás bajo el efecto de algún ácido, la muchacha se cayó por el balcón. Y él siempre iba a verla al hospital, para comprobar que se recuperaba, hasta que estuvo mejor.

Pariante en cambio me habló del PCI m-l, del hecho que a L.B. y a él los mantenían siempre un poco al margen, de los detalles de la experiencia de L.B., y de la Carretera de las Cacce. No sabía que a L.B. lo detuvieron por pertenencia a banda armada en el 82; esto lo cogió por sorpresa. Lo vio por última vez, me dijo, cuando regresó de Estados Unidos en el ochenta, y hubo el terremoto en Irpinia. A la mañana siguiente, al amanecer, se encontraron en una de las furgonetas de la Cruz Roja en las que partían los voluntarios de Turín. No se veían desde hacía al menos cinco años. No lo encontró cambiado, solo un poco más cansado de lo habitual. Misa le había prestado su abrigo azul porque él no tenía uno lo bastante grueso. Con ellos también estaba el hermano de Agata.

Muchas horas más tarde llegaron a aquella tierra devastada, irreal, cubierta de ruinas hasta donde alcanzaba la vista, de gente que corría llevando cuerpos, sin luz, ni agua, ni líneas telefónicas. Y luego comenzó a caer la nieve. Se quedaron allí mucho tiempo, dijo Pariante. Semanas, tal vez un mes, quizás incluso más. L.B. trabajaba en una tienda de campaña donde con otros médicos se afanaba por prestar los primeros auxilios a los heridos, que continuaban llegando después de días y más días. Tras haber ayudado en las excavaciones y en los rescates, Pariante y el hermano de Agata salían con una furgoneta todos los días en busca de los maleantes que saqueaban las casas derruidas. Había una atmósfera irreal en aquel lugar destruido y ahora silencioso, inmóvil, acolchado por la nieve que lo sepultaba todo, los campanarios, los edificios, las montañas impasibles.

En cierta ocasión, mientras estaban sentados en un escalón en un momento de descanso, unas semanas después de los primeros auxilios, L.B. le dijo:

—Aquí abajo uno tiene la impresión de que el invierno podría durar para siempre. Como un hechizo que paraliza el tiempo.

—Parece casi que te guste la idea —comentó Pariante.

L.B. no replicó.

—Oh, pero háblame un poco de ese juicio, ni siquiera lo sabía, de verdad —dijo Pariante, moviendo el cigarrillo distraídamente—. ¿Cómo fue la cosa?

Se lo expliqué por encima, y también le conté lo que había sucedido después. Me escuchó entrecerrando los párpados y luego puso una sonrisa un poco burlona.

—Pero ¿por qué quieres contar esta historia? ¿Qué es, una especie de revancha de la gente del Sur? ¿Quieres redimir el buen nombre de tu padre?

Su compañera levantó la cabeza y le lanzó una mirada de reproche. Yo me puse rígida y dejé sobre la mesa la pluma con la que había estado tomando notas hasta ese momento.

—No —dije.

No era la primera vez que me preguntaban el porqué, y cada cual trataba de encontrar una explicación. Yo no entendía a santo de qué sentían tanto esa necesidad. Estaban las explicaciones psicoanalíticas: un acto de perdón, de reconciliación, una especie de vindicación de los comunistas «buenos», una apología de mi padre, una especie de ensayo sobre los años setenta, cosas por el estilo. Esto era sin duda lo más insensato que había oído nunca. A nadie se le ocurría la explicación más sencilla: que se trataba únicamente de un acto de interés por él.

Pariante me escrutó un instante, como para determinar si decía la verdad, luego volvió a dejar vagar la mirada, reflexionando.

–Verás… Leonardo tuvo la vida que quiso. Siempre estuvo donde quería, al fin y al cabo. Siguió practicando la democracia cuando la democracia ya no le importaba nada a nadie, cuando no le importaba nada de nada a nadie. La suya fue una vida breve; desde ciertos puntos de vista, inacabada. Pero fue lo que en inglés llamarían *a decent life*. No se me viene a la cabeza una traducción que le haga justicia exactamente a la idea. Me parece que esto es lo que importa.

Apagó el cigarrillo y parpadeó un par de veces.

–Ven a vernos cuando quieras, siempre estamos aquí detrás en el jardín.

En las ciudades desoladas continuaban los coletazos de Primera Línea, de las BR y de las nuevas formaciones de emuladores o de los que habían abandonado las organizaciones originales y habían creado otras nuevas. Lo único que se podía hacer era tratar de buscar refugio, intentar frenar a quien podría ser una buena presa para las bandas armadas antes de que la reclutaran. L.B., que recibía su prestación desde septiembre de 1980 como otros miles de trabajadores, se pasó así meses enteros de su vida. Si detenían a algún conocido, sobre todo por acusaciones fútiles o injustas, intentaban ayudarlo económicamente, llevarle al menos de vez en cuando comida que fuera mejor que la de la cárcel, ir a limpiarle la casa, pequeñas tareas por el estilo, prácticas, vitales. L.B., como un predicador, iba a los lugares de las fábricas donde estaban los más jóvenes, los más frágiles, y trataba de explicarles por qué Primera Línea ya estaba muerta incluso antes de nacer, que si se unían al terrorismo iban a perder su juventud, su futuro, todo. La heroína lo inundaba todo como una capa blanquecina.

El comité contra la represión todavía estaba en plena actividad, sobre todo ahora que, después del caso Dozier (el general americano secuestrado por las BR y liberado también gracias a las informaciones extraídas a los terroristas mediante la violencia), algunas torturas habían pasado a ser de dominio público: las porras en las vaginas, el agua y la sal, los golpes en los genitales, las tenazas tirando de los pezones, el desnudo y la humillación, las cabezas sumergidas bajo el agua, los simulacros de ahogamiento, los golpes alternados con preguntas melifluas. Había un funcionario de la policía a quien llamaban De Tormentis.

Pero también había ambigüedades, y no solo en el comité. Con la detención en la plaza cercana a mi casa de Patrizio P., el jefe de comando de las BR que aceptó cooperar con los magistrados, empezó la época de los colaboradores de la justicia, los llamados «arrepentidos». El hecho de poder obtener una reducción de la condena llevó a un gran número de grandes y pequeños detenidos a hablar, a señalar refugios, a dar nombres, a explicar dinámicas que hasta ese momento habían permanecido inescrutables. De hecho, la mayor parte de la izquierda extraparlamentaria consideraba traidores a los arrepentidos. Traidores a sus propios compañeros, lo peor de lo peor; aunque esos compañeros tuvieran varios asesinatos a sus espaldas. Y luego sucedía que los arrepentidos, metidos de lleno en ese perverso sistema del palo y la zanahoria, acusaban a personas que no tenían nada que ver en absoluto. Por supuesto, también había arrepentidos como Roberto Celauro, un hombre al borde de la psicopatía que, nada más ser detenido, empezó a enumerar todas las acciones y todos los nombres con aquella vocecita suya pedante y tranquila, con un esmero meticuloso y una memoria extraordinaria (le gustaba especificar los tipos de armas, le encantaban las armas y, por lo visto, encontraba placer en rememorar los delitos), muy consciente de las recompensas que obtendría con todo aquello. A él, que había asesinado, lo condenaron a menos años, por ejemplo, que a una chica que ni siquiera había empuñado nunca una pistola: era esto lo que los críticos rechazaban y encontraban aberrante... y, en efecto, algo aberrante había. Celauro, llamado «Roby el loco» por sus compañeros por motivos tal vez comprensibles, acabaría labrándose una curiosa carrera: en los años noventa terminó en la Liga Norte, luego lo expulsaron, lo detuvieron de nuevo por intentar poner bombas en una o más mezquitas, y murió en la cárcel pocos días después de que yo encontrara el informe de la defensa.

Estaba claro que había muchos oportunistas, pero quizás también algunos que tenían motivaciones más complejas: un principio de crisis, alguna pregunta terrible que de repente les había estallado en la cabeza; y tal vez también —algunos lo dijeron abiertamente— el deseo de parar todo aquello, sabiendo que para entonces la pendiente solo llevaba a la catástrofe más absoluta. Pero en general la actitud hacia ellos, incluso hacia quien nunca había formado parte de ninguna organización armada, era de un desprecio rayano en la repugnancia.

En cualquier caso, la atmósfera en el comité comenzaba a ser muy desagradable, sobre todo con los recién llegados, después de que una buena parte de los obreros de la primera fase se hubieran marchado tiempo atrás. También Petra, al final, acabó marchándose. Era incapaz de seguir tolerando aquella ambigüedad. No consideraba a los asesinos «compañeros que se habían equivocado», aunque comprendía por qué era importante no bajar la guardia en la cuestión de las cárceles. Simplemente no los consideraba compañeros: pensaba que eran algo distinto, aunque no supiera ofrecer una definición al respecto. Con gran pesar se marchó del comité que había sido para ella casi un hogar, y aunque rompió con L.B. por motivos políticos cuando eligió otro camino se acordaba de él, y si se encontraban por casualidad siempre le daba mucha alegría volver a verlo. Con esa voz que seguía siendo tranquila, me dijo por teléfono que él le había enseñado todo lo que sabía de política. Y todavía hablaba con amor del «papo» de su niña.

No había nada más, nada. Aún se celebraban asambleas obreras, pero como privadas de sentido. Las palabras habían perdido sus referentes, como, pongamos por caso, la palabra «compañeros». Se vaciaron, se secaron, la exuvia de un insecto abandonada tras la muda en una pared al sol. Parecía que había ganado la lengua muerta, petrificada de la quimera, aunque casi todos sus jefes estuvieran ya en prisión, a menudo llevados allí por las confesiones de los «infames». Una lengua muerta en una ciudad muerta.

Los «infames» eran asesinados uno tras otro. William Waccher, un muchacho que solo había distribuido panfletos de

PL y que tras su detención había confesado varios nombres presa del terror, fue puesto en libertad en febrero de 1980 y en la Porta Ticinese, en Milán, se encontró con un comando preparado para castigarlo. Asesinaron al hermano de Patrizio P. después de un aterrador «juicio proletario» filmado delante de la bandera de cinco puntas, con la musiquita amortiguada de fondo de la «Internacional». Su cara cuando fue considerado culpable… ¡Su cara! Encontraron el cuerpo cerca del hipódromo de las Capannelle, en Roma, acribillado por once orificios de arma de fuego. En diciembre de 1981, Giorgio Soldati, un militante de Primera Línea que había cooperado en una acción insignificante (un montoncito de material explosivo que había enterrado él mismo y que para entonces se había degradado tanto que ya era inservible), fue sometido en prisión a un proceso que todos los presentes recuerdan como una de las cosas más abominables a las que habían asistido, y aunque tendría que haber estado en aislamiento, al final lo estrangularon en el comedor, las mirillas de la sala obstruidas… pero los guardias, evidentemente, no se percataron de nada. Un joven del extrarradio de las BR resistió nueve días de tortura hasta que por fin habló: pero durante el tiempo que había dejado a los otros para organizarse y escaparse, estos no vaciaron todos los refugios y actuaron con demasiada lentitud; detuvieron a algunos, y al final se castigó al *delator*. Lo asesinaron en julio de 1982, durante la hora de paseo en la supercárcel de Trani.

Aun así, en 1982 pareció abrirse una rendija. La ciudad comenzaba a moverse poco a poco, había asambleas de ciudadanos, se organizaban tímidas veladas musicales para convencer a la gente de que saliera de las casas donde se había atrincherado durante años. En enero, Colomba buscó a L.B., a quien conocía de la época de la Materferro y al que continuaba viendo regularmente sobre todo porque uno de sus hijos estaba enfermo y L.B. lo asistía. Colomba le propuso verse en un bar de via Monginevro con una mujer —a la que reconoció de inmediato como «una de ellos»— para organizar el célebre viaje a Roma para curar las heridas de Mancini. Mancini, que dos años antes, entre otras cosas, le había pegado un tiro a un arquitecto de prisiones sujetándole la cabeza contra el lavabo; sobrevivió, pero con una bala alojada para siempre en la nuca. Unos años más tarde, ella trató de escribir al arquitecto desde la cárcel para intentar establecer un diálogo, o pedir perdón, no lo sé, y él aceptó contestarle, e incluso verla, por su deseo de entender; pero al final de una carta nunca enviada concluyó que esos encuentros no servían para nada, porque había comprendido que no había nada que entender: el arquitecto buscaba un origen ideal en la violencia que le había golpeado, en el sufrimiento que había soportado, pero no existía: ella, y el resto de sus compañeros, no tenían ideales, solo eran violencia, eran más prisioneros de esta que del hecho mismo de estar literalmente presos. Y por eso nunca obtendría ninguna iluminación, ninguna comprensión del hecho que un día cualquiera alguien empujó su cabeza contra el lavabo y le pegó un tiro; o mejor dicho: ahora sabía que había sido *por nada*.

En el bar, Colomba parloteaba, parloteaba, un tanto histéricamente. La mujer era seca y enjuta. Cuando salieron, L.B. le dijo a Colomba que no estaba muy convencido. Luego, por la tarde, según el informe de la defensa y como ya sabemos desde el principio, decidió no ir y le dijo que para él Primera Línea directamente no existía. Tenía otras cosas en las que pensar: el movimiento, me dijeron Misa y Ester, parecía estar recuperando vigor aquella primavera; y él era alguien al que la gente escuchaba, alguien al que seguían. De nuevo se mostraba entusiasta. El 6 de junio de 1982 se celebró una gran asamblea nacional de trabajadores, muy concurrida, en el Teatro Cinema Giardino, en la que L.B. habló largo rato, y finalmente se produjo la ruptura definitiva entre los armados y los no armados. Por supuesto, también se habló de la represión y de la progresiva y concienzuda aniquilación de las vanguardias, se habló de las cárceles, pero sobre todo de la necesidad absoluta de superar los años pasados aunque sin abandonar a los proletarios detenidos, de construir una nueva vida, de pensar en el mundo que vendría.

El 22 de junio detuvieron a L.B. por pertenencia a banda armada.

Nunca se sabrá si Colomba dio su nombre porque los interrogadores lo indujeron gentilmente, deseosos de librarse de una vez por todas de aquel molesto agitador, o bien porque realmente no tenía otros nombres después de que los hubieran detenido a todos y, presa de la angustia, soltó el único que se le pasó por la cabeza. Tan solo sabemos que llegaron por la mañana, lo detuvieron, a Agata le llegaron a plantar incluso una pistola en la cabeza, y registraron su pequeña casa en busca de armas y de material peligroso que no encontraron. Hubo un careo, según me contó una persona que prefiere permanecer en el anonimato. Colomba repitió todo el tiempo, como una cantilena: «Liberadlo, liberadlo, liberadlo. Él no ha hecho nada. Liberadlo, liberadlo, liberadlo…».

L.B. solo dijo que no estaba cabreado con Colomba (textual), sino con la organización que lo había reclutado como recadero a sabiendas de que era una persona vulnerable. Un pobre hombre, como me había dicho el abogado.

Entonces L.B. desapareció durante semanas. La praxis de las leyes especiales era esta. Mientras Agata iba de comisaría en comisaría para intentar averiguar noticias suyas, cada vez más desesperada, y nadie le daba ninguna información, él permanecía en aislamiento en el sótano de una comisaría desconocida. Solo en una ocasión me dijo: «Tú no sabes lo que significa estar en aislamiento», y no prosiguió. He forzado mi imaginación: pero todo lo que he intentado representarme me ha parecido tal empobrecimiento de la realidad de un hombre solo, literalmente a oscuras sobre lo que sería de él, que he tenido que pararme en el umbral. Tú no sabes. Yo no sé. Puedo pensar en las paredes, en el catre, en el agujero para el váter, en el silencio, en los ruidos lejanos, en la ventanilla; pero solo puedo *pensarlo*. No puedo imaginar las horas, la noche, no saber ni cuándo ni cómo terminaría todo aquello. Semanas. Segundos minutos horas. Días. Noches. Sin ropa para cambiarse. Sin una voz humana. En la oscuridad casi absoluta, en el hedor de letrina y de tu propio cuerpo sin lavar. Sin libros, sin periódicos, sin lo mínimo con lo que poder ocupar el tiempo monstruoso, dilatado, anómalo. Muy lejos, allá fuera, la vida continúa, los tranvías chirrían. Hay alguien que te quiere. No sabe dónde estás. Pero el sol llega y cae la noche. Es verano, antes era verano, debe de serlo también ahora.

Tú no sabes.

Después lo metieron en la cárcel. Las cárceles Las Nuevas, que se llamaban así aunque se habían construido en el siglo XIX, para reemplazar a todos los lugares donde antes se encerraba a los criminales. Están abandonadas desde finales de los años ochenta y en la niebla invernal, al anochecer, parecen una decrépita y rojiza fortaleza medieval, con sus torretas y sus fosos que se han llenado de maleza, y con las celdas subterráneas donde encerraban a los partisanos antes de que los fusilaran y, más tarde, a los presos en aislamiento. Son un lugar de espectros.

L.B. acabó en el pabellón número seis.

Finalmente, Agata pudo ir a visitarlo. Se veían durante la visita semanal, en un cuartito minúsculo, con un guardia detrás de ellos. Un día colocaron las mamparas de cristal que impedían incluso tocarse. L.B. hizo ademán de entrar, vio aquellas barreras desde la puerta y le dijo al guardia que se negaba a hablar allí dentro mientras estuvieran aquellos cristales. Rechazó las visitas durante semanas, hasta que por fin cedieron y colocaron los cristales en los laterales, separando solo las mesitas, y luego, a saber por qué, hacia el final de la detención Agata y él acabaron en la gran sala de los presos comunes, los normales, donde la gente se sentaba a una mesa de verdad y hablaba, y hasta podían abrazarse, y se oía el agradable ruido de los otros charlando.

Nadie de su familia fue a visitarlo ni siquiera una vez. De tanto en tanto iba un amigo o una amiga, sobre todo Cecilia, que seguía desde el exterior sus tribulaciones judiciales. Él escribía cartas, a Misa, a Ester, a otros que habían permanecido a su lado, cartas que se han perdido casi todas en las mudanzas. Se han conservado las cartas a Agata. Están llenas de ternura. Le describía los detalles del aspecto que tenía ella durante las visitas, como si los hubiera recogido todos para recordarlos en los días siguientes, el cuello de la blusa, el peinado. Le hablaba sobre la esperanza, a veces con sus metáforas rimbombantes, a veces con el simple coraje de un hombre asustado que quiere tranquilizar a su mujer. Dibujaba flores y demás garabatos. Una vez le escribió, probablemente en respuesta a una carta de Agata o después de una visita en la que ella le había contado algunas cosas, que las envidiaba a ella y a una amiga suya que habían ido a la playa, habían ido al restaurante chino… «Pero pensad también en quien no puede hacer estas cosas, y permanece aquí inmóvil soñando a solas con la ciudad más allá del muro.»

¿Qué sentía allí dentro, en las horas vacías, de noche? ¿Cuando miraba la luz oblicua del día que entraba por la ventanilla de su sofocante celda? Desde allí, escribió en una carta, se subía a una silla y lograba vislumbrar los tejados. Se preguntaba cuándo volvería a ver el día de verdad, más allá de los muros. ¿Se preguntaba por qué? ¿Pensaba que, mientras tanto, allá fuera las cosas de los hombres seguían adelante, y qué desgarrador resultaba ese pensamiento? No sabía cuánto tiempo iba a pasar allí dentro, y eso debía de ser insoportable, mortificante. Aquella ciudad, allá fuera, la ciudad con que soñaba. ¡Ciudad traidora! ¡Ciudad ajena y amada por azar que al final lo había rechazado, ciudad oscura que no había logrado entender, que tal vez nunca lograría entender! ¡Ciudad que en ciertos días de invierno, cuando el aire es gélido y transparente, hace que casi parezcas formar parte de su misma luz! ¿Por qué, ciudad, me has rechazado? ¿Por qué no he sido capaz de pertenecerte?

¿Qué conforma el cuadro de mis días? ¿Qué he *construido*? Tenía miedo, también. Sabía que el hecho de haber respondido tranquilamente a las preguntas, aunque no tuviera nada en absoluto que confesar y no hubiera dado ningún nombre, le había colgado un cartel invisible en la espalda. Aquel verano asesinaron al exbrigadista en la prisión de Trani, y luego, en otoño, tuvo lugar el terrible caso de dos guardias jurados asesinados solo para dejar sobre sus cadáveres una nota de advertencia para una arrepentida. Este, extrañamente, era un episodio que me había contado. No recuerdo de qué estábamos hablando, pero sé que estábamos cruzando la plaza Vittorio. Me explicó el hecho y murmuró:

–Esto para que entiendas hasta dónde se había llegado. Matar a *dos personas* solo para dejar una notita encima.

Por fin lo pusieron en libertad en noviembre, sin motivaciones jurídicas que yo haya encontrado, sobre todo porque probablemente ni siquiera había empezado su primer juicio. Agata me dijo que nunca olvidaría aquel día. Corrió al comité y anunció, llena de alegría:

–¡Han liberado a Leo!

Todas las cabezas de los presentes se volvieron de golpe hacia ella, como habrían hecho las serpientes. Y alguien dijo, gélido:

–Entonces es que ha hablado.

Y así, tal y como había previsto, L.B. se convirtió de pronto en un «arrepentido». Se quedó solo. Un viejo amigo suyo, que era el mismo que estuvo también presente en la conversación con aquel antiguo obrero que llegó a ser profesor, el que insistió en que la historia de mi padre no era una caída, me contó aquella misma tarde que meses después de la excarcelación, quizás incluso un año, se cruzó con L.B., se saludaron y se detuvieron para intercambiar unas palabras, luego siguieron cada uno su camino. Un poco más adelante, tras doblar la esquina, apareció un conocido suyo que le espetó, casi siseando:

—Pero ¿tú te hablas con Barone? ¿No sabes que...? —E hizo un gesto con la mano para indicar un parloteo—. ¿No sabes que es un chivato?

El tipo se alejó con una mueca de desprecio.

Pero aquel era el final que había tenido L.B. No había sido la cárcel lo que lo destruyó, como yo había pensado en un primer momento, cuando Agata me habló sobre el abrupto cambio de mi padre. Había sido su mundo el que le había dado la espalda.

Su vida política había terminado. Ya no tenía trabajo. Sus viejos «compañeros» (aparte, naturalmente, de los amigos) ya no le dirigían la palabra, o lo desacreditaban. Era un hombre roto.

Un día, sentado en el sofá durante horas en silencio, de pronto rompió a llorar. Agata, que estaba en otro cuarto, se le acercó y se quedó de pie mirándolo, sin saber qué hacer.

Y él, entre sollozos, dijo:

—He malgastado mi vida. He malgastado mi vida.

Luego ya sabemos más o menos cómo fueron las cosas. Que lo dejó todo, que quiso olvidarlo todo, y que siguió adelante con el proceso hasta demostrar su inocencia, que se enamoró de una mujer con la que tuvo una hija y luego no fue capaz de quedarse con ellas. En una carta que he releído hace poco he descubierto que me escribió (algo que en aquella época no supe entender): «Cuando cerré vuestra puerta a mis espaldas, sentí verdaderamente que había fracasado en todo».

Pero luego siguió viviendo, y se reconstruyó, y amó de nuevo y estudió de nuevo, e hizo muchas otras cosas. *A decent life*, como había dicho Pariante. A veces sueño con él todavía, le pregunto por su versión, pero en el sueño me rehúye, o desaparece. Me pregunto si pensaba alguna vez en la época anterior a su caída en desgracia. Druina me dijo que una vez, yo ya había nacido, se encontraron por casualidad en un hermoso día de abril, con el aire dorado lleno de polen flotando, y decidieron dar una vuelta por el paseo del río. Caminaron mucho y hablaron mucho, de los viejos amigos, también del PCI m-l y de aquellos años. Por desgracia, no recordaba qué le había dicho él. Pero se despidieron con alegría, estrechándose con fuerza las manos.

P., otra amiga, me contó que ella también, como yo, encontró insoportable el funeral, precisamente por aquella sensación de extrañamiento con respecto a la persona cuya memoria debía ser honrada, y en un momento dado se salió, aunque todavía no había terminado. Fuera, me dijo, había varias personas con el pelo canoso llorando en soledad.

Me habría gustado que esta historia me la contara él. Habría querido tener tiempo para escucharla. Pero en cierto sentido soy consciente de que el libro existe porque el hombre ya no está entre nosotros.

En las semanas previas a mi trigésimo cumpleaños sucedió algo insólito: comencé a pensar en ello. Nunca le había dado importancia a mi edad, nunca había sentido interés por el hecho de envejecer. Quizás porque antes no me concernía. Solo tenía miedo del final, no del tiempo. El tiempo era infinito. El tiempo para mí seguía siendo lo mismo: todo había ocurrido ya —también las cosas intolerables— y todo estaba por suceder. Y de pronto mis veinte años estaban a punto de desaparecer: y ya desde hacía mucho notaba que el tiempo se retraía irremediablemente; apenas un instante antes era octubre, las hojas eran rojas y amarillas; y aun así estaba llegando la primavera. El tiempo eran los cabellos rubios que crecían en la cabeza de la hija de S., allá en París, una niña que un instante antes no existía. Era terrible y milagroso. Pero, lo sabía, por muy corto que se hiciera —terriblemente más corto—, el tiempo no se retrae. El tiempo se añade al tiempo. Los muertos se quedan atrás.

Uno de aquellos días, mientras iba caminando hacia el trabajo por una calle de Como, de golpe tuve uno de esos momentos de lucidísima percepción de mi cuerpo presente; e inmediatamente después —fue como si se hubiera abierto una brecha gigantesca— pensé en el pasado y en cuando lo veía como una extensión compacta, y me veía a mí como un ser simultáneo que era capaz de recordarlo todo y que no consideraba dignos de atención ninguno de aquellos recuerdos. Y de repente supe que no era verdad. Todas aquellas imágenes, todas aquellas vívidas percepciones que habían pasado por encima de mí sin que supiera qué hacer con ellas, sin ser capaz de encontrar las claves, las propias montañas que veía en ese momento, el arroyo, los cerezos con sus ramas cubiertas de brotes, y al mismo tiempo todos aquellos recuerdos mínimos que me llegaban en retazos de modo irracional, que me esforzaba desesperadamente en reconstruir sin entender por qué, sin entender qué sentido tenían ahora con respecto a mí y con respecto a la historia sobre la que escribía, eran en realidad parte de un único conjunto; todos aquellos objetos, aquellos débiles fulgores, todas las criaturas con las que había compartido una palabra o un sentimiento que ahora se me aparecían todos juntos como una verdad revelada, todo aquello era yo. El material de mi vida se desplegaba ante mí, por fin luminoso y nítido hasta en su imprecisión, resplandeciente como un banco de coral en el que recoger valiosos fragmentos para intentar combinarlos en nuevas formas.

No había pasado nada, no había cambiado nada en el paso del antes al después, pero ahora lo veía bien claro, como si alguien me hubiera deslizado delicadamente sobre la nariz unas gafas que yo ni siquiera sabía que debía llevar. Ahora podía apropiarme de mi experiencia, y era una revelación.

Pero algo debía de haber pasado, sin embargo, en algún momento reciente del que no había sido consciente. Y luego lo entendí. Debajo de la primera Kítezh descubrí entonces otra Kítezh. Mi vida. Intentando reconstruir a mi padre me había visto obligada a remontarme hacia atrás, a recordar cosas que creía ya recordar, a intentar recordar cosas borradas; me había visto obligada a examinar mi pasado, que me parecía dado en su totalidad, evidente. Así pues, la historia de mi padre, como una gran concha nacarada, contenía debajo de la valva la mía: la mía, que creía ya poseer y en la que en cambio encontraba una nueva línea, una nueva verdad. Mi vida verdadera, fuera lo que fuera lo que decidiera hacer con ella.

Los árboles susurraron, y eché de nuevo a caminar.

Solo mucho tiempo después le pregunté a Dora cómo murió. Ya el día antes había empeorado, había pasado la tarde con mi madre, habían hablado largo rato, con el afecto de quienes se conocen desde hace muchos años y han superado los rencores.

—Tuvo la muerte de los sabios —dijo Dora. Estábamos en el coche, paradas en un aparcamiento—. Tenía los ojos cerrados desde hacía mucho rato; entonces, en un momento dado, dijo: «Me estoy muriendo», y llamé a la enfermera, pero cuando llegó ya se había ido.

Yo miraba fijamente al frente. No le dije que no me parecía una muerte de sabio, sino que me parecía horrible *ser consciente* de estar muriendo en el instante exacto en que sucedía, y que sentía tanta compasión que me parecía que me iba a asfixiar, que la sentía desbordarse por mi cabeza y por mi cuerpo y por las ventanillas del coche. Pero no lloré delante de ella.

Estaba tan furioso mientras moría. Y yo estaba furiosa con él, porque no me daba tregua ni siquiera ahora, porque no había entendido mi dolor por la muerte de Celina, porque me mentía sobre su estado y porque era caprichoso como un niño, y en cambio debería haberlo entendido mejor que los otros: yo era como él. Se había equivocado al tratarme mal, pero yo también me había equivocado al no reconocer en él un miedo feroz a la muerte idéntico al mío, ese miedo que debía de devorarle los huesos, ese mismo miedo que me hacía huir de él enfermo.

Pero, más que sentimiento de culpa, lo que siento es otra cosa. Una nostalgia singular: más que del pasado, de cosas nunca sucedidas, de cosas aún no sucedidas, de cosas que *tal vez* podrían haber pasado. Una nostalgia del futuro anterior. Una nostalgia del ya-no-es-posible. Quizás un día habríamos logrado hablarnos. Quizás, al menos una vez, podría haberle hecho una caricia.

Era tarde y ya empezaba a oscurecer. Mi padre retiró los platos de la cena y cogió una linterna. Nos pusimos las sandalias, en silencio. También afuera reinaba un gran silencio; solo se oía el canto de los grillos entre la maleza. La luna, casi llena, bañaba con su luz el porche donde comíamos, el árbol donde Jennifer, la hija de los ingleses con quien yo jugaba siempre, se colgaba de las ramas con las manos y los tobillos y se balanceaba en el vacío. Mi padre se puso en camino, se giró a ver si lo seguía y encendió la linterna para iluminar el sendero flanqueado de chumberas y de arbustos aromáticos. El polvo se me metía en las sandalias de plástico. Caminamos largo rato por el sendero que iba empinándose y se adentraba entre las montañas que de día eran verdes y pedregosas y manchadas del rosado de las buganvillas y del oro amarillo de las retamas. Ahora no se veía casi nada. La linterna perforaba la oscuridad adelante y atrás. No hablábamos. Pasamos cerca de casas con porches iluminados, pasamos seguro cerca de una de las casas que se encontraba en lo más alto de la isla, donde nos habíamos alojado al principio, la casa en la que vivían Harry, un inglés rubicundo y amable, y su compañera Gina, una señora napolitana delgada y con el pelo anaranjado siempre recogido en una cola de caballo, que acogía a todos los gatos de las inmediaciones, gatos cojos, flacos, tuertos, y los tenía siempre a su alrededor cuando se sentaba en el murete de delante de su casa, y que fumaba y se reía con una risa ronca. Tal vez pasamos cerca de la casa semiderruida que Jennifer, su hermanito Martin, con sus gruesos rizos pelirrojos y la cara repleta de pecas, y yo habíamos decidido que fuese la casa de la bruja; alrededor todo eran hierbajos y zarzas, y nos retábamos a ver quién se acercaba más, pero nunca entrábamos. Pero siempre volvíamos, como atraídos por el peligro, o tal vez por la bruja. Pasamos a través del bosque, lejos de las luces de las casas, y oí los cantos de aves nocturnas sobre mi cabeza y como un húmedo suspiro de las hojas, y mi padre iba siempre dos o tres pasos por delante de mí pero seguía comprobando que yo estuviera ahí, manteniendo la linterna baja para no deslumbrarme.

Por fin llegamos a la pequeña cumbre. Mientras ascendíamos, la gran masa oscura de la isla de enfrente, Stromboli, comenzó a perfilarse poco a poco en el cielo límpido, abierto, estrellado, y yo contuve la respiración. Nos detuvimos uno al lado de la otra y mi padre apagó la linterna y se la guardó en el bolsillo de sus pantalones cortos. El volcán estaba en erupción desde la tarde. Habíamos ido hasta allí para verlo.

Los riachuelos de lava bajaban desde los cráteres de la cima como lentísimos ríos ambarinos y escarlatas. A veces el lapilli se elevaba en fuentes centelleantes. No se oía nada, ni siquiera un crepitar. El mar era oscuro, de un negro profundo como el petróleo, salvo por la luz de alguna barca que lo cruzaba.

Ninguno de los dos se movía, ninguno de los dos hablaba. El silencio, que ya antes me había parecido inmenso, se había como expandido, lo había recubierto todo. Sin embargo, si aguzaba el oído podía oír algo de fondo, un sonido grave, sordo, como un estertor o una vibración, que parecía subir de las entrañas mismas de la tierra, de sus propios orígenes. Contemplamos el volcán durante mucho tiempo, un tiempo que me pareció infinito, aturdidor, y que tal vez podría haber durado hasta la mañana. Se parecía a esa clase de sensación que experimentaba por las noches en la ciudad, cuando no dormía y no tenía ni idea de qué hora sería porque no quería mirar el despertador, y oía los coches que pasaban y no sabía si eran los últimos o los primeros, y ese sonido solitario era extrañamente desgarrador. Era en cierto sentido lo que sentiría más adelante, también en las noches insomnes, en la residencia veraniega de Dora, cuando salía al balcón a las dos, las tres de la madrugada, en camisón, y me sentaba a la mesita y miraba el paisaje vacío más allá del jardín de la urbanización, una vasta planicie llena de malas hierbas y objetos abandonados tras la cual se veían las montañas y en ocasiones un fuego que se encendía en sus cumbres, un fuego que sabía que habían prendido los hombres, y el humo se elevaba por kilómetros; y a través de aquel vacío discurría el ferrocarril, y de vez en cuando pasaba un tren nocturno y lanzaba un grito animal que llegaba hasta el balcón donde una niña sola y sin sueño se sentaba a mirar. Pasaba tan rápido, con aquel grito, que me entraba vértigo de pensar en cuántas personas, cuántas vidas habría detrás de las ventanillas oscuras, porque, pese a no comprenderla del todo, sentía cómo se expandía dentro de mí, fuera de mí y a mi alrededor la melancolía de la inmensidad.

Y esa noche, delante del volcán, experimenté la misma sensación, aunque no habría sabido darle un nombre. No sentía el cansancio ni tampoco el hastío, sentía solo el cielo completamente abierto por encima de mí y un ligero olor a azufre que se mezclaba con el de las flores silvestres y el del salitre que una ligera brisa traía de tanto en tanto. No pensaba en nada. Yo era solo mi cuerpo presente.

Estaba con mi padre en la pequeña cumbre, y contemplábamos el misterio.

AGRADECIMIENTOS

Quiero dar las gracias a todas las personas (ellas saben quiénes son) que han querido participar en mi búsqueda, que me han proporcionado materiales, que me han contado su historia y la de mi padre.

Agradezco al Centro de Investigación Piero Gobetti haberme permitido el acceso a los documentos relativos al proceso de Leonardo Barone disponibles en el archivo de Bianca Guidetti Serra, y su ayuda en la búsqueda.

Agradezco a mi madre que siempre haya estado ahí.

Agradezco a mis amigos que me hayan acompañado en estos años. También ellos saben quiénes son. Pero en particular doy las gracias a Stefania Di Mella y a Mattia De Bernardis por su cercanía, sus consejos, su afecto. Y a Niccolò, compañero desde hace muchos años, gran amigo, apoyo insustituible durante la mayor parte de la creación de este libro.

Doy las gracias a Beatrice Masini por haber creído en él.

Durante la realización de este libro he recurrido a muchísimos documentos. Para quien esté interesado en profundizar, siguen unos cuantos títulos en orden rigurosamente arbitrario:

Michele Ruggiero, Mario Renosio, *Pronto, qui Prima linea*, Edizioni Anordest, 2014.

Andrea Tanturli, *Prima linea. L'altra lotta armata (1974-1981)*, DeriveApprodi, 2018.

Stefano Ferrante, *La Cina non era vicina. «Servire il popolo» e il maoismo all'italiana*, Sperling & Kupfer, 2008.

Guido Bertagna, Adolfo Ceretti, Claudia Mazzucato (eds.), *Il libro dell'incontro. Vittime e responsabili della lotta armata a confronto*, Il Saggiatore, 2015.

Adelaide Aglietta, *Diario di una giurata popolare al processo delle Brigate rosse*, Lindau, 2009.

Marco Revelli, *Lavorare in Fiat*, Garzanti, 1989.

Luca Rastello, *Piove all'insù*, Bollati Boringhieri, 2006.

Albertino Bonvicini, *Fate la storia senza di me* (Mirko Capozzoli, ed.), ADD editore, 2011.

Alberto Gaino, *Il manicomio dei bambini. Storie di istituzionalizzazione*, Edizioni Gruppo Abele, 2017.

VV.AA., *Care compagne, cari compagni. Lettere a Lotta Continua*, Edizioni Lotta Continua, 1978.

Corrado Stajano, *L'Italia nichilista*, Mondadori, 1982.

Antonio Moresco, *Lettere a nessuno*, Mondadori, 2018.

Papel certificado por el Forest Stewardship Council®